我与改革开放同行

胡鞍钢 著

浙江人民出版社

笔耕几十年，
记录当代中国

目录

第三章

恢复高考，梦想起航
——改革开放的第一班列车 /31

我是邓小平决定恢复高考后的第一批受益者，更是改革开放的直接受益者，我要为这一人力资本投资做出更大的社会回报和贡献，特别以学术研究的方式积极参与到改革开放之中，贡献于改革开放进程。

第四章

知识为民，知识报国
——国情研究的初心和使命 /55

20世纪80年代末到90年代末的十年，一直伴随着重大问题及政策取向的争论，对此，我敏锐地抓住了重大国情研究课题，做出了具有国情国策价值的知识贡献。

我的崇高使命就是为中国培养英才，即最优秀的人才，创新创业的拔尖人才，未来的领军人才和领导人才。

作为大学智库，需要与党中央、国务院之间形成越来越密切的互动关系。这就是我称之为“东方巨人”的“两个大脑”：核心是党中央、国务院的“内脑”；高端智库则是“外脑”，起到支持治理决策的辅助作用。

中国要对外开放，中国的学者要带头对外开放；中国要走出去，中国的学者要带头走出去；中国要影响世界，中国的学者要带头影响世界。

第八章

国之兴盛，我之荣耀

中华民族的繁荣，祖国的强盛，既是我人生道路之目的，亦是我学术研究之宗旨。我的国情研究定位是：急国家之所急，想国家之所想。我的学术定位是：知识为民、知识报国。

第一章

知人者智，知己者明

——人的知识发展路径

我用两句话来概括我的学术人生经历、体会和宗旨，即“知识为民、知识报国”，由此与中国改革开放同行，与中国富民强国同向。这就是人的自由全面发展与社会全面进步的统一。

——————————胡鞍钢

一、人的正确思想是从哪里来的

1963年5月，毛泽东同志提出“人的正确思想是从哪里来的”这个重大命题，同时，他给予了十分清晰明确的回答：“人的正确思想，只能从社会实践中来。”这里，毛泽东把社会实践概括为三大实践，即生产斗争、阶级斗争和科学实验。[①]

与毛泽东时代相比，现在的社会实践更加广泛，其中改革开放就是最大的社会实践，它为我们形成正确思想提供了实践源泉。

如何判断思想是“正确”还是“错误”？毛泽东同志特别谈到：“人们在社会实践中从事各项斗争，有了丰富的经验，有成功的，有失败的。……一般的说来，成功了的就是正确的，失败了的

① 毛泽东：《人的正确思想是从哪里来的?》，见《毛泽东文集》第8卷，人民出版社1999年版，第320页。

就是错误的。”他还讲到：“一个正确的认识，往往需要经过由物质到精神，由精神到物质，即由实践到认识，由认识到实践这样多次的反复，才能够完成。这就是马克思主义的认识论，就是辩证唯物论的认识论。”①

好的思想、正确的思想对一个民族和国家来说是极其宝贵的财富。对中国来说，它还具有十分重要的规模效应。诚如毛泽东所言：代表先进阶级的正确思想，一旦被群众掌握，就会变成改造社会、改造世界的物质力量。②

我们的国情研究，无论是作为学者、思想者，还是作为大学智库、思想库，都是为了能够不断提供好想法和正确思想，为全面了解中国、真正认识中国、科学发展中国提供原创的中国智慧。

一个比较成熟的思想背后都有其长期的实践经验和丰富的知识积累。我自己的人生之路就是如此，走过了知识青年（1969—1976年）——工人（1976—1978年）——大学生（1978—1982年）——研究生（1982—1985年）——博士生（1985—1988年）——博士后（1991—1992年）——国情专家（1989—1999年）——大学教授（2000—2017年）这样一个人力资本长期投资、知识资本长期积累、个人思想不断成熟的过程。人的一生至少需要几十年持续不断的人力资本投资和知识资本积累，才能获得持续发展，才能不断进步，才能创造成功。这一成功的根本原因是我们有幸赶上了

① 毛泽东：《人的正确思想是从哪里来的？》，见《毛泽东文集》第8卷，人民出版社1999年版，第320—321页。

② 毛泽东：《人的正确思想是从哪里来的？》，见《毛泽东文集》第8卷，人民出版社1999年版，第320页。

中国改革开放时代，并与之同向同行同兴。

2018年是中国改革开放40周年。回想起来，这也是我人生最好的40年，更有“四十不惑”之感，借此将我个人生涯作一历史性的回顾和总结。

这一回顾和总结大体可分为五个阶段，构成了我的人生不同篇章：

我的社会大学——认知国情的十年，先是小学毕业时遇上了“文化大革命”的爆发，成为时代的“失学者”，又成为国情的“观察者”；初中毕业后从北京到黑龙江北大荒务农“修理地球”，再到地质勘探队务工“勘探地球”，这是一个感性认识中国国情，特别是认识中国农村的过程。

我的知识大学——人力资本投资的黄金十年，有幸成为恢复高考后的首批大学生，而后又考上研究生，完成了从学习者到研究者的身份转变，接着考上博士生，进而成为深入研究国情领域的专业学者。

我的国情研究——知识贡献的十年，从中国科学院副研究员到美国耶鲁大学经济学系博士后，学成回国继续担任研究员，开创了当代中国研究的新领域，成为知名的国情研究专家。

我的教书育人——人才贡献的十年，从中国科学院研究员到清华大学教授，培养高端优秀人才，成为创办高端大学智库的领头人。

如今，我的国情研究事业正处在新的十年，这也是国情研究院的再创业之年，我本人成为清华大学文科资深教授，这是清华大学在人文社会科学领域设立的最高学术荣誉称号；我创办的国情研究院入选国家高端智库试点单位，这代表了国内智库建设的最高水平。

回首往事，这几十年不仅是我追寻个人成长的人生之旅，更重要的使命是书写改革开放的中国。文可载道，粗略统计，这几十年我已经有上千万字的“白纸黑字”。我的国情报告是向决策者提供决策信息、决策知识、决策建议，我的学术论文是专题研究、深度分析、学术交流，我的学术著作是提供不同主题、开展专题研究的系统知识，我的外文著作向世界介绍当代中国。从这个意义上看，我是以文论道，以文交友，以文分享。这个“文”就是当代中国研究的公共知识、发展思想、政策建议。

知人者智，知己者明。这里，我以自述形式做自我回顾、自我思考、自我总结，以此纪念中国改革开放40周年，愿与我的同仁、学生和广大读者分享。我自己是拥有多重身份的中国学者：作为大学教授，我要教书育人，培养更多优秀的专业人才；作为国情专家，我要为社会提供国情知识，为中国改革开放传播正能量；作为大学智库，我要为国家咨政建言，出谋划策；作为中国学者，我要向世界传播中国声音、讲述中国故事。这些都基于我的知识发展与知识创新。

二、人的知识发展与社会进步

怎样才能概括一个人的人生历程呢？我用人的发展和知识发展的理论框架来分析。所谓人的发展，就是马克思、恩格斯在《共产党宣言》中所讲到的“人的自由的全面发展”。习近平在党的十九大报告中提出：“更好推动人的全面发展、社会全面进步。”

我的理解是，这是一个典型的人的知识发展与社会进步的过程，包括以下内涵：

第一，人的发展本质上是人的能力的发展。知识发展就是人的知识能力的发展，这是人的自由的全面发展的能力基础。这里的知识能力实际上是一个“能力集”，包括知识获取能力、知识吸收能力、知识创新能力、知识交流（或传播）能力、知识影响能力，因此人的知识能力是其最重要的能力，更是最重要的人力资产、知识资产，不是天生固有的，而是后天不断学习知识、不断投资知识、不断积累知识、不断发挥知识作用、不断增加知识投入（如学习、时间、精力等）、不断提高知识产出（如授课、讲座、文章、学术论文、著作、读书笔记等）的过程。很显然，无投入则无产出，无持续投入则无持续产出，无高质量投入则无高质量产出。因此，对人的知识能力进行投资是关键所在，这需要经过多次的、反复的、长期的积蓄，才能不断地学习新知识、积累新知识、创造新知识。知识投入所形成的知识产出结果主要反映在著书立说之中，成为白纸黑字，便于传播、扩散、交流和分享。

第二，人的全面发展有赖于社会全面进步。这是马克思主义的核心理念之一，即新社会“将是这样一个联合体，在那里，每个人的自由发展是一切人的自由发展的条件”。[①] 人从来就不是孤立

① 马克思、恩格斯：《共产党宣言》，见《马克思恩格斯文集》第2卷，人民出版社2009年版，第53页。

之人，而是社会之人。一个人的发展取决于社会的进步，社会越是进步，人的发展就越有可能；社会越是全面进步，人的全面发展就越有可能。反过来，我们每个人的发展又构成了社会进步。很显然，没有中国的改革开放，我不可能考上大学，获得人力资本投资，由此获得对社会进步做出贡献的机会和能力。人的全面发展同社会全面进步是相辅相成的。只有意识到这一点，才会具有高度的自觉性、主动性，“知识为民、知识报国”，才能使个人的全面发展促进社会全面进步。

第三，知识发展是具有极大的外溢性、外部性、公益性的活动。知识是一种最卓越的公共产品（the most outstanding public goods）。知识之所以是一种耐用商品，是由于同一种知识可以重复使用。知识的消费具有非竞争性，同一个知识产品，越多人消费，效益就越大，成本却不增加，这也意味着知识可以以近乎零边际成本的方式复制、扩散与传播，从而形成可观的溢出效应和正外部性。

第四，知识发展对中国会产生巨国规模效应。知识发展本质上是知识创新。对于中国这样一个人口巨国来说，知识不仅具有正外部性和公共产品特性，而且还有巨大的知识应用规模效应。任何一项重大科学发明、技术创新、知识创新所体现出的外溢性和正外部性在中国都能形成明显的经济和社会效益。[①]作为中国学者，我们所创新的中国发展知识，包括数据、信息、事实、学术

① 胡鞍钢、鄢一龙著：《中国国情与发展》，中国人民大学出版社2016年版，第348页。

成果、政策主张、经验、理论、思想、智慧等，大多数情况下是可记录、可出版、可传播、可分享的白纸黑字，也是典型的全国性公共产品，即公共知识，有极其重要的社会价值、极高的应用价值、极大的规模效应。在经济日益全球化的背景下，许多发展知识还会成为全球性公共知识，特别是对南方国家发展具有重大的借鉴作用，能产生出意想不到的全球发展效应，如中国的减贫知识、人力资本投资知识、创新发展知识等。

第五，知识发展更是"知行合一"的过程。说来容易，做来难。一时做到并不难，一辈子做到则最难。这既取决于个人创新意愿，也取决于个人的知识发展能力，本质上取决于持续的知识创新能力。学术创新，与其说是与他人竞争，不如说是与自己竞争，取决于能否不断突破自我、超越自我。只有认识人的知识发展规律和特点，才能走好知识创新之路。

为此，我用两句话来概括我的学术人生经历、体会和宗旨，即"知识为民、知识报国"，由此与中国改革开放同行，与中国富民强国同向。这就是人的自由全面发展与社会全面进步的统一。

三、显性知识与隐性知识

在大多数情况下，我所掌握的国情知识不仅是公共知识，还是显性知识（explicit knowledge），主要通过学术论文、国情报告、各类著作等形式来表达，是可传播可分享的知识。我的国情知识是关于当代中国的显性知识，包括基本国情、发展道路、发展战略、发展政策等，既专业又综合，既专门又全面，既微观又宏观，既国内又国外，既中国又世界，主要反映在过去30多年的国情报告、学术论文、各类著作之中。为了便于传播和分享，这些知识已尽可能地做到深入浅出、雅俗共赏。

同时我也非常注意总结这一研究过程中的隐性知识（tacit knowledge），即国情研究、教书育人、咨政建言中的主要做法、心得体会、谈话录音等，并尽可能地把它们整理出来，使之成为能够交流理解分享的知识。通常我先是在我们的团队内部分享，然后进一步整理、归纳、加工，最后正式出版。隐性知识的最大收益在于发展了研究团队，创立了国情研究的中国学派，对于这一点，日本学术界的朋友称之为国情研究的“影子工作”（shadow work）。当然这两种知识的界限并不是十分清晰，它们常常交织叠加。我常常利用撰写每部书的后记的机会，归纳总结选题背景、研究目的、创新特色、应用价值、创作感受等，以此作为对每部书中的显性知识的重要补充。毕竟这两种知识具有互补性，在一定条件下可相互启发、相互关联、相互转化。

为此，我曾先后出版了三部书：《国情研究与教书育人》（清华大学出版社，2011年版）《中国特色新型智库——胡鞍钢的观点》（北京大学出版社，2014年版）《如何认识当代中国：谈国情研究与智库建设》（中信出版集团，2017年版），将这些隐性知识转化为显性知识。它们都反映了不同时期我对国情研究与教书育人的所思所想和经验之谈，会对青年学生、中青年教师和学者很有益处。

本书是第四本书，主题是与改革开放同行。在改革开放40年之际，从人的知识发展分析框架来对自己的人生历程和改革开放的历史进程做一个纵向梳理和总结。改革开放是个人历程的社会大背景，这个梳理本身也是“温故而知新”的过程，因为当时没有经过时间的沉淀，很难认识得比较清楚、比较深刻、比较全面；个人历程则可以看作是改革开放的现场记录，这会成为历史记录，可供后人参考。当我主编的《国情报告》（1998—2011年）共计14卷27册（党建读物出版社、社会科学文献出版社，2012年版）出版时，一位中国当代经济史专家评价说，该系列国情报告对研究这段改革开放经济史很有价值。我希望本书能够充分反映改革开放中的重要事件和重大决策制定过程，又能够介绍我及合作者是怎样创新和贡献国情决策知识的。

本书以“我与改革开放同行”为主题，共分为八章。第一章介绍人的知识发展路径，以反映人的全面发展与社会全面进步之间的关系，作为全书之纲。接下来的七章是按时间顺序安排的。第二章是我的社会大学经历，从“文化大革命”爆发，到上山下乡运动，从北京大都市到黑龙江北大荒，是我们这代人所经历的特定人生，成为我认识中国国情的社会大学。第三章是我的学术大学经历，从高考到读博，我进行了长达十年的人力资本投资，实现了从学习者到研究者的转变，开启了国情研究的新领域。第四章是国情研究大丰收的十年，我对中国经济社会转型中重大发展挑战和矛盾进行了系统研究、专题研究、政策研究，开拓了国情与国策紧密结合的知识创新方式。第五章是我加盟清华大学教书育人的十年，是对下一代进行人力资本投资的十年，在这期间，我创办了国情研究中心，创新中国大学智库实践。第六章是我创办国家高端大学智库的重要阶段，这一过程尚在进行时，主要介绍如何在“百花齐放、百家争鸣”的智库时代，独辟蹊径、独树一帜地进行智库建设。第七章介绍如何研究中国与世界的互动关系，如何创造中国崛起的天时与地利，如何向世界展示中国改革开放的伟大成就与经验。第八章总结我创新国情知识发展的过程，如何更好地书写中国兴盛过程，更好地做优中国学问，自觉创立中国学派，并进一步讨论和概括本书的主题——与中国改革开放同行，最后是我对青年一代的寄语和希望。

第二章

上山下乡，务工磨炼

——失去的与获得的同等重要

1969—1977

艰苦的生存环境、简陋的学习条件也没能阻挡我对知识的渴望。从那时起，我下定决心，坚持自学，这就是我常自称的自修社会大学。我也不曾想到在农村走上了与毛泽东创办湖南自修大学一样的道路。我下定决心自修这所“社会大学”，或许这将使我终身受益。生活的法则告诉我，失去的与获得的同等重要。

——胡鞍钢

我的童年十分幸福。父亲胡兆森、母亲邓华云分别毕业于上海交通大学机械工程系和财务管理系，20世纪50年代初到辽宁鞍山参加国家第一个五年计划的三大重点工程之一——鞍山钢铁公司的七号高炉建设。1953年4月，我出生于鞍山市，父母给我起名“鞍钢”，就是为了纪念这一宏大的国家工程建设。当时我父亲还是技术员，他们的团队突破重大技术难关，使七号高炉提前投产，随即使三大工程全部开工并投入生产。当时，毛泽东主席特别给鞍山钢铁公司全体职工发来贺信，称“鞍山无缝钢管厂、鞍山大型轧钢厂和鞍山第七号炼铁炉的提前完成建设工程并开始生产，是一九五三年我国重工业发展中的巨大事件。……为实现我国的社会主义工业化而奋斗，你们的英勇劳动就是对于这一目标的重大贡献”。[①]我父亲先是被评为鞍山市特等劳动模范，1954年又

① 毛泽东：《致鞍山钢铁公司全体职工》，见《毛泽东书信选集》，中央文献出版社2003年版，第437页。

当选为全国人大代表，同年9月出席了第一届全国人民代表大会第一次全体会议。他成为我人生的第一个偶像，而母亲是我第一位启蒙老师，教我认字读书，热爱学习。

1957年我父亲调入北京市石景山钢铁厂（首钢的前身）。次年，我们三兄弟随母亲来到北京，我们先后都上了幼儿园，我于1960年上了小学。

1964年，父母调入冶金部建筑研究总院，我和大弟弟考进北京师范大学附属实验小学。该校创办于1958年，位于北京师范大学校内，老师大多是北京师范大学的毕业生，可以说是当时中国小学中最好的老师。我自己是三好学生，还担任了班上的中队主席。学校风气非常好，我也经常学雷锋、做好事。

一、“文化大革命”的失学者、观察者

一场意想不到的“文化大革命”改变了我的一生。1966年6月，我只有13岁，刚刚在北京师范大学附属实验小学参加完小学毕业考试，正在等待参加初中统考，轰轰烈烈的“文化大革命”爆发了。我与绝大多数同龄人一样都成为了“失学者”，同时也意外地成为“文化大革命”的“观察者”，这些都为我后来撰写《毛泽东时代：中国政治经济史论》和《毛泽东与文革》（香港大风出版社，2008年版）提供了十分难得的亲身经历。

1966年6月1日，我参加了在北京工人体育馆举办的庆祝“六一”儿童节活动，当时蔡畅（时任全国妇女联合会主席）和邓颖超（时任全国妇女联合会副主席）等人也出席了此次庆祝活动。

当晚，中央广播电台播发了北京大学聂元梓等人的第一张大字报，被视为“文化大革命”的正式开端。随后北京师范大学就开始贴出各种大字报。

1966年6月12日，毛泽东在听取刘少奇、邓小平等汇报时，首次提到“文化大革命”运动“可能要进行半年时间”的设想。6月13日，根据毛泽东的这一指示，在刘少奇、邓小平主持下，中共中央、国务院决定改革高等学校招生考试办法，并决定将1966年高等学校招生工作推迟半年进行。[①]实际上是让全国大中专学生停课半年搞“文化大革命”运动，同时小学也停课了，这直接关系到全国一亿多大中小学生[②]，大家既不能上学，也不能读书。

正常社会秩序被打乱了。为了响应毛主席“你们要关心国家大事，把无产阶级文化大革命进行到底”的伟大号召（1966年8月8日），我还随着北京师范大学附属实验小学老师参加了1966年8月18日在天安门广场举行的毛泽东等第一次接见首都大中专学生的大会。至今我仍记得这一宏大的游行场面。随后紧接着就是“破

① 该通知指出，鉴于目前大专学校和高中的“文化大革命”正在兴起，要把这一运动搞深搞透，没有一定的时间是不行的。高等学校招生考试办法，解放以来虽然不断地有所改进，但是基本上没有跳出资产阶级考试制度的框框，不利于贯彻执行党中央和毛主席提出的教育方针，不利于更多地吸收工农兵革命青年进入高等学校。这种考试制度，必须彻底改革。这样也需要有一定的时间来研究和制定新的招生办法。中共中央和国务院考虑到上述情况，决定一九六六年高等学校招收新生的工作推迟半年进行。见《中共中央、国务院决定改革高等学校招生考试办法，并决定将一九六六年高等学校招生工作推迟半年进行的通知》，1966年6月13日。

② 1966年全国普通小学在校生数11621万人，初中在校生数1113万人，普通高中在校生137万人，普通本专科53.4万人。见中华人民共和国国家统计局编：《新中国六十五年》，中国统计出版社2014年版，第286页。

四旧”，抄家批斗“牛鬼蛇神”等，我所在的小学就在北京师范大学的校内，所发生的各种事件（包括批斗教授等），我都亲眼目睹。因年龄小，我没有参加过各种组织，成了观察者。

当时，我家住在学院路的冶金部建筑研究总院大院，我和大弟弟常到附近的北京邮电学院、北京政法学院、北京航空学院，更远的北京大学、中国人民大学等高等院校看大字报，观看各种斗争批判大会。我有印象的有在清华大学批斗王光美，在北京航空学院批斗彭德怀等。亲身经历了“文化大革命”，我过早过多近距离地观察、了解和认识了这场运动的真正含义。

从那时起，我开始读毛泽东的书。最先读到的并不是毛泽东本人的著作，而是他人关于毛泽东的论述，如1949年人民出版社出版、萧三编述的《毛泽东同志的青少年时代》。初读此书时我只有13岁，这本薄薄的、只有百余页的竖排版图书带给我极大的震撼，我深深地被书中毛泽东的伟岸形象所感染，包括毛泽东创办湖南自修大学等。也是从那时起，我才知道毛泽东是靠自学成才的。之后，在我父母的影响下，我又很快读了《毛主席语录》，这本书成了我的入门书和必读书，我特别喜欢。后来我又开始阅读《毛泽东选集》四卷本，虽然还读不太懂，但却受到长期的深刻的思想影响。

有的人问我为什么会写出《毛泽东时代：中国政治经济史论》《毛泽东与文革》等书。因为我亲身经历了这一过程，尽管我年幼，懂得还不太多，但还是留下了珍贵的历史记忆，包括许多重大理论、重大事件、重要人物等。

与此同时，我与同代青少年失去了接受现代教育和获得人力资本投资的宝贵机会。1967年10月，中共中央发出“复课闹革命”的通知，要求全国各地大学、中学、小学一律立即开学。到了1968年，我才进入北京市第一二三中学念初中，当时既无正规的课本，也无正规的教学。我在父母的鼓励和帮助之下一直坚持自学初中数学、几何等知识，还特意买来了上海出版的初高中自学教程，边看书，边解习题，逐渐养成了自学的好习惯，更培养了初步的自学能力。

二、“上山下乡”运动的知识青年、见证者

到了1968年底，全国初高中毕业生总数达到上千万人[①]，形成了前所未有的就业压力，即使是就业岗位比较充足的北京、上海、天津也无法妥善安排初高中毕业生就业，这部分青少年的出路成为突出的社会问题。

1968年12月22日，《人民日报》发表了毛泽东的重要指示：知识青年到农村去，接受贫下中农再教育，很有必要。要说服城里干部和其他人，把自己初中、高中、大学毕业的子女送到乡下去，来一个动员。各地农村的同志应当欢迎他们去。[②]由此，一场前所未有的城市知识青年上山下乡运动从政府倡导、自发自愿的就业活动变成政府强制性推动的政治运动。1969年，这场运动形成全国性上山下乡的高潮，当年就达到了267万人，其规模之大、

① 吴洵主编：《中国知青总纪实》，中国物资出版社1998年版，第438页。

②《建国以来毛泽东文稿》第12册，中央文献出版社1998年版。

人数之多、来势之猛，是前所未有的。[①]我当时只是这一社会大潮的一分子而已，并不知道将会发生什么，又会怎样发生，更不理解当时的社会大背景。

如此大规模的知识青年往哪里安排呢？当时除了直接安排城镇毕业学生到农村插队落户之外，全国各地在国营农场的基础上组建了12个生产建设兵团、3个生产师。一方面针对来自苏联军事的压力，实行军事编组，使军队领导的农垦队伍成为继正规军队之后的准军事力量，另一方面则用来安排来自城市的知识青年，这些青年形成了最大规模的移民，从而扩大了农垦建设规模。这其中最大的是于1968年6月18日批准建立的隶属于沈阳军区的黑龙江生产建设兵团。1969年到1970年底，黑龙江生产建设兵团共接受知识青年35万人，其中北京知青9万余人，上海知青10余万人，天津知青4万余人。[②]兵团组建前共有职工24.5万人、耕地1239万亩，到1972年职工已经达到60万人。[③]

记得1969年9月1日，我与同校上千名初中毕业生从北京站乘火车前往黑龙江北大荒。按照“文化大革命”之前的规定，这一日子应当是我们这些初中毕业生进入高中阶段的开学之日。但当时才16周岁的我怎么也没有意识到，失去在北京上高中学习的机会，竟然成为我步入社会大学的起点。在此之前，我和弟弟们虽然也常到居住处附近的人民公社生产队帮忙干农活，北京市第一二三中学也曾组织我们初中生徒步到郊区县帮助农民收割小麦

① 吴洵主编：《中国知青总纪实》，中国物资出版社1998年版，第482、489页。
② 同上书，第517、535页。
③ 同上书，第521、522页。

等，但是，我对中国广大农村、农业、农民的认识还是十分有限的。

我来到黑龙江生产建设兵团一师六团（原二龙山农场）。该农场始建于1949年9月，是一个与共和国同龄的现代国营农场，农业资源特别是耕地资源丰富，属于典型的以黑钙土为主的土地。农场耕地黑土层深厚，养分含量高，无霜期比较短，降雨量较高（超过500毫米），交通也比较便利，是哈尔滨与黑河铁路的枢纽。我被分配到离团部和火车站最近的二营（原二分场）十一连（原十一生产队），这个连队一直是个比较先进的生产队。在此，我当了一名农工（既是农业工人的简称，也是农业劳动最辛苦的非技术、非熟练人员）。在北京1969届初中毕业生知识青年到来之前，上海、天津两地1968届初中毕业生知青已经抵达。当时整个连队的知青有近300人，但只有几栋知青宿舍，我们住的是两层的大通铺，一个大房间有60多人。因此当时最要紧的一项任务就是盖知青宿舍。知青宿舍建成后才调整为一个大房间30多人，相当于一个排的编制。

黑龙江生产建设兵团是典型的五级管理体制，由解放军与国营农场的混合体制组成，该兵团由中国人民解放军沈阳军区管辖，直接派现役军人管理；一共有5个师，后来又成立六师，师相当于分局；辖58个团，团相当于农场。1968—1976年，累计有54万全国各地的城市知识青年进入该兵团，是新中国成立以来最大规模的人口迁移和异地就业行动。后来在这些来到北大荒的知识青年中涌现出了一批优秀人才。

当时我只有16岁，正值精力旺盛、风华正茂的青春时节。我一直在11连务农，一干就是7年2个月（1969年9月至1976年10月）。按准军事编制，我先后担任班长、副排长、排长和副指导员。指导员、连长通常为原农场干部，副指导员、副连长大多为优秀的知识青年，是一个典型的当地农场干部与外来大城市人才相结合的基层管理模式，而现役军人主要分布在兵团、师部和团部。

艰苦的劳动是一所把人的意志锻炼成钢铁的学校。[1]记得在当炊事班长的数月中，我每日早起烧火起炊，半夜挑担，田间送饭，每天只能睡四五个小时的觉，我硬是咬着牙坚持下来了。我把繁重而艰苦的劳动作为磨炼坚强意志、培养奋斗精神的手段，尽管它是那样平凡、单调、枯燥和乏味。时至今日，我还保持着这种刻苦耐劳的精神。学术研究是一项非常艰辛的（脑力）劳动，又是一项永无止境的事业，同样需要艰苦的付出。准确地说，我的这种奋斗精神就是在16岁上山下乡之后培养出来的。

三、社会大学的学习者、实践者

艰苦的生存环境、简陋的学习条件也没能阻挡我对知识的渴望。从那时起，我下定决心，坚持自学，这就是我常称的自修社会大学。我也不曾想到在农村走上了毛泽东创办湖南自修大学一样的道路。我下定决心自修这所“社会大学”，或许这将使我终身

① 胡鞍钢著：《中国：走向21世纪》，中国环境科学出版社1991年版，第2页。

受益。生活的法则告诉我，失去的与获得的同等重要。[①]

我曾抄录了列宁的话鼓励自己："只有用人类创造的全部知识财富来丰富自己的头脑，才能成为共产主义者。"我曾在日记中写道："方针既定（靠自学），奋发学习。坚持下来，必有成效。"（1972年）

当时，我还抄下了马克思的一段话："科学绝不是一种自私自利的享乐。有幸能够致力于科学研究的人，首先就应该拿自己的学识为人类服务。"这段话不仅影响了我的知青时代，也深刻影响了我的学术生涯，使我更加坚定地确立了"知识为民、知识报国"的理念。

正是在北大荒上山下乡期间，在日复一日艰苦而繁重的农业生产劳动之余，我一路坚持学习了马列选集，特别是反复阅读了《毛泽东选集》四卷本——它不仅是我的政治课本、历史课本，也是我的语文课本、哲学课本。它是最深刻、最全面反映中国国情的生动教材，成为我了解农村、了解社会、了解中国的必读书。

《毛泽东选集》中的文章涉及中国政治、军事、经济、文化、外交等各个方面，理论自成体系，思想深邃入里，语言鲜明活泼，其内容蔚为大观，哪怕是一个注释所提供的信息都是重要的知识线索。对我而言，《毛泽东选集》是一座丰富的知识宝库，从社会阶级分析到农村调查研究，从中国革命到世界革命，从具体问题到普遍规律，从军队建设到党的建设、根据地建设乃至国家治理等。也正因如此，我对《毛泽东选集》一直怀抱着强烈的兴

① 胡鞍钢著：《中国：走向21世纪》，中国环境科学出版社1991年版，第2页。

趣和求知欲，可谓百读不厌，对其中许多经典篇目的内容也烂熟于心。

对此，我将其称为“向伟人学习，与伟人对话”。正是在这样的学习与对话中，我的人生观、价值观、世界观、历史观以及后来的学术观，都逐渐清晰起来，不断地凝练升华。如果说，上山下乡使我认识了中国国情，艰苦的农业劳动塑造了我坚强的意志和毅力，那么，毛泽东著作则深刻地影响了我的志向和思想：它为我日后数十年专业专职从事中国国情研究提供了极其宝贵的“知识积累”和“思想财富”。[①]

我在经受了艰苦乏味劳动的磨炼之后，唯一的志趣就是劳动之余的读书学习。在农村，没有老师，没有实验工具，我只能依靠自学，自己给自己当老师，自己给自己做指导。我也经常给父母写信汇报自学感受，他们总是给我鼓励和指导。我记得还是在1970年，我父亲就给我邮寄马克思、恩格斯、列宁、斯大林的十几部著作。这些书许多是大字本，我读起来也是似懂非懂，不过我都认真阅读、用心体会。此外我与许多北京知识青年交往，还有许多书友，大家相互借书传书，有时要到很远的连队去借书还书。

在农村，我逐步学会了自教自学，最大的好处就是使我具备了一种特殊能力，即很强的自学能力，做到“无师自通”。这也使我懂得，在任何背景和条件下，一个人的成功是因为学习的成功，一个人的失败也是因为学习的失败。现在想来，这种学习能力特

① 胡鞍钢：《我读毛著五十年》，《光明日报》2016年6月13日。

别是自学能力是一个人的核心能力，使我终身受益无穷。但是这一能力并不是在学校获得的，而是在农村自学过程中逐渐体会、逐渐学会的。我一直认为，社会是最好的课堂，是最大的大学。我曾写道：“读书要会读，要读活书，不要做书呆子。社会是一部活字典，研究、观察、分析社会是读书的重要内容。”

1972年秋，我们连队一排长作为工农兵学员被选派上大学。这对我来讲是极大的震动，我也想上大学。在父母的支持下，我抓紧重新复习初中的数理化，接着就开始自学高中的有关课程。那时农场经常停电，我买来小蜡烛和煤油灯，在收工之后，边看书，边算习题，有时借助报纸的边角算题。记得我的《自学高中物理》一书书角还被耗子咬了一部分，我很心痛。我在学习化学时碰到问题，就问一个来自上海的高中生知青，他说他也忘记了，反问我，你学习这些数理化有什么用？我回答，现在是没有用，将来会有用的。我还记得，因为美国总统尼克松访华，北京广播电台开办了学习英语的节目。我特意买了一台中长波段的收音机收听节目，虽然收听起来比较困难，用来学习和模仿的话发音也不够准确，但我还是坚持收听。

1973年夏季，六团公开选拔工农兵学员参加考试，招收大中专学生，我已经自学了全部初中数理化课程以及高中的数学和物理课程，为考试做了准备，自认为可以通过考试，实现我上大学的梦想。虽然我也获得了推荐，但是连队没有给我参加考试的机会。工农兵上大学“由群众推荐，领导决定”的方式看似很公平，但实际上只有极少数人才有这种机会。

1974年夏季，全国招生还是取消了考试，仍以推荐选拔的方式，由连队自主推荐工农兵学员。在推荐选拔的名单里，仍没有我的名字。我如同一个未参加竞争的失败者。

"儿行千里母担忧。"当年秋季，我返回北京探亲，心情极为沮丧，母亲特别理解和体谅我的心情，安排我到上海看望爷爷奶奶及小叔。这也是我第一次到上海，当时的上海比北京发达得多、繁荣得多、商业化得多，给我留下了深刻印象。70多岁的爷爷提出与我同游杭州的计划，我们一路同行，边看边聊，欣赏着祖籍浙江农村的美丽景色。长江三角洲地区与黑龙江的北大荒截然不同，当时正赶上晚稻收获时期，早晨收获割稻，中午开耕，下午又播种上下一茬庄稼，反映了这一地区一年两熟或多熟的复种指数，土地利用率极高，劳动密集程度更高。而北大荒则因无霜期短，依然是"广种薄收"。我感受到中国地域辽阔，南北差异甚大，各地的人口与耕地矛盾大为不同。随后，我又与爷爷前往无锡看望大叔大婶，千年古城无锡也给我留下了深刻的记忆。我爷爷不仅是一位受人尊重和信赖、医术高超的老中医，还是一位阅历丰富、历史知识渊博的老者，能对历史与现实当政者的得失做客观评价。

从南方回来之后，我又乘火车到天津塘沽港，接着乘船前往大连港，与我父亲会面。在北大荒的日子里，他的来信总是不断地鼓励、鞭策、指引我，让我坚持下来。他不仅是我的父亲，也是我步入社会、自修社会大学的一位导师。

这次南方之行和大连之行使我迅速从人生低潮的阴影中走出来。我明白了一个道理，不管遇到什么样的挫折和困境，都要乐观，更要“风物长宜放眼量”。[①]

而后我仍然没有得到报考大学的竞争机会，这不仅使我懂得，教育机会不公平是最大的不公平，也使我更加刻苦地自学，更加坚定了上自修社会大学的决心。

之后我担任过排长、副指导员，也算是一个农场基层干部。据统计，到1975年底，黑龙江生产建设兵团体制已经撤销，提干的知青（指副连级及以上）累计有5000余人，占兵团接收的39万知青总数的1.3%。[②]应当客观地说，他们是知青中的佼佼者，我也有幸成为其中一员。

我更加严格要求自己，除了外出开会和办事，仍然带领知识青年下地务农，同时也组织各种文体活动，丰富知青的精神生活。我带头组织了排球、篮球、足球比赛，带队到其他连队比赛，为此还专门开辟了一个简易足球场；我组织知青自编自演文艺节目，还排练了《长征组歌》，参加营部（指农场分场）比赛；开办了小型图书馆，从北京购买各种图书供知青学习；我还购买了第一台大屏幕的黑白电视机，很可惜，当时接收不到省会哈尔滨电视台的信号，这件事我离开之前也没有办成，也留下了些许遗憾。

1975年，我作为副指导员分管计划生育工作，给当地育龄妇女做动员工作，到各家访问了解情况。这与跟知识青年打交道是不同的，什么难听的话你都得耐心地听，什么难做的事你都得反复细心地劝解并去做。由此我才知道在农村（即使是农场）最难

---

① 毛泽东：《七律·和柳亚子先生》，1949年4月29日。

② 吴洵主编：《中国知青总纪实》，中国物资出版社1998年版，第667页。

做的就是人口及计划生育工作。但是这段实际工作经历为我后来研究人口计划生育政策提供了感性认识的基础。

这段时间是我在农村最辛苦也最开心的时候，城市知识青年带来的许多城市的现代化要素使农村生产生活条件发生了大变化，农村的生活工作经历也给城市青年上了一堂社会大课。

2009年9月，我在黑河市爱辉镇参观知识青年博物馆时，看到了许多反映当年知识青年生活的照片，从中也看到了自己的身影。在上山下乡的整个过程中，毛泽东所倡导的“人是要有一点精神的”①，成为我最重要的精神支柱，正是这种精神历练了我的坚强意志。

1976年2月，国家撤销黑龙江生产建设兵团，恢复农场体制，归属黑龙江农垦总局系统，仍称二龙山农场。10月，我转调到华北冶金地质勘探队。因为我是十一连的副指导员，办理调转必须经过六团党委决定，当时的马团长一早来到我所在的连队与我谈话，告知我农场党委专门研究了我的调动，认为是符合国家有关政策的，但是党委认为我是个人才，正在考虑调到其他连队任新职。对此，我表示感谢，说自己的想法就是想换个地方。原因其实很简单，我知道我继续留在这里是不可能上大学的，因为从1973年至1976年连续四年我都没有机会被推荐上大学，更不可能再去当什么领导。我第一次也是唯一一次没有服从组织安排。我父母亲都考取了上海交通大学，我就是想上大学，这是他们所不能理解的。

①《毛泽东文集》第7卷，人民出版社1999年版，第162页。

从更深层次的角度看，我也亲身体会和看清了中国户籍制存在的一些弊端，更能够感同身受中国的“四农”问题，即农村、农业、农民以及后来的农民工。

1969年9月1日我离开北京来到北大荒，1976年10月25日又路经北京。十分巧合的是，此时恰逢“四人帮”被抓，正赶上天安门广场大游行，全国各地庆祝这一胜利，这意味着“文化大革命”即将结束，我真正感到中国有希望了，自己也有希望了。

1976年10月底，我只身到位于河北省邢台市章村的华北地质勘探公司520队部报到，几天之后，我被分配到该队一中队当一名勘探工人，根据工作年限累计，为二级工。我从“修理地球”的农业工人变为“勘探地球”的钻探工人。我所在的河北邢台邯郸地区既是老根据地，又是贫困山区，老百姓的实际生活水平与北大荒的职工差得多。我与工人们常常出没于穷乡僻壤，跋涉于山川沟壑，借住在当地老乡家，劳动条件恶劣，生活环境艰苦。在勘探过程中，我发现邢台邯郸地区的农村极其落后，许多地方没有通电，更没有自来水，农民家庭有住房，但是极其简陋，农村基层仍然缺医少药。这是我后来提出改变中国“一个国家、两种体制”的认识来源。

这段时期，我仍然坚持自学，每天除了几小时的睡眠，工作之余我都在拼命读书。我隐约地感觉到，我会有上大学的机会。

我没有机会能够上正式的大学，却先上了社会大学，学到了在正式大学所学不到的社会学问。我曾多次讲过，不了解农村，就是不了解中国，因为中国80%的人口在农村。正是这段农村生活经历使我更深刻地感受到中华民族生存与发展的真正含义。这些经历都构成了我对中国国情最初的不可缺少的感性认识，也激发了我要为改变中国贫困落后面貌做出贡献的原动力。[①]

这十年的社会大学与我后来从事国情研究的关系既有必然性，也有偶然性。所谓必然性，是指“存在决定意识”，没有这段刻骨铭心的社会经历和历史记忆，我不可能走上国情研究这一道路，也不可能撰写出当代中国研究的系列文章和著作。所谓偶然性，是指如果我没有考上大学，进行长达十几年（包括博士后）的人力资本投资，也就失去了充分利用这一社会认知和人生体验的机会。而后我的人生之路因中国改革开放而发生了根本性的改变，成为与改革开放同行的国情专家。

1995年5月，新加坡《联合早报》发表了该报记者张从兴撰写的《胡鞍钢现象说明了什么》一文，该文在评论时指出：“胡鞍钢曾经上山下乡，到过北大荒插队，实际了解到了中国农村的贫穷和中国农民的心理世界。这使胡鞍钢这一代的中国知识分子，在今天为中国走向21世纪的发展过程出谋献策时，能够从中国的实际国情出发，而不至于在书斋里纸上谈兵。”

① 胡鞍钢著：《中国：走向21世纪》，中国环境科学出版社1991年版。

第三章

恢复高考，梦想起航

——改革开放的第一班列车

1978—1988

我们所处的时代是中国历史上最伟大的时代，正在经历着伟大的社会变革。我已感受到变革时代的强烈呼唤。我是邓小平决定恢复高考后的第一批受益者，更是改革开放的直接受益者，我要为这一人力资本投资做出更大的社会回报和贡献，特别以学术研究的方式积极参与到改革开放之中，贡献于改革开放进程。

——胡鞍钢

一、考上大学：从工人到大学生

人生之途本身就是一个连续的大考场，既淘汰人，也筛选人，完全遵循“不进则退”的简单真理。一个人无论在何时何地，是要有一点信念，有一点精神的，[①]有一点作为的。机遇并不是自动送上门的，也不是托关系找“后门”就能得到的，它只会眷顾那些准备好的人。

1977年7月29日，邓小平提出恢复高考的初步设想；8月8日，他决定：今年就要下决心，恢复从高中毕业生中直接招考学生，不要再按“群众推荐，领导决定”。10月12日，国务院批准教育部报告，规定高等学校招生实行自愿报名，统一考试，择优

① 毛泽东曾讲过：人是要有一点精神的，无产阶级的革命精神就是由这里头出来的。(《毛泽东文集》第7卷，人民出版社1999年版，第162页）这句话对我影响最大。

录取。10月21日，新华社正式公布恢复高考制度的消息。这是邓小平“复出”后的一个重大决策，即人力资本投资的决策，由此揭开了改革开放的大序幕，也为改革开放播下了千千万万的“种子”。这给我们这代人提供了一个平等竞争的学习机会，也给我们带来了一线未来的发展希望。我们这代人中许多知识青年的命运都是在这场高考中发生根本性改变的，与此同时，中国的命运也发生了改变。

电影《高考1977》就是历史的再现。我也在影片中看到了自己在北大荒的影子，看到了自己经历高考的人生转折。令我们所有人都没想到的是，这场高考来得如此之快，规模如此之大，大家都还没有准备好。当时我们这些上山下乡的同龄人，初高中的课程都是在农村劳动之余自学的。我毫不犹豫报名参加了考试，准备开始一场人生的新拼搏。此时，我已转任地质勘探队二中队支部副书记，独立负责一个机台在野外的地质勘探。我还记得，当时地质勘探队的负责人劝我不要报考大学，说我可能列在“文化大革命”结束后第一批次“涨工资”的名单中。[①]我答道：“我可以让给他人，请给我一次考大学的机会吧。”

同年底，我利用探亲假回京，借机复习功课。当时，我父母家只有两间卧室，再加上爷爷奶奶首次来北京，我和弟弟只能打地铺与爷爷奶奶挤在一起。我们只顾着温习功课，也没能陪同爷爷奶奶游览北京名胜，反倒让他们照料全家。

从北京探亲返回后的几天，我参加了全国恢复高考后的第一次

① 1977年之前中国有20年没有涨工资。

高考（河北考区），在河北邢台章村（煤矿）考试点，有几百个考生参加，这么多人一同考试，我也是首次经历，既感到震惊，更感到压力重重。当时全国共计有570万人报名，堪称世界上最大规模的高考，计划招生21.5万人，实际录取新生27.8万人，尽管当时的录取率只有4.8%，却播下了中国改革开放的人力资本种子，从此这些“种子”在中国大地生根开花结果。

我自己有幸成为最早播下的第一批种子的一员，由此我的人生之旅与中国改革开放同向同行。当初我考大学还只是为了改变个人的生存状况，理想是将来当一名技术人员或工程师，也没有想到后来会成为国情研究的学术带头人、中国大学智库的代表人物。这一切个人与社会变迁的起点都发生在此时，既有中国改革开放历史的必然性，也有我个人奋斗经历的偶然性。

由于地处穷乡僻壤，交通十分不方便，直到1978年3月初，全国各地大学均已开学，我才接到了河北矿冶学院（后称河北理工大学，现已与华北煤炭医学院合并重组为华北理工大学）冶金系的录取通知书。考大学，要读书，一直是我的梦想和期盼。我激动不已，这包含了我痛苦与奋进、惶惑与坚定的曲折历程；这也意味着我人生的新开端。此时我已经25周岁了，虽然刚考上大学，却是我人生的重大转折，恰巧是与中国改革开放的重大转折同时起步。这是一个中国现代化大踏步赶上来的时代，我搭上了这趟改革开放时代的列车，成为了时代的幸运儿。尽管对我来说，这不是最后的机会，但却是我人生最关键的机会，抓住了这个机会，就赶上了这个时代的第一班列车。

进入大学的第一天，我感到十分震惊，因为学校基本上是

1976年唐山特大地震之后留下的废墟和瓦砾，教室和学生宿舍都是刚刚搭起的简易防震房。我从当地同学的口中得知，在这场毁灭性的唐山大地震中，该校教职工死伤十分严重，整个唐山市也正处在灾后重建恢复过程中。

一年之后，我母亲来学校看望我，也感到十分震惊。她说："我儿子好不容易考上了大学，却在如此艰苦的环境下坚持学习。"我却不以为然，因为对我而言，最好的机会就是学习的机会，最好的时光就是学习的时光，特别是在经历了上山下乡的知青岁月和地质勘探队的工人岁月的磨炼之后，我更加珍惜这难得的学习机会和时光。无论条件多么艰苦，我都不在乎。我不仅补上了高中、大学的数理化基本知识，更重要的是掌握了如何学习、如何温习功课、如何应对考试等基本能力。我们直到大学三四年级时才陆续进入灾后重建的教学楼和学生宿舍楼。在这所学校里，我圆满地完成了大学学业，取得了工学学士证书。

我们这代人能考上大学算是极小概率事件，但对我家兄弟四人却是百分之百事件。记得在我准备功课参加首届高考之时，我爷爷在他的诗篇中预见道："绝知后继有真才。"后来的事实也表明，我们家成为真正的"人才之家"。先是我考上了大学，而后三个弟弟都陆续考上大学，这从根本上改变了我家四兄弟的命运，使我们家成为高人力资本水平的家庭。1978年秋季，在北京郊区农村插队的二弟胡本钢考取中南矿冶学院本科生；1980年，在北京青云仪器厂当工人的大弟弟胡包钢在该厂"七二"大学毕业之后直接考取北京钢铁学院研究生；1981年秋季，我考取北京钢铁学院研究生（1982年3月入学）；1985年，高中毕业的小弟弟胡红钢考取清华大学本科生。由此，我们家实现了“全家红”，而当时全国高等教育毛入学率不足2%。

这里就不能不提到我的父母，他们都是在20世纪50年代初从上海交通大学毕业的大学生。无论调到哪里工作，他们都会对我们兄弟四人进行长期的人力资本投资，从托儿所、幼儿园的早期教育，再到小学、中学，以及后来的大学、国外留学等。为此，我深知早期儿童教育对于一个人的一生具有极其重要的影响，无论是从私人收益率还是从社会收益率来看，其价值都是相当高的。即使在“文化大革命”期间我们都没有机会正常上学，父母也是坚持鼓励我们自学，要求我们严于律己。

二、考上研究生：从学习者到研究者

进入大学的第一天，我就下定决心，不仅要读好大学本科四年，还要继续深造，一直读到底。从大学三年级起，我一方面全力完成本科学业，另一方面努力准备报考研究生。学习负担“自我加重”，为继续深造做好了充分准备。

到1982年初大学毕业时，全校77级毕业生700多人中，仅有6人考上了研究生，我也在其中，考上了北京钢铁学院（现北京科技大学）工学研究生，获得了继续深造、继续进行人力资本投资的机会。

我16岁离开北京来到黑龙江上山下乡，直到29岁时才回到北京。这13年在社会大学和学术大学的经历，都提升了我独立生活、独立工作、独立抉择的本领。

研究生的三年，我受到了严格的科学研究训练，初步完成了由一个学习者向研究者转型的过程。我的指导老师卢迂述教授是留苏副博士，在他的指导和鼓励下，我学会了如何选择科研课题，查阅文献和专利，设计课题项目，确定技术路线，进行各种实验，处理和分析数据，撰写和修改硕士论文。

学术研究期间，我体会到，无论是上大学还是上研究生，最重要的是掌握研究方法。没有严格的科学研究训练，无论从事哪方面的学术研究都不可能达到较高的水平。作为研究生，更需要提高独立研究的能力，实现从学习者到研究者的转变。这为我后来从事国情研究奠定了方法论的基础，也为我后来教书育人培养研究生提供了亲身实践的经验和体会。

我在北京钢铁学院获得工学硕士学位之后，被选拔留校做教师，但我很快又做出新的选择——报考该校工学博士生，希望能够在科学研究方面再上新台阶，进一步强化对自己的人力资本投资。如前所述，自从我赶上高考这班车之后，我就下决心要把失去接受正规教育的十年时间再用大学的十多年时间（从本科生到博士生，再到博士后）弥补回来。对一个国家来讲，最大的投资就是对国民的人力资本投资；对个人来讲，最大的投资也是对自己进行持续不断的知识资本投资。这不仅使我赶上了改革开放的这列时代快车，还能够从飞驰的列车的车尾走到车头。

三、考上博士生：转向国情研究

人生之路就是不断选择之路，既要根据自己的兴趣和爱好来选择，更要根据中国社会的发展需求和可能来选择。而我是以后者为依据来选择的。

当我考上博士生时，面临研究方向和课题的选择。当时有两种不同的选择：一是“按部就章”，按照正常的博士生培养方案，在原有的工科研究领域继续工作，做一名工科专业人员或专家，这对我来讲是路径依赖，顺理成章，风险也小；二是“独辟蹊径”，选择自己更喜欢的崭新的研究领域，也是社会最需要的研究领域，就是国情研究领域，但对我来说必须改变学术路径，还需要调整专业和授予博士学位点，有较大的不确定性和风险。最后，我还是选择了后一方案，因为我喜欢做我感兴趣的学术研究，即国情研究。

很多人奇怪，我这样一个工科背景的人怎么会走上国情研究的学术之路？这既有必然性，也有偶然性。的确，每个人在关键阶段做出关键的抉择是最重要的，这需要先舍后取。

当时国内环境发生了重大变化，对科学决策产生巨大需求。在20世纪80年代，中国社会对大学产生了什么样的社会需求呢？1982年，党的十二大提出到20世纪末我国经济建设总的奋斗目标，即在不断提高经济效益的前提下，力争使全国工农业的年总产值翻两番，人民的物质文化生活可以达到小康水平。[①]之后，各方开始研究2000年的中国。

一是世界银行对中国经济先后进行了两次大规模的考察，1983年发表了以《中国：社会主义经济发展》为题的第一份报告；[②]

① 胡耀邦：《全面开创社会主义现代化建设的新局面——在中国共产党第十二次全国代表大会上的报告》（1982年9月1日）。

② World Bank.（1983）.*China: Socialist Economic Development.*

1985年世界银行考察组又发表了以《中国：长期发展面临的问题和选择》为题的第二份报告，该报告提供了全面的经验信息和分析范例，描绘了到2000年中国可能的发展路径和选择。当时他们对中国的长期（指1981—2000年）经济增长有三种估计方案，并且预期GDP年增长率在5.4%—6.6%之间，人均GDP年增长率在4.3%—5.5%之间。[①]我当时读到这些报告后，感到耳目一新，觉得研究视角和研究方法都非常独特，尤其是经济学的视角及其所采用的定量方法，都值得我们借鉴和学习。不过世界银行专家的预测值低于中国政府制定的经济年平均增长率7.2%的目标，更低于实际增长率（9.9%）。

二是国务院经济技术社会发展研究中心总干事马洪和王慧炯、李泊溪等组织全国180多个单位的500多位专家研究并完成了《2000年的中国》，这是中国第一个成功的大型发展战略研究项目。该课题是宏观大系统研究，涉及的领域层次多，其组织工作本身就是一项庞大的系统工程。该课题首次运用数学模型对未来15年中国经济、社会生活等进行全方位的战略性预测，对2000年中国的蓝图进行了描绘。

三是基于中国进入决策科学化、民主化的大背景。吸取新中国成立以来在多次重大决策失误中的历史教训，党中央、国务院越来越倡导决策科学化、民主化。1986年7月31日，中央政治局委员、国务院副总理万里在首届全国软科学研究工作座谈会上作了

① 世界银行考察组:《中国:长期发展面临的问题和选择》，约翰·霍普金斯大学出版社1985年版。

题为《决策民主化和科学化是政治体制改革的一个重要课题》的讲话，邓小平批示："很好，全文发表!"陈云同志也批示："这个讲话，解决了我们党多少年以来没有解决的一个重要问题。"8月15日，《人民日报》全文刊登了万里的文章。万里同志指出，今后对任何重大问题的决策，不能再停留在凭领导者个人经验和意志办事的传统方法和水平上，而必须采取科学的方法，按照科学的程序，进行科学的论证，力求减少和避免可能出现的重大失误。正是在这种大背景下，各种政策研究机构开始兴起，其中就有中国科学院的国情分析研究小组，开拓了学术新天地。

以上是我转向国情研究的社会背景，同时也有偶然因素。我认识了马宾先生，他成为我走上国情研究道路的引路者。马老是1932年就加入中国共产党的老革命干部，新中国成立后他成为鞍钢的首任总经理、"鞍钢宪法"的作者之一。我父亲胡兆森曾与他共过事，在读博士生期间，我去钢铁学院家属宿舍马宾先生家做客。当时马老担任国务院经济技术社会发展研究中心顾问，我们很自然就聊起了中国经济发展形势。马老向我推荐阅读几本经济学著作，包括他当时翻译并正式出版的劳埃德·雷诺兹（L.G. Reynolds）的《宏观经济学分析和政策》一书，这本书成为我学习经济学的入门教科书。马老曾将周小川的博士论文《国民经济模型与经济大系统的分解途径》借给我看。周小川在清华大学自动化系系统工程专业攻读在职博士研究生时，运用经济学和系统论跨学科方法，为该项研究提供了基础性预测，开创了先例，这对我来说很有启发性，也有示范效应。

最重要的还是我个人的长期思考和主动选择。我们所处的时代是中国历史上最伟大的时代，正在经历着伟大的社会变革。我已感受到变革时代的强烈呼唤。我是邓小平决定恢复高考后的第一批受益者，更是改革开放的直接受益者，我要为这一人力资本投资做出更大的社会回报和贡献，特别是以学术研究的方式积极参与到改革开放之中，贡献于改革开放进程。当时我自己也没有想到这一选择决定了我的学术研究生涯。

就这样，我开始涉足社会科学研究实践。1985年，时任国家信息中心常务副主任兼总工程师的周宏仁博士刚从美国回国，负责筹建国家经济信息系统工作。他委托我与中央党校博士生卢中原、丁宁宁等研究相关课题。我们很快完成了《关于建立国家信息中心的背景研究报告》，获得有关方面的高度评价。1986年，国务院正式批准建设国家经济信息系统并组建国家经济信息中心。这项研究成果也增强了我“边干边学、边学边干”的信心，是我进行专业化研究中国国情的一次尝试。

我的博士论文选题来自社会需求。在20世纪80年代中期，有关人口发展战略的政策曾出现过很大争论。早在改革开放初期，邓小平就曾多次谈到中国基本国情，即“人口多、底子薄、耕地少”。我国人口当时正值生育高峰，人口与发展的矛盾十分突出，党中央决定在全国实行计划生育，提倡共产党员、共青团员带头践行“一对夫妇一个孩子”的政策。1982年，党的十二大报告明确提出：在我国经济社会发展中，人口问题始终是极为重要的问题。实行计划生育，是我国的一项基本国策。到本世纪末，必须力争把我国人口控制在十二亿以内。[①]

当时农村正在开展的家庭联产承包责任制受到广大农民的欢迎，但是实行严格的计划生育又直接影响农民的切身利益。当时国务院领导同志主张要对农村人口生育政策开“小口子”，国家有关部门出台农村第一个是女孩的还可以生第二个孩子的政策，全国有6个省相继出台农村普遍“二孩”政策，由此全国妇女总和生育率出现了明显的反弹，达到了2.6，农村又高于上述水平，远高于妇女生育更替水平（总和生育率为2.1），这意味着中国总人口将持续高增长。为此，马宾、于景元（时任航天部710所副所长）等多次向中央及有关领导部门呼吁，必须严格控制人口数量，否则我们将错过历史给予的最后机会。

为此，我选择从影响中国现代化发展的最大限制因素——人口问题入手，系统地分析人口与经济的关系，首次涉足中国基本国情和长期发展战略研究。这个选题得到了马宾等的大力支持。

但是，从何处入手来研究中国人口与经济国情？如何从国际视角来分析中国国情？当时中国刚刚对外开放，缺少国际化的专业研究。一个基本问题是，中国所采用的是苏联的物质生产核算体系，而不是国际上通用的国民经济核算体系。如前所述，1985年世界银行发表了《中国：长期发展面临的问题和选择》报告，对中国到2000年的发展路径做了详细的分析。这项研究成果及预测方法对我而言极具启发性与借鉴性，这就使得我的国情研究从一

① 胡耀邦：《全面开创社会主义现代化建设的新局面——在中国共产党第十二次全国代表大会上的报告》（1982年9月1日）。

开始就是开放式的研究，能够进行国际比较，做到“知己知彼”。实际上，之前对中国国情以及发展阶段的研究一直缺少专业化的定量判断，直到1987年党的十三大报告才首次用“我国人均国民生产总值仍居世界后列”的表述来描述中国的经济国情。

在北京钢铁学院研究生院和导师的支持下，我转考到中国科学院自动化研究所。时任中国科学院副院长兼自动化研究所所长胡启恒对我的研究方向给予充分肯定和大力支持。为此，自动化研究所专门成立了由多学科专家组成的博士生指导导师小组，他们是：自动化专家何善堉研究员、经济学家马宾教授、对策论专家郑应平副研究员、计算机仿真专家马正午副教授。

我还得到许多不同学科的专家指导。首先，我受到钱学森先生系统集成论的启发和影响，即“从定性到定量综合集成方法”(Meta-synthesis)，他倡导用不同学科、不同领域的科学理论和经验知识、定性和定量知识、理性和感性知识，进行综合性、系统性研究。[①]我参加过他亲自主持介绍中国人口与发展的研究成果的研讨会，不过他认为我对中国人口资源环境等的分析过于悲观，对科学技术进步的作用估计不足。对此，后来我也有所感悟。我同时也受到北京钢铁学院涂序彦教授大系统控制论的重要影响，因为我所研究的对象就是当代中国这一复杂巨大的系统，需要系统思考、全面分析、重点研究、持续研究。此外，我还学习和吸收了于景元关于中国人口与经济发展的系统分析的思路。上述跨

① 于景元：《从系统思想到系统实践的创新——钱学森系统研究的成就和贡献》，《系统工程理论与实践》2016年第12期。

学科的学习和训练不仅深化了我的专业知识，也扩展了我研究中国国情的方法论。这使得我不仅掌握了专门知识，还学会了集成知识，既不受学科之限，也没有门户之见，博采众家之长，集成一家之言。学习过程中，我深深地体会到不仅要学会学习，更要融合不同学科老师的方法和思路，不断攀登、不断创新。

1988年9月，我在中国科学院自动化研究所通过博士论文《人口与发展：中国人口—经济系统分析及人口系统控制对策研究》，当时得到了以系统科学和人口学为背景的专家于景元主任以及答辩委员会的高度评价："该论文可谓是集中国人口与发展问题研究之大成。作者运用多学科交叉研究的方法，定量与定性分析相结合，使整个问题的研究及其结论取得突破性进展，这样的论文在国内还不多见。它对我国长期（特别是下世纪初和上半叶）的发展问题研究很有开拓意义，对国家控制人口数量增长的工作具有针对性和指导作用。"我的博士论文也为我从事国情研究奠定了学术研究基础。我从认识中国人口国情入手，来认识中国国情、分析中国国情，从而形成了对人口与发展的总体认识，对解决中国的人口问题、发展问题有了更深入、更系统的观点和独到的看法。

时任国家科委主任、人口控制论专家宋健曾阅读我的博士论文，给予较高的评价。中国人民大学人口学家邬沧萍教授，也对我能够独立完成这样复杂和难度极大的博士论文极为赞赏，惊奇地问我，文中所涉及的许多文科知识是如何学习的？我告诉他，基本上是自学的，边干边学。他还问道："你是如何在河北涿县（今涿州）对150多名农村育龄妇女进行生育对策访谈调研的？"我告诉他，我在北大荒农场曾负责过计划生育工作，我晓得让妇女计划生育有多难，这些经验对我开展实地调研起到了重大作用。我在我的导师之一郑应平的建议下，首次采用主从博弈论进行调研，对育龄妇女的生育动机、生育行为以及奖励惩罚效果进行问卷调查，模拟家庭—政府生育对策过程，分析不同的生育激励和限制政策对育龄妇女生育子女数意愿的影响。

我的博士论文一分为二，一部分内容以《人口与发展——中国人口经济问题的系统研究》为题，由浙江人民出版社在1989年以“青年经济学者丛书”之九正式出版，该丛书是20世纪80年代崭露头角的中国青年经济学者的学术著作系列丛书。马宾专门为我的书写了序，对我关于中国人口、资源、环境等基本国情的分析进行了综合评价。他特别指出，现在看来必须向全党全国人民宣传、动员，认识我们的基本国情，提高我们的人口意识，增强我们的危机感，提高贯彻计划生育基本国策的自觉性。我们提出对人口问题要有危机感。同时，一旦有危机情况，我们还要“临危不惧”，因为我们的事业是符合全民族和人民利益的。

另一部分内容被用在我和邹平（时任全国人大教科文卫委员会研究人员）合作出版的《人类·发展·前景·抉择》（学术书刊出版社，1990年版）一书中，系统地考察了中国人口与耕地、粮食、生态环境、社会文化变迁历史的关系，定量分析了当代人口生育机制转变的宏观因素和微观因素，提出了人口、资源、环境、经济协同共进的新人口论，以此作为未来中国发展模式选择、发展战略制定的理论基础和国情依据。为此，马世骏学部委员专门为该书写了序言，称“人口发展协同共进”的理论命题的重要探索，是大胆的尝试，愿我们“百尺竿头，更进一步”。

1991年，我与邹平合著的《中国人口与发展》首次出版了英文版（中国科学技术出版社，1991年版）。后来瑞士日内瓦大学政治经济学系主任保罗·尤瑞欧（Paolo Urio）教授评价道：胡鞍钢在20世纪90年代初就能够清醒地意识到中国的资源环境约束，提出的创新中国特色现代化道路，而不是复制西方现代化道路的看法是富有远见的，也是难能可贵的。①

1991年1月24日，为了纪念我国学位制度创建十周年，大力宣扬中国博士、硕士学位获得者为社会主义现代化事业做出的突出贡献，进一步促进高级专门人才的培养逐步立足于国内这一战略目标，由国家教育委员会、国家学位委员会决定对695名中国博士、硕士学位获得者授予“做出突出贡献的中国博士、硕士学位获得者”荣誉称号。该决定指出：他们坚持四项基本原则、坚持改革开放，在学期间品学兼优，踏上工作岗位后，面向社会主义现代化建设的需要，艰苦创业，不断进取，在生产、科研、教学、管理等方面做出了重要贡献。他们的突出事迹，代表了我国学位获得者立志为祖国建功立业的宏大志向和精神风貌；他们的工作成果，体现了我国学位已达到的学术水平；他们的实践，将为完善中国特色的学位制度提供有益的经验。该决定旨在激励广大有志青年刻苦攻读中国学位、报效祖国的理想和热情，坚定地树立为社会主义祖国服务的自信心和自豪感，立志成为社会主义现代化事业需要的合格人才，为把我国建设成为社会主义现代化

① 保罗·尤瑞欧：《中国调和国家、市场和社会的关系：迈向繁荣的长征》（英文版，Taylor&Francis Group）。

强国而努力奋斗。我也被授予了“做出突出贡献的中国博士学位获得者”荣誉称号。

现在，这695名中国博士、硕士学位获得者大多成为了我国各个领域两院院士、带头人、领导人。他们是特殊时代特殊人群的佼佼者，也是邓小平决定建立学位制度后首批收获的优秀人才红利。

四、警世之作：《生存与发展》

1986年，我参加了由中国科学院学部委员周立三先生领导的中国科学院国情分析研究小组，接受国务院农村发展研究中心委托，进行“中国国情分析——关于农村长期发展问题研究”课题研究。该小组由中国科学院农业科技委员会（李松华研究员）组织自然资源综合考察委员会（石玉林研究员、李立贤副研究员）、南京地理所、系统科学研究所（陈锡康研究员）、生态环境研究中心（王毅助理研究员和邹左军博士）、自动化研究所（胡鞍钢博士）和国务院农村发展研究中心（常寒婴）等不同学科的科学家和科研人员，成为中国科学院最早的“决策思想库”，开始专业化、多学科地对中国人口、资源、环境和粮食进行长期战略研究。

周立三先生曾担任南京地理研究所名誉所长，他是一位杰出的战略科学家，总是从大局着眼，关注国家的前途命运，前瞻性思考国家未来发展需求。他精心组织我们研究人口、资源、环境与农业的重大课题。虽然这只是一个课题研究小组，却是首次跨学科综合研究，开创了国情研究（即指当代中国研究）和公共政策的新领域，扮演了科学决策思想库的新角色。

1988年年底，我和王毅代表中国科学院国情分析研究小组执笔完成了题为《生存与发展》的第一份国情报告，我们的研究结果表明，按当时的生育水平（总和生育率为2.3—2.4）趋势发展，中国到2030年总人口将达到16.3亿—17亿人。最重要的是，我国人口负荷过重，农业自然资源接近承载极限。生态环境持续恶化，同时客观分析了中国社会经济发展所面临的多重危机。根据基本国情仍然应该是计划生育、控制人口。我们在报告中严厉批评了长期以来总是在经济发展速度方面犯的“急性病”，头脑易于过热的“速胜论”，明确指出中国现代化是“持久战”。

报告前瞻性地展望了中国现代化发展的长期趋势。我们认为，从1980年起，中国进入持续的现代经济高速增长阶段，即经济起飞阶段，持续到2020年，由低收入水平向中等收入水平过渡，工业化进程开始加速，经济结构发生明显变化，社会发生全方位深刻变革，城市化水平有所发展，人口再生产类型逐渐进入低出生率、低死亡率、低自然增长率阶段，一个比较完善、富有创造性和生命力的、具有中国特色的社会主义模式将呈现于世界的东方。

最有创意的是我们前瞻性地提出了中国现代化发展模式设想，还专门与美国作对比。我们认为，以美国为首的发达国家发展方式的前提是资源条件，对于世界上大多数发展中国家而言几乎是不能复制的。而大多数发展中国家也不应该幻想几十年后达到美国目前的物质生活水平。少数工业化国家对国际资源占有的特殊格局决定了多数发展中国家不可能重走发达国家的现代化道路。我们的基本结论是：中国的现代化道路只能独辟蹊径，必须根据中国国情，寻求一种新的长期发展模式，探索一种社会主义中国独特的生产力发展方式。其核心思想就是实行低度消耗资源的生产体系，适度消费的生活体系，使经济持续稳定增长、经济效益不断提高的经济体系，保证社会效益与社会公平的社会体系，不断创新，充分吸收新技术、新工艺、新方法的适用技术体系，促进与世界市场紧密联系的、更加开放的贸易与非贸易国际经济体系；合理开发利用资源，防止污染，保护生态平衡；中国人口可达到较高的生活质量水平，如较高的人口预期寿命、教育水平和受教育年限等。

这是我们最早关于中国现代化道路的构想。而在当时，中国不少学者认为，西方发达国家的现代化模式是最好的模式，也是中国需要效仿的模式。而我们的构想充分反映了我们当时对中国国情与现代化道路选择的自觉性。

在此之前，邓小平对此就具有高度自主认知。他在1982年党的十二大开幕式上首次提出“中国道路”的历史命题。他指出：“我们的现代化建设，必须从中国的实际出发。无论是革命还是建设，都要注意学习和借鉴外国经验。但是，照抄照搬别国经验、别国模式，从来不能得到成功。这方面我们有过不少教训。把马克思主义的普遍真理同我国的具体实际结合起来，走自己的道路，建设有中国特色的社会主义，这就是我们总结长期历史经验得出的基本结论。”[①]邓小平“中国道路”的观点对我们国情研究影响极大。回想起来，我们正是在中国国情条件下，不断地探索

①《邓小平文选》第3卷，人民出版社1993年版，第2—3页。

中国现代化道路。

国情报告还写道：每一时代都有它不幸的危机与负担；每一时代都孕育着它难得的机会与希望；每一时代都要经历它艰难的改革和发展。可以说，《生存与发展》不仅是一部警世之作，还是一部初探中国现代化道路的创新之作。之后我们仍然沿着中国国情与中国道路的主题综合研究、持续研究、创新研究。①

1988年12月底，新华社连续发表了两篇《国内动态清样》，摘录了国情报告的核心观点，中央领导同志高度关注，向时任中国科学院院长周光召索要报告。周光召院长立即专门主持召开内部研讨会，邀请中国科学院地学部几位学部委员对报告进行评论并提出修改意见。学部委员陈述彭评价说，该报告“登高一呼，语惊四座，既具有科学性，又充满感情”。周光召院长指出，国情分析研究小组做了一件极有意义且发人深省的研究工作，并希望该报告能引起社会各界的重视，至少应该树立一种良好的风气，一种尊重客观的风气，一种实事求是的风气，认真研究和深刻了解中国的国情和面临的问题，并以此做出正确的决策。他还特别指出，我们在政策上的活动余地和可供选择的机会已经不多，历史不容我们再有重大的决策失误。他特别提醒我们，科学工作者必须坚持讲科学和实事求是这两条原则。时任国家环保局局长曲格平更认为这份报告是一本中国人口资源环境研究集大成之作。②

1989年1月初，国务院农村发展研究中心主任杜润生召集有关

① 详细分析参见胡鞍钢、鄢一龙著：《中国国情与发展》，中国人民大学出版社2016年版。

② 曲格平、李金昌著：《中国人口与环境》，中国环境科学出版社1992年版。

方面负责人和专家学者听取我的汇报，周光召院长和孙鸿烈副院长也参加了这次会议。杜润生在《生存和发展》一书序言中指出，建设一个现代化社会主义国家，这是全民族的神圣历史使命。谁都抱有这样的愿望，伟大的社会主义新中国理应在当今世界上各国竞相竞赛的路程中尽快走到前列。把这个愿望化为实践，第一步应该研究自己，认识自己，充分地理解自己的强点和弱点，困难和潜力。只理解一方面，忽视另一方面，就会出现由主客观脱离而形成的种种失误，导致欲速不达，代价大而收获小，丧失成功的某些机遇。《生存与发展》课题研究组以“认清国情，分析危机，消除错觉，寻找对策”为旨意，在广泛吸收利用已有资料后，采用系统分析的方法，定性定量相结合，得出了可信的结论。回答了为什么人口增长必须严格控制，经济发展和消费增长必须适度，生态环境必须保护等问题，并提出其他一些应在制定全国的经济社会中长期发展战略时认真对待的重大问题。随后中国科学报社连续刊发了这一报告全文。

在北京电视台台长龙新民和国家科委社会发展科技司司长邓楠的领导下，我和王毅根据国情报告的主要成果起草了大型国情系列政论电视片《震撼的回声》的初稿，由庹震执笔，1991 年在北京电视台和其他地方电视台播出，引起社会的广泛反响，使得国情研究成果不仅成为科学界共识，而且迅速转化为社会公共知识。这也是我对邓小平同志恢复高考制度决策的最初回报。

在我们做研究时，周立三先生反复强调：国情研究具有长期性、战略性、前瞻性。他倡导跨学科和多学科的联合研究，更关注提高研究质量和研究深度，强调研究成果的社会效益和影响。

因此该成果不只是在学术界产生了影响力，最重要的是对国家发展战略、对关系到十几亿人口的国计民生产生了重要影响。我们的国情研究方向逐步明确：既进行历史性考察，又做前瞻性长期预测分析；既进行国内可比性研究，又进行国际间的可比性研究，从而为中国制定发展战略提供科学研究背景，提供战略决策知识。

十年间，我从一名大学生成长为硕士，又成为博士。从一名学习者转变为研究者，从研究者转变为新领域的开拓者，进入和开创国情研究这一跨学科、综合性、战略性的新兴研究领域，并使之成为我的终身学术研究事业，以此开启了“知识为民、知识报国”的学术人生旅途。可以说，这十年的大学学习研究经历，是我最重要的人力资本连续投资的十年，是我开启国情研究学术之旅的十年，更是我与中国改革开放实践同向同行的十年。

第四章

知识为民，知识报国

——国情研究的初心和使命

1989—1999

国情研究课题并不都是预先就设计好的，而是处于时代挑战与应战的模式。我首先将中国发展的重大挑战作为优先选择的研究课题，同时还看是否有能力把握研究课题，并使其转换为具有决策应用价值的研究成果，进而转换成具有较高学术价值的学术成果。20世纪80年代末到90年代末的十年，一直伴随着重大问题及政策取向的争论，对此，我敏锐地抓住了重大国情研究课题，做出了具有国情国策价值的知识贡献。

——胡鞍钢

1989年初，我被正式分配到中国科学院生态环境研究中心系统生态实验室，仍作为中国科学院国情分析研究小组成员。该实验室为中国科学院开放实验室，以青年人为主，主要从事交叉性学科研究，涵盖社会经济自然复合生态系统、城乡生态建设、国情咨询及生态预警等方面的研究内容。后来该实验室涌现出一批优秀人才。2018年3月，生态环境研究中心具有6个ESI前1%的学科（社会科学、动植物科学、环境与生态学、工程学、化学及农业工程），成为跨学科程度较高的研究中心之一。

当时我向中心主任庄亚辉提出要求，希望能够专心致志地从事国情研究。他特别支持我的研究定位。对我来说，中国科学院是一个更合适、更自由的多学科学术环境。特别是国情分析研究小组的模式，比较宽松，比较自由，比较独立。我总结出国情研究的“三独立原则”，即独立选题、独立研究、独立发表。

国情研究课题并不都是预先就设计好的，而是处于时代挑战与应战的模式。我首先将中国发展的重大挑战作为优先选择的研究课题，同时还看是否有能力把握研究课题，并使其转换为具有决策应用价值的研究成果，进而转换成具有较高学术价值的学术成果。20世纪80年代末到90年代末的十年，正是中国改革开放经历极其复杂、极其重大挑战的历史时期，改革的过程一直伴随着重大问题及政策取向的争论，对此，我敏锐地抓住了重大国情研究课题，做出了具有国情国策价值的知识贡献。

一、提出国民经济持续、稳定、协调发展指导方针

我的第一项自选课题是中国宏观经济及政策研究。该课题最大的创新之处是首次提出了我国国民经济持续、稳定、协调发展指导方针和基本思路。

该课题以党的十三届三中全会提出的治理经济环境、整顿经济秩序、全面深化改革的指导方针和政策措施为背景。作为1989年和1990年改革和建设的重点，根据全会精神，中央财经领导小组对秘书长张劲夫提出，找几个研究单位提出下一步治理整顿的思路和方案。

1989年1月，赵涛博士与我商量，是否愿意合作开展独立研究，提出新的治理整顿思路。我非常支持她的想法。我认为只是一般的定性研究肯定不行，一定要加入定量研究。为此，我专门邀请中国科学院自动化研究所的姚增起博士一起研究。我们并没有就此次治理整顿“就事论事”，而是首次建立了国民经济数据库。这个数据库当时有约290个指标，时间序列为1952—1988年，这是我们的经济研究和经济决策分析朝着科学化、定量化、

规范化方向发展的初步尝试。在此基础上，我们分析了新中国成立以来几次经济发展大起大落的历史经验教训，以及1985年以来的经济过热，分析了它们之间的相同点和不同点。我们一直紧张工作，于6月中旬完成了《关于国民经济持续、稳定、协调发展的初步研究报告》。

该报告围绕国民经济持续、稳定、协调发展这一中心问题进行深入研究和系统分析，结合了定性分析和定量计算的综合方法，历史评价了中国经济发展轨迹，深入分析了经济周期的特点及原因。总的来看，新中国成立40年来，中国经济既取得了举世公认的伟大成就，也发生过明显的决策失误，并且始终存在三大问题。一是国民经济发展指导思想急于求成，重视总产值，强调高速度，忽视经济效益，追求短期繁荣，从而损害了长期的经济发展能力。经济效益低下是中国经济发展最突出的问题。二是国民经济发展存在明显的周期波动，始终处于很不稳定的状态。新中国成立40年来，先后经历了七次经济周期，实行了三次重大经济调整。经济发展的大起大落既是中国经济发展的最显著的特点之一，也是社会矛盾冲突的根源之一。三是急剧推进工业化，实行重工业倾斜发展战略，使各部门增长速度呈现显著的差异性，导致国民经济重大比例关系严重失调。报告首次界定了“持续、稳定、协调发展”的经济含义，量化确定了国民经济持续、稳定、协调发展的指标体系、比例关系和数量界限，提出了当前治理整顿的若干政策和措施建议，初步预测了国民经济发展的可能趋势。[①]

---

① 中国科学报社编：《国情与决策》，北京出版社1990年版。

赵涛博士直接把该报告提交给张劲夫同志，获得张劲夫同志的高度评价，认为我们的报告具有重要参考价值。

同年11月，中共十三届五中全会召开，会议决定指出，必须坚持长期持续、稳定、协调发展经济的方针。在我国经济发展过程中，脱离国情，超越国力，急于求成，大起大落，是40年来最重要的经验教训。这种指导上的（决策）失误，严重挫伤群众积极性，往往造成巨大损失，是经济工作中的要害问题。因此都必须深刻吸取这个教训，任何时候都坚持从我国的基本国情出发，牢固树立持续、稳定、协调发展的指导思想。[①]

当全会公报和决定公布时，看到我们的建言献策得到肯定，我感到十分惊喜，这对我来讲是极大的鼓舞。我认识到，作为一名学者，所做的国情研究不是为哪一位领导人服务的，一定要为国家服务。只要所提出的建议是符合中国国情和发展阶段的，就会被接受、吸收，甚至被采纳。这是我第一次与中央决策机构研究人员的成功合作，也是我向中国科学院自动化研究所申请了课题经费的自主研究。尽管是“非正规”的、“非正式”的合作，既没有什么委托书，也没有任何资助，但是却对中央重大决策产生了重要影响。

二、提出中国的可持续发展战略

第二次是我关于中国生态环境发展的自主国情研究，得到了中

①《中共中央关于进一步治理整顿和深化改革的决定》（中国共产党第十三届中央委员会第五次全体会议1989年11月9日通过）。

国科学院学部委员马世骏的指导。他是中国最早倡导可持续发展思想的大学者。早在1984年，他和王如松就在《生态学报》发表了《社会—经济—自然复合生态系统》的论文，极具前瞻性和创意性。1987年，他作为世界环境与发展委员会成员曾与挪威首相布伦特兰（Brundtland）夫人等共同起草了著名报告：《我们共同的未来》（1987年4月），首次提出了可持续发展的新理念。在该报告的起草过程中，马先生就不断与我们交流讨论报告中的一些初步观点，这使我深受启发，这也成为国情分析研究小组的《生存与发展》报告中提出“保证生存与持续发展战略”的最重要的知识来源。

1989年8月，我和王毅、牛文元代表生态环境研究中心课题组执笔完成了《生态赤字：21世纪中华民族生存的最大危机》报告，这是国家科委委托的中国生态环境预警研究课题，由马世骏作为总顾问，由牛文元、高林主持。报告明确发出生态危机的严重警告：如果我们从现在起，不迅速采取重大的以至于严厉的可操作性措施，逐渐缓解环境污染和生态破坏的压力，那么不断增大的生态赤字将使我国的国民经济背上日益沉重的包袱，成为影响民族未来生存与发展的最大危机。[①]在此之前的1988年，我在接待英国皇家生态学会专家时，他们就告诫我们，中国千万不要重复发达国家“先污染后治理”的老路。我们的报告发出了最强烈的预警。

我们在报告中提出，中国未来发展的战略抉择可以归纳为：中

① 中国科学报社编：《国情与决策》，北京出版社1990年版。

国既无条件走工业化国家“高消耗资源、高消费水平”的传统道路，也不应当重蹈工业化国家“先污染后治理”“先牺牲后抢救”的覆辙。受马世骏先生指点，报告还富有远见地提出基于“自然—经济—社会”协调发展的基本思路，选择“节省资源、适度消费、注重内涵开发、实施总体调控、大力保护环境、贯彻生态建设”的总方针。此类战略选择不仅符合我国的国情，也是世界对经济发展趋势的共识。从本质上去考察，它与国际社会近年所倡导的“可持续发展”战略是一致的，它既要满足当代人的需求，又不对后代人的需求构成危害。

该报告中有一段警句：人类的未来取决于人类当前的选择，人类不是盲目地塑造灾难的未来，就是自觉地建设美好的未来。日益扩大的生态赤字，将使我们以及子孙蒙受更大的灾难，构成国家安全以及民族生存的最大危机。这份报告可以视为第二部警世之作。

该报告引起当时的国务委员兼国家科委主任、国务院环境保护委员会主任宋健同志的高度重视，他批示道：中华民族总要找出一条出路来，建议胡鞍钢他们提出切实可行的又是严厉的政策建议。新华社连续播发该报告的主要观点。生态赤字成为当时备受国内外关注的热点问题。

2010年，瑞士日内瓦大学政治经济学教授保罗·尤瑞欧评价道，胡鞍钢等能够在20年前向中国领导人发出最严重的“生态赤字”预警是十分具有远见性的，使我们（外国人）看到了中国绿色发展战略最初的思路，它是符合中国国情的。[①]

三、探索中国工业化现代化道路

1989年，中国社会科学界进入低潮期。但对我而言，却迎来了一个国情研究丰收期。我潜心研究、专心写作，先后完成几部专著和合著，研究主题是探索中国工业化现代化道路。

一是郭庆博士（中央党校经济学部）与我合著的《中国工业化问题初探》一书。[②]我们是向张培刚教授学习。张教授早年出版了《农业国工业化》（1949年）一书，奠定了中国工业化的理论基础。我们试图对1949年以来的中国工业化道路做一个历史的分析和评价。我们的合著定位为一部经济学研究性著作，而不是介绍性、翻译性著作。为此，我们阅读了国外现代经济学特别是发展经济学的资料，边学边研究、边研究边写作，既进行深入的理论分析，也尝试进行实证分析；既总结了中国工业化的历史经验和教训，也前瞻性地展望了中国长期发展目标和工业化新道路。

1993年8月，时任国务院研究室副主任王梦奎约见我时说，我对你的了解，不是通过别人介绍，而是通过这部书。你们揭示了中国工业化的最大难点，也说明了它的长期性。这不是一般的书，是一部有深度的经济学著作。

二是参与《中国国情报告》一书的写作。该书共计28章、80

① Paolo Urio. (2010). *Reconciling State, Market and Society in China: The long March toward Prosperity*. Contemporary China Series. Routledge。

② 郭庆、胡鞍钢著：《中国工业化问题初探》，中国科学技术出版社1991年版。

余万字，由中国科学院、中国社会科学院、国家计划委员会、国务院发展研究中心等单位的30名专家学者通力合作完成，可以视为一部综合性、战略性、学术性的国情研究成果。其中，我主要撰写了《中国地理》《中国人口》，与王毅合作撰写了《中国生态环境》，与盛斌撰写了《中国现代化的道路探索与选择》。[①]我们认为，一个落后的、现代化较晚的国家，不仅会引进已经实现现代化国家的先进技术、设备、文化、经营管理经验、企业制度等，而且还会模仿他们的现代化模式，但模仿的结果往往是惨痛的失败。中国应该认真探索和选择一条适合中国国情的现代化道路，这是事关中国现代化成败的关键。为此，我们对基本国情做出了判断，认为中国将来要实现的现代化是社会主义的现代化。同时也前瞻性地指出，中国必须改变单纯追求经济增长的发展战略，采取一种新的注重国民经济和全面、持续、协调发展的战略。

三是我撰写的《中国：走向21世纪》（中国环境科学出版社，1991年版）。该书总结了我对中国走向21世纪重大问题的思考，特别是集中关注什么是中国现代化、如何实现中国现代化等基本问题，同时还关注影响中国现代化的重大挑战，包括现实的和潜在的挑战。

当时我意识到，中国是一个人口大国，总人口数大大超过了发达国家人口的总和。这也是不可比的重要因素。治理一个十几亿人口的大国，并使之成功地实现经济起飞，顺利地推进社会变革，这既无成功的先例可借鉴，又无现成的模式可复制。

① 收录于《中国国情报告》，辽宁人民出版社1990年版。

这直接涉及什么才是中国现代化的目标。对此，我把中国的现代化发展战略视为一个多目标体系，它包括：

第一，政治和社会稳定。政治是经济的集中表现，同时又反作用于经济和社会生产。政治稳定是经济发展的必要条件。在一个十几亿人口的大国中进行改革，是世界罕见的实验，因而也潜伏着遭受严重失败的风险。因此我们必须谨慎地选择社会变革方式——渐进改革，以稳健的改革促进长治久安，在长期稳定中求得持续发展，逐步地推进中国现代化进程。稳妥地推进经济体制和政治体制改革是谋求国家长期稳定的根本途径。

当时，我是非常认同邓小平提出的“稳定是压倒一切”的观点的。正如他所说：“没有稳定的环境，什么都吹了，已经取得的成果，也会失掉。”之后我们就看到了苏联解体、东欧剧变。

第二，经济稳定增长。这一发展目标就是邓小平同志提出的我国经济发展战略“三步走”的设想：第一步，到1990年，实现国民生产总值比1980年翻一番，解决人民的温饱问题；第二步，到本世纪末（指20世纪末）国民生产总值再翻一番，人民生活达到小康水平；第三步，到下个世纪（指21世纪）中叶，人均国民生产总值达到中等发达国家水平，人民过上比较富裕的生活，基本实现现代化。然后，在这个基础上继续前进。这个目标不是一个单一的目标，而是多目标或者说一个目标体系，是经济发展水平、经济实力和人民物质文化生活的综合目标。它反映的是既有适当速度的经济增长，又要追求好的经济效益；反映的是坚持经济和社会协调发展，物质文明和精神文明同时并举。这是一个振兴中国的经济发展战略，又是一个全体人民经过艰苦努力可以实现的发展目标。

第三，社会公平目标。既要追求经济效益，又要谋求社会公平。中国的现代化不是少数人的现代化，即少数人口的富裕、少数地区的发达、少数城市的繁荣，而应当是全体人民的现代化，包括占全国总人口多数的农村地区的现代化。逐步消除中国二元经济结构，是谋求社会发展与社会公平的核心内容。从更长远的观点看，由于中国到2050年所能够达到的生产力水平，还不能保证达到或超过发达资本主义国家的水平，而只能使人民摆脱贫困，达到中等发达国家的水平，因而实现全体人民的共同富裕有着特殊的重要意义。它不仅充分显示了社会主义制度的优越性，而且使十几亿庞大的人口都能过上比较富裕的日子，这将是世界现代化进程中最精彩的一幕。因此，把实现全体人民的共同富裕作为中国长期发展目标不仅是必要的，也是非常现实的。

第四，满足基本需求，提高生活质量。其一是保持今后50—60年内持续发展，至少为15亿甚至更多的人口提供生存与发展所必需的资源。这些资源既包括吃、穿、住、行等基本需求，也包括教育、娱乐、文化等基本享受。其二是为今后30—40年内大约3亿新增劳动人口提供和创造就业机会和工作岗位。其三是为今后20—30年内大约8亿左右劳动者创造良好的生产和经营环境，以保证社会劳动生产率和整个社会经济效益不断提高。[①]其四是为今后50—60年内大约3亿老年人口提供基本的赡养资金和社会保

① 从1985年到2016年，全国就业人员从49873万人增至77603万人，城镇登记失业率为4.02%。

障，[1]并保证他们的生活水平逐步得到改善。其五是为今后50—60年内的7亿—8亿城市人口提供商品、副食品、住房、社会生活保障和基础服务设施，以避免城市人口的过度膨胀和过分拥挤。其六是在今后20—30年消除2亿多文盲和半文盲人口，[2]为提高全民族的文化素质、普及教育提供各类设施。在此基础上逐步提高全体人民的生活质量。

第五，保护和建设中华民族的生存环境。环境中的土地、空气、水、森林、动植物、矿藏等构成了人类生存的支撑系统，破坏了它就破坏了人类自身生存的基础。它是一个整体，将过去、现在和未来联结起来，将边区和内地、城市和农村、中国和世界联结起来，全球是一个大的生态系统。过去森林植被的破坏是今天水土流失和自然灾害增多的起因；上游的暴雨和泥沙冲刷会造成下游的洪水泛滥；酸雨没有国界更没有省界；二氧化碳排放的增加正在使全球变暖等。这些都要求我们将当前的利益和长远的利益结合起来，使当前的、暂时的和局部的利益服从长远的、持久的和全局的利益。保护和建设中华民族的生存环境是功在当代、利在千秋的事业。对于环境而言，中国的适度人口目标是：2000年中国总人口下限为12.5亿人，上限为12.7亿人，不突破13亿人；2020年总人口下限为13.8亿人，上限为14.6亿人；在2030年左右实现人口零增长，最大人口规模不超过15亿人。自然资源

---

① 到2017年，社会养老保险覆盖9亿多人，基本医疗保险覆盖13.5亿人，织就了世界上最大的社会保障网。李克强：《政府工作报告》（2018年3月5日）。

② 中国成人文盲率从1982年的34.5%下降至2010年的4.9%，从高于世界平均水平（29.1%）到大大低于世界平均水平（15.5%）。

开发利用战略是资源基本自给，有进有出，基本平衡；发展节约和再生资源（包括土地、水、能源、原材料等），开发新资源，发展寻找资源替代品的现代科学技术，提高资源效益，发展资源的回收利用，充分利用已有的资源；保护水、土、森林、草场等资源，合理开发后备资源。环境保护的最终目标是防止环境污染和生态破坏，为人民创造一个清洁、优美、舒适的生产和生活环境。近期与中期目标是，基本控制自然生态破坏继续恶化的趋势，其中某些方面得到局部改善，城市环境和工业污染得到一定程度的控制和治理，逐步减轻环境污染对人体健康的危害；保护人类赖以生存和发展的生态系统和生命支持系统，使其免遭破坏和污染，保存生物物种的遗传多样性。

上述五大发展目标是相互关联、相互影响的，在某一个领域中取得的成功往往会对其他领域起促进作用。

当时，我还设想，中国在人均GNP比较低、人均消耗资源量比较少的情况下，能使其他指标实现比较高度的社会现代化、政治现代化、文化现代化，从而使现代化的综合指标处于较高的水平；在今后几十年采取有效措施，避免大的决策失误和社会动乱，促使经济、科技、教育、文化、国防等各个方面协调发展，从而大大增强我国的综合国力。

中国能否实现社会主义现代化目标？我认为中国具有许多根本性的有利因素和潜在优势。第一，中华民族历史悠久，文化统一，其文化凝聚力和生存延续力的深度是民族复兴、实现现代化的根基。第二，中国建立了统一的立自主的社会主义国家，为在一个经济落后的国家实现现代化创造了前提条件。第三，中国成为世界上正在崛起的一支政治经济力量，尽管人均GNP位居世界后列，但是按照包括政治、经济、科技、军事在内的综合国力测算是一个相当强大的国家，在世界上具有举足轻重的地位，正在影响并改变着整个世界的战略格局，有可能获得较长时期相对稳定的和平的国际环境。第四，建立了一个更有凝聚力、更有威信的中央政府，获得了极强的社会整合能力，国家具有能够有效动员和利用全社会各种资源的力量，为特定的工业化目标服务，极大地加快了中国现代化的进程。第五，已经建立起相对完整的国民经济和工业体系，拥有巨大的国内市场，享有大国的规模经济效益。第六，中国具有诸多的后发优势，可实现跨越式的发展，劳动力资源丰富，并逐渐构成经济增长的重要源泉，即人力资本和“一方有难，八方支援”等大国优势，可创造巨大的社会财富。第七，改革开放成为中国现代化的最大希望所在，成为中国现代化历史进程最重要的转折点。上述因素都是中国进行现代化建设的有利因素，也是完成现代化建设的巨大潜力。在21世纪中叶，达到中等发达国家水平，成为世界经济大国，基本实现现代化的目标是大有希望的。[①]

在国情研究和影响决策的实践中，我也写下了发自肺腑的心愿：“天下兴亡，匹夫有责。”顾炎武这句名言不知影响了多少代、多少人。我是一个普通的中国人，曾经当过农民、工人，也做过大学生、研究生，现在是一名普通的学者。作为共和国承前启后的一代，我个人的命运始终与民族、与国家紧紧地连在一

① 胡鞍钢著：《中国：走向21世纪》，中国环境科学出版社1991年版，第136—141页。

起。为中华民族的繁荣、祖国的强盛而奋斗，既是我人生之路的目的，亦是我学术研究之宗旨。[①]这成为我从事国情研究的初心和使命，从那时起，我始终不忘初心，牢记使命，在国情研究领域上坚守、坚持，时至今日。

四、《中国国家能力报告》及其影响

我博士毕业后调入中国科学院生态环境研究中心，继续从事国情研究，我也争取到了去美国一流大学继续学习深造、从事博士后研究的机会，在国情研究方面再上了一个台阶。

1991年，我获得中国科学院的公派资助，向美国耶鲁大学经济学系申请博士后研究工作。不久，我接到该系寄来的邀请函，同意我做博士后研究，这令我惊喜。我立刻向生态环境研究中心主持工作的副主任作了汇报，他是在耶鲁大学获得博士学位后回国的，他同样觉得很惊奇。我的博士学位虽然不是经济学，但在提交申请时所提供的学术研究成果都是发展经济学研究成果，尤其是我在中国人口与发展、中国工业化道路等方面的研究成果，是我能够获得这次留学机会的一大原因。他问我："你的研究是否要做社会实验？又是如何实验的？"我回答说："全中国人民给我做社会实验。"他十分诧异地问："这怎么可能呢？"我拿着《中国统计年鉴》给他看，这都是全国人民的社会实验数据，关键是看我们能不能进行系统分析，能不能进行定量预测，反过来还要接

① 胡鞍钢著：《中国：走向21世纪》，中国环境科学出版社1991年版，第1页。

受实践检验。

1991年9月，我在美国耶鲁大学经济学系经济增长研究所做博士后研究，与同校政治学系助理教授王绍光博士相识，并与他就改革以来中央与地方的关系，特别是财政关系和体制进行合作研究，于1993年5月下旬合作完成了著名的“王（绍光）、胡（鞍钢）报告”，即《加强中央政府在市场经济转型中的主导作用——关于中国国家能力的研究报告》。[①]

此时我也面临新的选择：留学之后是否回国。我毫不犹豫地选择了回国，因为中国才是我的学术大舞台，只有扎根于中国我才能大有作为，终身无悔。当时（1993年）只有极少数留学人员回国（约2000人），这些人在当时也是很难得的人才。

回国后我“如鱼得水”，显示了在中国改革开放大舞台的示范效应。1993年6月21日，新华社《国内动态清样》以《两留美博士(指王绍光和我）提出：加强在市场经济转型中中央政府的主导作用》为题摘发了国情报告的提要。

当时从国际背景看，不仅中国的改革开放走到了十字路口，而且世界性的社会主义运动也处在十字路口上。首先是邓小平清楚地讲到整个帝国主义西方世界企图使社会主义各国都放弃社会主义道路，最终纳入国际垄断资本的统治，纳入资本主义的轨道。[②]

---

① 1993年12月辽宁人民出版社以《中国国家能力报告》为名正式出版；1994年英国牛津大学出版社在香港正式出版海外中文版；英文版由*Chinese Economic Study*（May-June 1995/VOL.28，NO.3）发表；后正式出版英文版，Wang Shaoguang and Hu Angang.(2001). *The Chinese Economy in Crisis*: *State Capacity and Tax Reform*. New York：M.E. Sharpe。

②《邓小平文选》第3卷，人民出版社1993年版，第311页。

江泽民担任中共中央总书记，继续坚持社会主义政治方向，坚决抵制以美国为首的西方国家的经济制裁，继续坚持改革开放，并创新社会主义市场经济体制。后是发生东欧剧变、苏联解体、南斯拉夫解体，这是世界社会主义运动的最低潮。

正是在上述背景下，我们在报告中引述了“安而不忘危，存而不忘亡，治而不忘乱”的警句。这是因为，从世界范围来看，社会主义国家市场经济转型过程中成功的例子是极少的，而不成功的例子很多，如南斯拉夫和苏联的解体。我们的报告从最悲观的角度入手，提出通过制度创新、制度建设，以避免最坏的可能性。

当时改革问题争论的实质，一是中国是否继续坚持社会主义道路，这是继续走正路还是转入邪路的方向性问题；二是否要加强中央政府在向社会主义市场经济转型中的主导作用，这是如何走上社会主义市场经济之路的大是大非问题。

我们明确提出，中国迫切需要一个更具权威和强有力的中央政府，成为经济发展、政治变革、社会转型和国际关系的主要指导者和驱动者，要不断提高国家能力，特别是提高中央政府控制宏观经济的能力，推进改革与开放的能力，以及加速工业化与现代化的能力。

最后，我们提出如下建议：在中央与地方之间实行纵向分权；按四级政府（中央、省区、市县、区镇）结构运行；撤销计划单列市编制，取消地区行署级；国家财政收入实行现代分税制；三级财政征收（中央、省区、市县），四级财政使用（中央、省区、市县、区镇）；国税为全国统一，省区无权改变或免减；统一税制，统一税率；开征个人收入所得税。

《中国国家能力报告》1993年由辽宁人民出版社正式出版，成为学术界被引用次数较多的著作之一，不过当时也成为最有争议、最有影响的报告之一。[①]

1993年8月26日，新华社播发了我国将施行分税制的重大消息，中国政府正在加紧制定改革方案，其中心内容是以国际通行的分税制取代现行中央在各省市区实行的承包税制，强化中央政府宏观调控能力。其中引述了我们国情报告的核心观点，国外主流媒体也进行了相应的报道。

1993年11月，党的十四届三中全会通过的《中共中央关于建立社会主义市场经济体制若干问题的决定》明确提出，积极推进财税体制改革。把现行地方财政包干制改为在合理划分中央与地方事权基础上的分税制，建立中央税收和地方税收体系。逐步提高财政收入在国民生产总值中的比重，合理确定中央财政收入和地方财政收入的比例。实行中央财政对地方的返还和转移支付的制度。改革和完善税收制度。统一企业所得税和个人所得税。[②]

同时，我们的报告也引起海内外的强烈反响。美国纽约大学教授张旭东也评价道："王和胡的观点第一次对中国国家与市场的关系进行了系统讨论，也是对东欧剧变和苏联解体的最早的回应。"

1996年7月25日，我参加了国家自然科学基金委员会在清华大学举行的管理科学学科发展座谈会，会上宣布成立管理学科

① 这场争论的详细情况收录在董辅礽等著：《集权与分权——中央与地方关系的构建》，经济科学出版社1996年版。

②《中共中央关于建立社会主义市场经济体制若干问题的决定》（中国共产党第十四届中央委员会第三次全体会议1993年11月14日通过）。

部。根据会议安排，我作了简要的发言，首次对分税制改革进行了初步评价，认为这是新中国成立以来规模范围最大的一次制度创新，也是对中央与地方之间利益格局的一次重大调整，引起国内外各方面的广泛关注。两年来，实施分税制对中国经济发展、中央与地方财政收入和支出状况产生了积极的重要影响。我也对下一步改革提出了建议。会后我对我的发言又进行了修改和完善，发表在《中国软科学》杂志上。[①]

1997年12月，我对《中国国家能力报告》的背景与争论做了后期总结，认为我们的报告所建议的中国发展方向大多数为决策者所采用，有些已成为重大决策。现在回过头再来看一看其中的内容和观点，我们感到很欣慰，它所产生的影响大大超过了我们当初的预期。应当说《中国国家能力报告》凝结着我们的智慧和劳动，是我们对祖国的一种知识奉献。只要中国能够避免文中所担忧的最坏的可能性，也就达到了我们撰写《中国国家能力报告》的目的。[②]

2013年6月29日，北京大学法治研究中心举办《中国国家能力报告》出版20周年纪念会，与会者称赞此报告对于中国财政税收体制改革、信息化建设等方面的政策产生了重大影响。这一报告出台之时，加强中央财政能力的分税制改革尚未启动，中国学术界和政界流行的还是强调市场调配资源的自由主义经济学思想。这时距离国企大下岗还有3年时间，离中国“入世”还有8年

① 胡鞍钢：《分税制：评价与建议》，《中国软科学》1996年第8期。

② 胡鞍钢著：《中国发展前景》，浙江人民出版社1999年版，第213页。

之久。在上述背景下，《中国国家能力报告》力主提升国家能力，谁也想不到中国在随后的改革中会真的大大强化国家主导作用，并在20年后成为世界第一工业大国。《中国国家能力报告》由此展现出惊人的洞见能力，见证了中国十字路口的转折。

五、《中国经济波动报告》与宏观调控

这一时期我更加关注影响中国经济稳定、社会稳定和政治稳定的重大矛盾和重大关系，虽然是涉及中国经济改革出现的重大问题及争论，不过我是从学术角度切入，有理有据，其中之一是关于中国经济增长与经济稳定的关系。当时我针对三大基本问题，即为什么中国经济发展总是大起大落，如何防止和避免中国经济大起大落，中央政府如何成为宏观经济稳定器，撰写了《中国经济波动报告》（辽宁人民出版社，1994年版）一书。

在与赵涛、姚增起博士合作之后，我一直希望能够比较系统地研究中国经济增长与经济波动的关系。我到耶鲁大学经济学系做博士后期间，一是与王绍光合作完成了《中国国家能力报告》，二是独撰一部经济学著作——《中国经济波动报告》，为此我一直在准备研究材料和收集计算数据。

1990年12月，党的十三届七中全会审议并通过了《中共中央关于制定国民经济和社会发展十年规划和“八五”计划的建议》，明确提出坚定不移地贯彻执行国民经济持续、稳定、协调发展的方针。这条方针是我国41年来经济建设正反两方面经验的深刻总结，是客观经济规律的正确反映。我国人口多，需求大，解决各

种经济社会矛盾，必须在提高经济效益的前提下，保持一定的经济增长速度。要坚持社会总需求与总供给的基本平衡，在经济建设和人民生活的安排上认真执行量力而行的原则，合理确定和安排国民经济中的重大比例关系，防止和克服急于求成的倾向，努力避免经济生活中再次发生大的波折。

1991年4月9日，第七届全国人民代表大会第四次会议批准了《中华人民共和国国民经济和社会发展十年规划和第八个五年计划纲要》。在充分肯定国民经济和社会发展取得巨大成就的同时，也指出在经济发展和改革中都出现过急于求成，一度造成经济过热、通货膨胀；国民经济的某些方面过于分散，国家宏观调控能力减弱。在制定纲要时，全面估量了国际形势和我国经济的现状与发展趋势，既考虑已经拥有的良好基础和各种有利条件，又估计到面临的问题和困难，力求使规划和计划实事求是，瞻前顾后，既积极进取，又留有余地。为此提出十年国民生产总值平均每年增长6%。[①]对此，时任国务院总理李鹏解释：不能急于求成，对速度要求过高，就会造成经济的不稳定，欲速则不达。从历史经验来看，我们往往容易犯急于求成的毛病。有的时候往往离开客观实际的可能，所以也就容易犯急于求成的毛病。这是必须经常注意防止的。[②]李鹏提出的今后十年平均每年增长6%的速度，既

---

① 《中华人民共和国国民经济和社会发展十年规划和第八个五年计划纲要》（1991年4月9日第七届全国人民代表大会第四次会议通过）。

② 李鹏：《关于制定国民经济和社会发展十年规划和“八五”计划建议的说明》（1990年12月25日）。这是李鹏同志在中国共产党第十三届中央委员会第七次全体会议上作的说明。

考虑了需要，又考虑了可能，是比较适当的。

1992年初，邓小平南方谈话之后，中国经济发展出现了新一轮“大起大落”，突出表现为中国经济方略从党的十三届五中全会的持续稳定协调发展方针转向党的十四大报告的“双加快”主题。

党的十四大报告的主题就是“加快改革开放和现代化建设步伐”。报告认为“现在国内条件具备，国际环境有利，既有挑战，更有机遇，是我们加快发展的好时机”。报告提出“确定今后一个时期的战略部署，动员全党同志和全国各族人民，进一步解放思想，把握有利时机，加快改革开放和现代化建设步伐，夺取有中国特色社会主义事业的更大胜利”。报告还进一步提出“九十年代我国经济的发展速度，原定为国民生产总值平均每年增长百分之六，现在从国际国内形势的发展情况来看，可以更快一些。根据初步测算，增长百分之八到九是可能的，我们应该向这个目标前进”。报告建议“国务院对‘八五’计划做出必要的调整，并着手研究制订‘九五’计划”。报告认为：“当前，要紧紧抓住有利时机，加快发展，有条件能搞快一些的就快一些，只要是质量高、效益好、适应国内外市场需求变化的，就应当鼓励发展。”报告也提出明确的要求：“要坚持从实际出发，注意量力而行，搞好综合平衡，不要一讲加快发展，就一哄而起，走到过去那种忽视效益，片面追求产值，争相攀比，盲目上新项目、一味扩大基建规模的老路上去。”[①]事实上，加快发展的结果一定是走老路，即先

① 江泽民：《加快改革开放和现代化建设步伐　夺取有中国特色社会主义事业的更大胜利——在中国共产党第十四次全国代表大会上的报告》（1992年10月12日）。

是经济大起，然后是经济大落。

当时我还在美国耶鲁大学经济学系学习，十分关注这一重大决策的转变和影响，更感到深入研究中国经济波动以及政治决策机制的必要性。为此，我先后在纽约的《侨报》（中文）连续发表文章：《“特别快车”能开多久》（纽约《侨报》，1992年12月1日）《中国经济增长是否已过热》（纽约《侨报》，1993年5月13日）《中国会不会再次爆发高通货膨胀》（纽约《侨报》，1993年6月15日）等文章，以及《改革以来中国经济发展的四起三落》（《战略与管理》，1993年第1期）。

我认为，经济发展的大起大落既是中国经济发展的最显著特点之一，也是中国社会矛盾冲突的根源之一。在经济扩张初期，当时中央意识到形成经济建设高潮的机会已经到来，号召全国抓住时机，加快经济建设，争取高速增长。各地区积极响应中央号召，“八仙过海，各显神通”，全国出现大干快上、热火朝天的经济跃进景象。新闻界对此也起到了推波助澜的作用，大造舆论，使人们感到“形势大好，越来越好”。随后进入经济繁荣期或高涨期。修改五年计划或年度计划，大幅度提高经济指标，超额发行货币，超规模发放贷款，增加财政向银行透支。中央的急于求成，各级地方政府的急于求上，千千万万厂商的急于求快，亿万老百姓的急于求富，这四股力量汇集在一起，目标一致，共同推动整个经济增长急剧走向高峰，中国经济如同制动闸失灵的特别快车，是没有办法减速的，除非来一次伤筋动骨的急刹车式重大调整。经济发展大起必然导致经济发展大落。解铃还须系铃人。中央政府既是经济波动的发动机，又是经济增长的稳定器，不得不被迫决定实施重大经济调整。这反映了中国经济发展的规律性特点之一：经济增长率的上升—下降—再上升—再下降的周期波动，伴随而来的是经济政策的扩张—紧缩（调整）—再扩张—再紧缩（再调整）的反复变动过程。

什么是中国经济波动的根源呢？主要是来自外部冲击。这包括来自经济扩张期中央政府的“政治动员冲击”和经济收缩期中央政府的“政治命令冲击”。前者采用扩张政策，踩油门；后者采用经济紧缩政策，急刹车。

我还特别指出，预计1993年达到第8次周期的峰值点，在1993年某个时候，政府会再次实行经济紧缩政策。

果不出所料，加快经济发展才搞了一年多，1993年6月，党中央和国务院被迫决定加强和改善宏观调控，大力整顿金融秩序和经济秩序，控制房地产热、开发区热，控制高投资增长。

当时，经济界争论的焦点，是在建立社会主义市场经济体制的过程中，中央政府要不要加强和改善宏观调控。我是主张加强和改善宏观调控的。我认为成功的经济改革，需要一个稳定的、相对宽松的宏观经济环境，国家（指中央政府）的作用就是利用财政政策、货币政策、其他政策调节社会总需求与社会总供给的关系，以实现充分就业、相对稳定的物价水平、健康的对外贸易和适度的经济增长率等目标，扮演经济增长稳定器的角色。市场并不是万能的，市场无法替代和完成政府的作用和功能。没有国家干预，市场难以正常运行。

1994年，中国通货膨胀率又进一步上升至24.1%，创下了新中国历史上的最高纪录，已经构成了最突出的宏观经济不稳定、社会不稳定、人心不稳定的巨大挑战。是否实施宏观调控、实现宏观经济稳定的争论更加公开和激烈。一种观点认为，在中国经济起飞过程中，经济增长速度越快越好，这如同骑自行车一样，骑得越慢越不稳，骑得越快反而越稳当。我在接受《人民日报》记者的采访时指出，这种观点暗含了一种理想的假定，即中国经济发展是一条笔直的大道，不存在障碍和险阻，完全属于主观想象，根本与实际不符。中国经济发展之路绝非是平坦大道，而是会遇到许多拐弯处、下坡处和坑洼处，在这些地方车骑得越快就越有可能翻车。这就需要既实行宏观调控，避免翻车，又善于“点刹车”减速，实现“软着陆”。①

1995年,通货膨胀率回落到17.1%，1996年进一步回落至8.3%，有效抑制了极高通货膨胀。这次的宏观调控虽然没有阻止经济大起（如1992年经济增长率高达14.2%），但是避免了经济大落，首次实现了宏观经济调控的软着陆，中国花了近40年，国家经济治理特别是宏观调控能力才进入真正的成熟阶段。

1995年9月，江泽民在党的十四届五中全会上关于十二大关系的论述中第二大关系就是“速度和效益的关系”。他承认，多年来的经验表明，我们讲发展，难就难在把速度和效益有机地结合起来。问题往往出在偏重数量扩张，单纯追求增长速度，而忽视经济质量，效益不理想，整体素质不高。他认为，正确处理速度和效益的关系，必须更新发展思路，实现经济增长方式从粗放型向集约型的转变。这种转变的基本要求是，从主要依靠增加投入、

① 杜飞进：《经济增长与经济稳定的关系》，《人民日报》1995年3月10日。

铺新摊子、追求数量，转到主要依靠科技进步和提高劳动者素质上来，转到以经济效益为中心的轨道上来。这一思想，早在改革开放之初就已明确提出，虽然取得了一定进展，但总体效果还不明显。其原因是复杂的、多方面的，最主要的是经济体制和运行机制的问题。①

党的十四届五中全会提出的重要方针之一，就是实现市场机制和宏观调控的有机结合。两者都是社会主义市场经济体制的重要内容。我国是发展中的大国，又处在经济快速增长和经济体制转轨时期，要特别注意加强和改善宏观调控，正确运用宏观调控的方式和手段，把握好时机和力度，保持宏观经济环境的稳定。这次会议还明确了宏观调控权必须集中在中央。②

这是我在《中国经济波动报告》中提出的核心观点，即中央政府是宏观经济的稳定器。无论是从短期看，还是从长期看，保持经济稳定始终是中央政府最重要的发展目标之一。③

① 《江泽民文选》第1卷，人民出版社2006年版，第460—475页。

② 《中共中央关于制定国民经济和社会发展“九五”计划和2010年远景目标的建议》，（中国共产党第十四届中央委员会第五次全体会议1995年9月28日通过）。

③ 为什么中央政府必须成为宏观经济的稳定器？第一，经济不稳定、发展总是大起大落，是中国经济发展多年来的核心问题之一。改革以来经济波动系数减少，但是经济发展还是出现了四起三落。经济发展的大起大落使中国经济增长实绩大打折扣。第二，保持经济稳定是中国顺利实现经济起飞的关键。从现代经济增长的发展过程看，中国从20世纪80年代以来进入经济起飞阶段，即经济高速增长阶段。如果中国要在长期而不是短期保持这一增长趋势，中国就会成为世界经济大国，这就是中国顺利实现经济起飞的含义。第三，稳定的宏观经济环境是经济持续增长的必要条件之一。第四，稳定的宏观经济环境对经济改革成功具有决定性影响。第五，稳定的宏观经济环境对维护中央政府的合法性至关重要。胡鞍钢著：《中国经济波动报告》，辽宁人民出版社1994年版，第18—20页。

1994年，辽宁人民出版社正式出版了我的《中国经济波动报告》一书。我的目的是撰写一部政治经济学博士论文，既不是为了拿到一个经济学博士学位，也不是为了评选经济学论文或著作奖项，这完全出于学术研究目的，是为了留下关于新中国经济增长与经济波动的历史分析、理论分析和政策分析。这也为我后来参与中国宏观经济政策研究和咨询提供了学术研究基础。

六、地区差距与协调发展

中国是一个人口众多、地域广阔、发展极不平衡的社会主义大国，是世界上自然地理、人口资源、经济发展与社会发展差距最大的国家之一。这是中国最大的国情特点之一，因此，中国治国理政的最大目标和任务之一就是实现地区协调发展，使各地区共同发展、共同富裕。

如何全面认识发达地区与欠发达地区的关系？这在20世纪90年代是最有争议的政策话题，也是我最重要的国情研究领域。当时有几个基本问题：中国地区差距是否过大？地区差距过大以及发展不平衡性将对中国经济发展、社会稳定、民族团结产生什么影响？产生地区差距扩大以及发展不平衡性的主要原因是什么？要不要解决？什么时候着手解决？解决地区差距问题的基本思路是什么？如何处理发达地区与欠发达地区的关系？如何缩小日益扩大的地区差距？

1992年，邓小平在南方谈话中提出“什么时候突出地提出和解决这个问题，在什么基础上提出和解决这个问题，要研究”，克服贫富差距问题“太早这样办也不行”。“可以设想，在本世纪末达到小康水平的时候，就要突出地提出和解决这个问题。”[①]这给我留下了深刻印象。

1992年12月，中国科学院国情分析研究小组研究报告表明，中国是世界上自然地理、经济社会、人口资源差异最大的国家之一。主要表现为：东西部发展水平差距大，集中反映在沿海和内地的差异上；南北之间发展水平差异较小，但结构性差异较大。[②]

1993年7月，周光召约我谈话，我向他汇报了我和王绍光关于中国国家能力报告研究情况和政策影响，他非常重视，并给予高度评价。他指出，中央与地方的关系本身又与中国的发展不平衡性特点相互关联，尤其是改革开放以来，这一不平衡性特点日益突出。他指着办公室墙上挂的中国地图讲，中国国情的最大特征之一是地域辽阔，但是地区之间的差距太大。他提出，是否就地区差距问题进行深入分析，看看到底中国的地区差距有多大，需要不需要解决。他特意谈到，你们要急国家之所急，想中央之所想，为科学决策提供重要参考。

我向他介绍，我在耶鲁大学学习时，曾拜访过该校历史学家保罗·肯尼迪（Paul Kennedy）教授，他就明确地指出中国未来发展最大的挑战就是地区差距，要使西部地区尽快发展起来。我正在考虑研究这一课题，答应先试一试。他也特别讲到，作为研究

① 《邓小平文选》第3卷，人民出版社1993年版，第374页。

② 中国科学院国情分析研究小组编：《开源与节约——中国自然资源与人力资源的潜力与对策》，科学出版社1992年版，第126—312页。

者，还是要研究重大的、长远的国情课题。不久，我就有了新的研究成果，我直接给周院长写信，申请院长基金，对此开展深入研究，很快就获得了他的支持。这为我到西南地区调研和购买全国各地区统计年鉴提供了必要的资金。

1994年2月，我完成了《欠发达地区发展问题研究》国情报告。我将全国的省市区划分为四个收入组：低收入组是指人均GDP低于全国人均GDP水平75%的地区；下中等收入组是指人均GDP在全国人均GDP水平75%—100%的地区；上中等收入组是指人均GDP在全国人均GDP水平100%—150%的地区；高收入组是指人均GDP高于全国人均GDP水平150%的地区。可谓“一个中国、四个水平”。

报告分析了我国改革开放以来经济发展和社会发展地区差距的变化趋势、基本特点及其形成原因，探讨了欠发达地区相对落后的原因及主要特征。改革开放以来，各地区发展的不平衡尤为明显，主要表现为：各地区经济增长速度差异甚大。从总体上看，各地区人均GDP相对差距在缩小，但各地区人均GDP绝对差距在扩大，特别是低收入地区与高收入地区的绝对差距不可避免地迅速扩大，构成中国实现全民族现代化和全体人民共同富裕目标最严峻的挑战之一。作为一个社会主义大国，我认为，中央政府应把解决欠发达地区的发展问题放在宏观经济管理和社会政治稳定最为优先的位置。尽管实现共同富裕的目标是一个较长的发展过程，如果能够在21世纪初使十几亿人民都能够普遍地过上小康生活，避免了贫富悬殊，这无疑会带动社会的整体进步和全面发展。

1994年5月10日，新华社内部摘录了该报告的主要观点，供决策者参考。后来此文在《改革》杂志上发表。[①]

1994年5月，我陪同中国科学院刘东生、孙鸿烈等六位院士赴中国最贫穷的贵州等地区实地考察。考察发现贵州有的地区，比我25年前插队的农村还要落后，而且大多是少数民族地区。我的心灵受到了极大的冲击。

1994年6月14日，应中央统战部、中央党校的邀请，我在省地级领导干部班上作了《中央政府应把解决欠发达地区发展问题放在优先位置——中国地区差距报告》。报告的主标题就是我讲课的主要结论。在授课开讲前，我还对这些干部进行了问卷调查，在此基础上撰写了《省地级领导干部如何看待地区差距》一文。当时的问卷调查有一个结果也很让我吃惊，当问到“您认为地区差距过大可能带来的最坏结果是什么”时，有84%的人认为“将导致社会不稳定”，有16%的人认为“可能会出现国家分裂”，却没有人选择“社会分配不公平”这个答案。我意识到这一问题的严重性。

中央政策研究室得知后调阅了我的国情报告和问卷报告。此外，《人民日报》总编室内部摘发了报告的主要观点和政策建议。

1994年，我前后四次到贵州调查研究，最后撰写了《“贵州现象”呼唤对欠发达地区的政策调整》的调研报告，因为“贵州现象”是全国贫困落后地区的典型，在改革开放中被边缘化了。我提出，领导人不仅要“南巡”，更要“西行”；不仅领导人要

① 载于《改革》1994年第3期。

“西行”，而且部长们也要“西行”。只有多走走，多看看，才能发生感情变化，才能真心实意地为当地少数民族人民做些好事和实事。更重要的是要使领导人巡视地方的做法制度化。新华社贵州分社记者采访我的稿子后来刊登在内参上。

我邀请王绍光加盟该项研究，从政治经济学视角和国际比较视角进行研究；邀请康晓光（中国科学院国情分析研究小组成员）从反贫困和政策评估视角进行调研。为此，我与王绍光、康晓光合著出版了《中国地区差距报告》（辽宁人民出版社，1995年版）。该报告为中央政府调整中国地区发展战略提供了重要背景和国情研究依据，也成为学术界被引用次数最多的著作之一，在百度学术查询被引633次。

1995年2月，我参加了国务院研究室王梦奎副主任主持召开的专家学者座谈会，讨论编制“九五”计划的基本思路和社会经济发展与改革中需要研究的重大问题。我就如何认识和解决地区发展不平衡性问题作了专题汇报。

1995年2月下旬，我受中国科学院的委托，与中央电视台《焦点访谈》栏目摄制组，深入贵州、云南、广西三省区贫困石山地区，共同摄制了《西南石山“贫困”与“反贫困”》三集纪录片。纪录片于同年3月底晚间黄金时段播出，在全国引起很大的反响，特别是贵州、云南、广西三省区的负责人和人民反应最为强烈。我自己也没有预料到这一学术研究和调研成果通过电视媒介传播所产生的社会反响会如此之大。这是因为它本身直接触及中国改革与发展的重大焦点问题，也是贫困地区人民所关注的焦点问题。

1995年6月，国务院研究室摘发了卢中原博士与我撰写的《我国地区经济变化情况及趋势》一文，为“九五”计划中有关地区差距的问题提供背景材料。当时有关部门正在为党的十四届五中全会制定“九五”计划准备材料，在是否解决地区发展差距问题上有很大的分歧。我们的分析不同于主观的经验判断，而是客观的、全面的、历史的分析。我们的主要结论是，地区经济发展不平衡是发展中国家，特别是发展中大国经济发展过程中的客观现象，但差距过大会引起社会矛盾。因此，正确认识和处理省级之间和各省内部发达地区和欠发达地区的关系，控制和逐步解决地区差距问题，是促进国民经济持续快速健康发展、保持社会稳定、维护国家统一的重大任务。

事后来看，20世纪90年代正是地区发展差距迅速扩大的时期，成为当时经济发展最大的挑战之一，做出重大决策来回应是当务之急。

1995年9月，江泽民在党的十四届五中全会上谈到如何正确认识和处理地区差距问题时指出，一是要看到各个地区发展不平衡是一个长期的历史的现象；二是要高度重视和采取有效措施正确解决地区差距问题；三是解决地区差距问题需要一个过程，应当把缩小地区差距作为一条长期坚持的重要方针。为此，党的十四届五中全会《中共中央关于制定国民经济和社会发展“九五”计划和2010年远景目标的建议》，提出在经济和社会发展中，要认真贯彻八大重要方针之一，即“坚持区域经济协调发展，逐步缩小地区发展差距”。明确提出：从“九五”开始，要更加重视支持内地的发展，实施有利于缓解差距扩大的对策，并逐步加大工作力度，积极朝着缩小差距的方向努力。

我认为，中央的这一方针是十分正确的，也是十分及时的。这为正确处理发达地区与欠发达地区的关系、缩小地区发展相对差距创造了前提条件，也为中西部地区加快经济发展创造了有利时机。

1996年3月，全国人民代表大会批准的《中华人民共和国国民经济和社会发展第九个五年计划（1996—2000年）》明确提出，在未来十五年国民经济和社会发展中，必须高度重视和下大力气解决关系全局的重大问题，其中之一就是在全国经济发展和人民生活水平普遍提高的同时，地区发展差距扩大，部分社会成员之间收入悬殊。从战略上看，沿海地区先发展起来并继续发挥优势，这是一个大局，内地要顾全这个大局。发展到一定时候，沿海多做一些贡献支持内地发展，这也是大局，沿海也要服从这个大局。从“九五”开始，要更加重视支持内地的发展，实施有利于缓解差距扩大趋势的政策，并逐步加大工作力度，积极朝着缩小差距的方向努力。

1996年，我特别发表了《前南斯拉夫分裂的教训与启示》的文章。我认为，南斯拉夫解体分裂是各种错综复杂的矛盾不断积累激化的结果，经历了从量变到质变的过程。除了长期积累的民族矛盾和近期公开的民族冲突之外，其中有两个致命性的因素为南斯拉夫联邦国家解体埋下了祸根：一是中央汲取财政能力不断下降，中央财力过小，地方财力过大；二是地区经济相对差距不断扩大，地区矛盾和民族矛盾不断激化。这两个因素又相互联系、相互影响、相互作用，形成了一个恶性循环过程：中央财力下降使得政府无力实行财政转移支付，实现地区间均衡发展，地区间差距进一步扩大；地区差距扩大又导致中央财力下降，富裕地区不愿多缴税，而贫困地区又认为政府不公平，不仅激化了中央与地方的矛盾，而且也激化了地方与地方的矛盾。南斯拉夫的解体似乎是民族矛盾冲突所致，但它只是“果”，而不是“因”。从地区发展差距国际比较来看，南斯拉夫是世界上地区差距最大的国家之一。它从经济分裂走向政治分裂绝不是偶然的，是有着深刻经济背景的。目前中国地区差距指标已接近或超过了南斯拉夫解体前的水平，这提醒我们必须着手解决这一问题。[①]不过这也引起不同学者的不同看法。[②]

根据党的十四届五中全会建议，“九五”计划明确提出，国家要采取有力措施，支持中西部不发达地区的开发，支持民族地区、贫困地区脱贫致富和经济发展。主要是：实行规范的中央财政转移支付制度；优先在中西部地区安排资源开发和基础设施的建设项目；积极鼓励国内外投资者到中西部地区投资；理顺资源性产品价格体系；有步骤地引导东部某些资源初级加工和劳动密集型产业转移到中西部地区。东部经济发达地区要采取对口支援等多种形式帮助中西部地区和民族地区发展经济。

这标志着中国地区发展战略，从之前的加快沿海地区发展战

① 胡鞍钢：《前南斯拉夫分裂的教训与启示》，《国际经济评论》1996年Z1期。

② 朱行巧认为，中国和南斯拉夫属于两个不同类型的国家，国情差异是明显的、多方面的，因而不具备两者类比的前提。从这个意义上说，苏联的基本国情更类似于中国，研究它分裂和解体的教训对我国更具现实性，更有借鉴意义。朱行巧：《也谈前南斯拉夫分裂的教训和启示——与胡鞍钢博士商榷》，《国际经济评论》1996年Z6期。

略，转变为加快中西部不发达地区发展战略，其中的重点是支持革命老区、少数民族地区、边疆地区、贫困地区等。

这一时期我们提供了更加专业、详细、系统的中国地区发展研究成果。我和王绍光出版了《中国：不平衡发展的政治经济学》（中国计划出版社，1999年版；Wang Shao guandg and Hu Angang.〔1999〕. *The Political Economy of Uneven Development: The Case of China*. New York：M.E.Sharpe.）。

与其他著作不同，我们不只是从经济视角入手，而且运用了政治经济学的方法，探讨形成地区差距扩大格局的经济和政治原因，突出分析了地区差距扩大的经济和政治后果。这说明我们研究当代中国的重大问题如地区发展差距的分析框架是政治经济学的框架。这取决于两个重要变量：一是政府缩小地区差距的政治意愿是强或弱；二是政府影响资本流动的能力是强或弱。因为政府仅有缩小差距的政治愿望，而缺乏干预的手段和能力，同样也无法达到缩小地区差距的目标。该书前瞻性地指出，今后中国地区发展政策目标应当定为：在短期或中期内首先阻止经济发展的差距继续扩大，缩小各地区人口基本公共服务水平差距；在中期和长期内努力缩小经济发展相对差距；更长期的目标是缩小经济发展的绝对差距；最终目标是消除绝对不平等。该书不仅具有较大的政策意义，还有更重要的学术价值，它作为中国学者向国际学术界所提供的原创性当代中国研究成果，被世界上许多大学图书馆所收录，也成为大学讲授当代中国课程的重要参考著作。

我和邹平（国务院研究室社会发展司）从1996年开始合作研究中国社会发展地区差距问题。当时争论的问题已经转向，主要集中在如何加快中西部欠发达地区的发展、逐步缩小地区发展差距。当时中西部各省区制定的“九五”计划发展思路和产业重点主要是实施发展资源、能源、原材料工业的资源导向战略。我们则从“以人为本”的视角入手，研究如何缩小社会发展差距。

1997年11月，我们在国务院研究室《研究报告》上首次发表《社会与发展：中国社会发展地区差距报告》，介绍了改革开放以来我国社会发展地区差异的变化及特点，供国务院领导参阅。

我们的研究发现，资本投入对经济增长的作用最小，而知识、教育、计划生育、通信和交通基础设施投入的增长作用最为明显。我们建议：在制定新的五年计划时，国家需要重新确定投资的对象和重点领域，即从对物的投资转向对人的投资，从资源开发、能源项目建设转向投资于教育、卫生、计划生育、农村供水和供电，从对资本密集型的大项目投资转向发展劳动密集型产业，创造更多的就业机会，减少农村贫困人口，扩大知识获取、传播、吸收、交流与运用的能力。特别是我们首次提出了“以人为本”的发展思路，“投资于人民”的发展政策，“以知识促进发展”的追赶战略。

我们认为，今后一段时期，各地区人均GDP相对差距还有可能扩大，但是大部分社会发展指标相对差距有可能不同程度地缩小。这就决定了我国缩小地区发展差距的过程，可能是先缩小社会发展差距，然后缩小经济发展差距。实现前一个目标，既是可能的，又是可行的，而且可为实现后一个目标创造必要的条件。因此，应当把缩小社会发展差距和实现全体人口基本公共服务均等化作为“十五”计划和2015年长远规划加快中西部地区发展的优先政策目标，既能加快这些地区的经济发展，又能促进这些地区的社会进步。

之后，我们正式出版了《社会与发展：中国社会发展地区差距报告》（浙江人民出版社，2000年版）。

1999年4月1日我参加了国家计委召开的关于西北地区开发专家座谈会，会议传达了3月3日江泽民总书记在西北座谈会上关于将西部地区开发作为一个大的战略、大的政策设想的讲话。我谈了关于缩小东西部差距、加快西部地区发展的若干建议。之后我特意将会议精神告知中国科学院地学部。

1999年4月8日，孙鸿烈院士主持召开了中国科学院地学部西北片院士座谈会，我作了背景性的介绍，各位院士从资源、环境及农业的角度，探讨了西部开发的思路。会上，中国科学院地学部决定由孙鸿烈院士主持西北研究课题组进行调查、研讨、座谈，广泛听取各方面专家意见，后来也听取了国家计委有关部门的意见，最后由我执笔，代表中国科学院地学部撰写《关于21世纪初期加快西北地区发展的若干建议》。

根据江泽民总书记提出的“在发展社会主义市场经济的条件下，加快开发西部地区，要有新思路”，我们在报告中建议：21世纪初期西北的发展战略应做出重大战略性调整，其发展目标是“以人为本”，实现“富民”政策，它是由三大战略构成的：一是知识发展战略，即利用知识促进发展，强化对人口教育、健康和各类知识的投资，提高全体公民获取、吸收、交流各种知识和信息的能力；二是人力资源开发战略，即扩大就业机会，发展劳动密集型产业，减少城乡贫困人口；三是可持续发展战略，以改善生态环境为根本，保护以绿洲为中心的生态系统，保护黄河、长江源头和上游地区，以合理利用水资源和节水为关键，综合治理水土流失、荒漠化，对战略性资源（如石油）实行保护性开发。为此我们还提出十大重要举措建议。[①]该报告由地学部组织讨论之后正式上报，获得中央领导同志的重要批示。

2000年，党的十五届五中全会通过《中共中央关于制定国民经济和社会发展第十个五年计划的建议》，正式批准实施西部大开发战略。

我根据中央的决策精神，组织撰写并出版了由我主编的《地区与发展：西部开发新战略》（中国计划出版社，2001年版）一书。

这期间，我们也与国务院研究室和发展研究中心开展这方面的合作，出版了由王梦奎主编的《中国地区社会经济发展不平衡问题研究》（商务印书馆，2000年版）一书，其中也反映出我们所提供的研究成果。

上述关于中国地区发展差距与发展战略的研究，是我们国情研究的重要组成部分，为中央战略决策提供了重要背景和研究依据。

七、为人民创造就业机会

我从1996年就开始关注中国的失业问题。在接受《中国妇女》记者龚晓村采访时，我谈到政府要把大量增加就业岗位、实

① 中国科学院地学部：《关于加快西北地区发展新思路和新战略的若干建议》，《国情报告》1999年第64期。该课题由孙鸿烈院士主持，胡鞍钢等执笔，由中国科学院地学部组织讨论。

现充分就业作为经济发展的最重要目标之一，并指出刚刚制定的“九五”计划就没有明确规定就业人口规模及其增长率的目标。我建议在下一年（指1997年）全国人代会上对“九五”计划目标作出重要补充，规定就业目标以及相关政策措施，包括帮助下岗女职工适应职业转型，通过扩大公共开支创造就业岗位，优先安排城市下岗工人重新上岗等。

1997年初，我在新华社《瞭望新闻周刊》发表题为《寻求新的软着陆：降低高失业率是今后宏观调控的首要任务》的文章①。当时中国城镇出现新中国成立以来的高失业率，我估计真实失业人数已达到1550万人，其中未公开下岗职工就有900多万人。我建议，当1997年中国成功控制高通胀率、首次实现经济“软着陆”时，就需要控制高失业率，这既是短期任务，又是长期任务。

中国城镇出现前所未有的下岗失业潮，主要背景来自三个方面：

第一，1997年党的十五大报告首次提出实行鼓励兼并、规范破产、下岗分流、减员增效和再就业工程，形成企业优胜劣汰的竞争机制。随着企业改革深化、技术进步和经济结构调整，人员流动和职工下岗是难以避免的。这会给一部分职工带来暂时的困难，但从根本上说，有利于经济发展，符合工人阶级的长远利益。

第二，中国的基本国情。中国人口占世界总人口的1/5，但中国劳动力却占世界劳动力总量的1/4。在这种国情条件下，我的观点是，中国政府的基本任务或首要任务应该是要扩大就业、千方

① 胡鞍钢：《寻求新的软着陆：降低高失业率是今后宏观调控的首要任务》，《瞭望新闻周刊》1997年第31期。

百计地创造各种就业岗位。

第三，当时国内政策争论的焦点，集中在是否已经出现高失业率，如果是，是否会产生严重的后果？对中央政府而言，降低高失业率是否是经济工作的首要任务？如何有效地创造更多的就业岗位，降低高失业率？

1998年2月，我撰写了《为人民创造工作：中国的失业问题与就业战略》的国情报告。[①]我认为中国劳动力资源占世界总量的1/4以上，而资本资源（指国内投资额）仅占世界总量的不足4%。如果说解决十几亿人口吃饭问题是中国经济长期发展的头号任务的话，那么为世界1/4的劳动力创造就业机会则是第二号任务。

我开宗明义地指出，从1993年以来，我国城镇下岗人数激增，出现突发性失业高潮。1997年年底，实际失业人口规模达1100万—1300万人，真实失业率在6.7%左右，是新中国成立以来的最高纪录，成为当时我国经济社会生活中最突出的问题。因此，创造就业、降低高失业率成为今后中国经济发展的首要任务。

我还特别提到：中国城镇失业问题直接伤害广大群众的基本利益，间接涉及家庭人口超过5000万人。特别是身为知识青年的下岗职工，先是承担了20世纪70年代末期因“上山下乡”后返城的失业高峰的成本，后是承担了20世纪90年代末因产业结构调整、国有企业改革而下岗失业的成本。他们不仅心理受到严重伤害，而且实际生活水平大幅度下降。可以预计，照此发展下去，到2000年时，并不是中国实现“四个现代化”之日，却是失业高峰

① 载于《国情报告》1998年第1期。

之时。

针对“减员增效”之说，我根据奥肯模型计算，我国实际失业率超过自然失业率，1996年我国因失业导致的GDP损失量约为2.0%，1997年GDP损失量为4.5%。也就是说，一个微观企业减员增效了，但是整个宏观经济是减员减效的。为此，我提出国家要实现充分就业目标及失业率指标，即失业率控制在4%—5%可视为实现了“充分就业”目标。这是一个切实可行的宏观经济目标，也是一个经过努力可以达到的宏观经济目标，是使持续高速经济增长成为持续性创造就业的过程。

该报告引起中央领导人的重视。而后，我代表中国科学院国情分析研究小组执笔撰写了《就业与发展：中国失业问题与就业战略》一书（辽宁人民出版社，1998年版）。该报告作为该书的中文提要，后被孙冶方经济科学基金会授予第九届（2000年度）经济科学论文奖。

之后我又陆续发表了几篇国情报告，是关于下岗和失业的分析。1999年7月，我发表了《跨入新世纪的最大挑战：我国进入高失业阶段》的国情报告（《国情报告》1999年第48期）。我认为，即将跨入21世纪的中国，所面临的最大挑战就是近年来全国城镇突发性的、大规模的“下岗洪水”和“失业洪水”，它比1998年自然灾害的大洪水对中国经济发展与社会稳定所造成的冲击和影响要更为广泛、更为长久、更为痛苦。但是，迄今为止，扩大就业、降低失业率尚没有成为中国政府的发展优先目标。为此，我建议扩大就业、缓解失业应当成为政府最重要的、最优先的发展目标。实际上，当时持有这一政策主张的还有时任中国社会科学院人口研究所所长蔡昉、时任国务院发展研究中心市场经济研究所副所长陈淮等人。我将他们称之为“政策倡导者”。

2000年，我再次提出实施就业优先战略，为人民提供更多的工作岗位。无论是经济政策还是社会政策，其目标都是“富民为本”，其核心是积极创造大量的不同类型的（正规与非正规）就业岗位，使经济增长能够促进就业增长。[①]

这场空前的国企改革从一开始就不是分享式的改革，而是裁员、减员的改革。我后来估计，1999年国企职工减少了937万人，2000年减少了683万人，2001年减少了670万人，2002年减少了646万人。1996—2002年期间国有、集体单位在岗人员累计减少了5500万人，相当于一个法国的总人口。[②]虽然后来大部分人转岗、再就业以及提前退休了，但是给社会带来的震动和代价是无法估量的。改革有不同的路径，也就会有不同的成本和收益。

2000年10月，党的十五届五中全会关于制定“十五”计划的建议，首次提出实施积极扩大就业方针，是促进经济发展和维护社会稳定的重要保证，也是宏观调控的一项重要内容。[③]

2001年3月，国家“十五”计划首次提出，把扩大就业作为经济和社会发展的重要目标，实行有利于扩大就业的经济政策和社会政策。首次提出量化指标：五年城镇新增就业和转移农业劳动

① 胡鞍钢：《实施就业优先战略，为人民提供更多的工作岗位》，《国情报告》2000年第78期。

② 胡鞍钢：《我们需要对改革进行反思》，《读书》2005年第1期。

③《中共中央关于制定国民经济和社会发展第十个五年计划的建议》（中国共产党第十五届中央委员会第五次全体会议2000年10月11日通过）。

力各达到4000万人，城镇登记失业率控制在5%左右。[①]

2002年，党的十六大报告首次提出“就业是民生之本。扩大就业是我国当前和今后长时期重大而艰巨的任务。国家实行促进就业的长期战略和政策。各级党委和政府必须把改善创业环境和增加就业岗位作为重要职责”。[②]

从1997年党的十五大到2002年党的十六大，中国经历了从人为下岗分流、摧毁就业到积极就业、创造就业的重大转变，度过了最艰难的改革过程，特别是国有企业、集体企业改革。

八、扩大内需，应对亚洲金融危机

中央政府最重要的经济职能之一就是保持宏观经济稳定。

从1992年到1996年，中国先是经历了新中国成立以来的最高的通货膨胀，1994年居民消费价格指数上涨24.1%，再到1996年成功地实现了“软着陆”，居民消费价格指数上涨率降至8.3%。[③]诚如党的十五大报告所言：“既实现了经济快速增长，又有效抑制了通货膨胀，避免了大起大落。”报告又进一步提出：“实施适度从紧的财政政策和货币政策，注意掌握调控力度。”

当时，国内外经济环境发生了意想不到的变化。先是1997年7

① 《中华人民共和国国民经济和社会发展第十个五年计划纲要》（2001年3月15日）。

② 江泽民：《全面建设小康社会，开创中国特色社会主义事业新局面——在中国共产党第十六次全国代表大会上的报告》（2002年11月8日）。

③ 中华人民共和国国家统计局编：《中国统计摘要2017》，中国统计出版社2017年版，第45页。

月爆发泰铢币值大幅度贬值，引发了金融危机，这个危机迅速传播和蔓延到亚洲主要经济体，包括中国在内。1997年，中国居民消费价格指数上涨率降至2.8%，货物进口额仅增长2.5%。

1998年3月，人代会政府工作报告指出，去年（指1997年）经济增长8.8%，商品零售价格涨幅为0.8%，这种“高增长、低通胀”的良好态势，是多年来没有过的。报告也提到了我国经济和社会发展中还存在的主要问题是：相当多的国有企业生产经营困难，下岗和失业人员增多，就业压力加大；农业基础仍然薄弱，经济建设中盲目投资、重复建设现象比较普遍，国民经济整体素质和效益不高；金融监管不够健全，金融秩序在某些方面比较混乱等。1998年国民经济宏观调控的主要目标是：经济增长速度8%，商品零售价格涨幅控制在3%以内。继续实行适度从紧的财政政策和货币政策。针对亚洲金融危机，提出我国要保持金融市场和人民币汇率稳定，从中吸取经验教训，采取积极措施，努力防范和化解可能出现的消极影响。

1998年3月18日，当时的新任国务院总理在答记者问时表示，“一个确保”，就是东南亚当前的金融危机使中国面临着严峻的挑战，我们必须确保今年中国的经济发展速度达到8%，通货膨胀率小于3%，人民币不能贬值。我们必须做到这些，因为这不但关系着中国的发展，也关系着亚洲的繁荣和稳定。我们实现这些目标的主要手段是提高国内需求。

当时，是否能实现8%的经济增长率成为经济热点问题之一。为此，我到青岛市调查时发现，经济增长率目标从中央到地方是“层层放大”：山东省提出当年要实现9%—10%的经济增长率目标；青岛市提出确保11%—12%的经济增长率目标；下属县市又提出13%—14%的目标。为此我撰写了《跳出8%看8%：如何看待经济增长率》的国情报告。[①]我认为，当前，从我们所处的战略性结构调整的重大历史关头看，确保8%是必要的。人们普遍关注的是能否实现8%，我所讨论的是实现8%增长率到底为了什么。我提出新发展观是从追求GDP到追求人类发展目标。前者是以物为中心，而后者是以人为中心。

我特别提到，政府的主要职责是从追求增长转向解决民生问题。政府提出经济增长率目标是必要的，老百姓关注更多的却是切身利益和需求。经济增长率与民生问题并不一定是必然联系的，只有当政府政策能够促进民生问题的解决，经济增长才能够与百姓密切相关。人民关心的是民生问题，而政府应当解决人民关心的问题，切实解决民生问题。

最后我谈到，我们希望8%的经济增长率是没有水分的、实实在在的、有效益的8%。

1998年11月召开的中央经济工作会议，首次明确提出：一是经济增长速度为预测性的、指导性的，可以随着经济形势的实际变化加以调整；二是我们要的速度，是实实在在、没有水分的速度，是协调发展、讲求质量效益的速度；三是不能搞一刀切，不要横向攀比速度。[②]

中国政府宏观经济调控政策的调整也经历了一个试探试错的过

① 胡鞍钢：《跳出8%看8%：如何看待经济增长率》，《国情报告》1998年第4期。

② 中共中央文献研究室编：《十五大以来重要文献选编》（上），人民出版社2000年版，第657页。

程。1998的8月初，中央决定实施更加积极的财政政策，筹集更多的资金，进一步加大基础设施投资力度，这是扩大国内需求、拉动经济增长的最有效措施。[①]后来，1999年的政府工作报告中介绍，为了应对亚洲金融危机的影响，我们年初就采取了增加投资、扩大内需的对策。但是亚洲金融危机发展的广度、深度和对我国的影响程度，比预料的更为严重。

1998年9月，在国家计委秘书长白和金主持的关于扩大内需的专家座谈会上，我提出要抓住有利时机，加速发展高等教育是扩大内需最优先的利民利国工程，应当及时列入中央决策与地方决策最优先的议程中。扩大高等学校招生规模，会让更多的适龄人口有更多的机会接受大学人力资本投资。当时，中国科学院院士何祚庥提出在今后相当长的一个时期内，我国的高等教育必须大力发展。[②]在10月时任教育部部长陈至立主持的专家座谈会上，我对此作了专门的发言。之后我和施祖麟教授撰写了《我们需要一场教育革命：加快高等教育产业发展，加速高等教育体制改革》一文。[③]

当时国务院决定，从1998年起，中央一级财政支出中教育经费支出所占比例连续三年每年比上一年提高一个百分点，到2000年共增加180多亿元，许多是用于高等教育投入。1997年高等教

① 新华社北京1998年8月2日电。

② 何祚庥、兰士斌：《高等教育是适度发展，还是大力发展》，《科技导报》1998年第8期，第14—20页。

③ 胡鞍钢、施祖麟：《我们需要一场教育革命：加快高等教育产业发展，加速高等教育体制改革》，《国情报告》1998年第56期。

育毛入学率为9.1%，到2002年突破了15%，从精英教育进入大众化教育阶段。2016年中国高等教育毛入学率为42.7%，[①]在校生总规模3700万人，占世界总规模的1/5，累计具有高等教育文化程度人口已经达到1.8亿人，成为世界上最大的人力资本国家。

1998年9月，我撰写了《充分利用大国优势，积极扩大国内需求》的国情报告。[②]这篇报告主要的背景是，亚洲金融危机对我国经济发展的不利影响越来越大。首先，出口额增长率大幅度下降，由上一年的21%下降到当年前8个月的5.5%；其次，外国（及地区）直接投资增长率有所下降，特别是来自东南亚、东亚和中国香港特别行政区等地的外商直接投资增长额有所下降；再有，世界性的能源、矿产资源和原材料生产过剩，国际价格大幅度下跌，加上走私活动猖獗，对我国部分产业形成严重冲击，遏制了这些产业的需求增长。

我建议，中国今后必须充分利用大国优势，将宏观经济政策转向扩大内需，这是我们应对亚洲经济危机乃至世界经济衰退外部挑战的战略性措施，这是中国特有的大国优势。以此刺激经济增长，创造更多的就业机会，促进相应的财政收入增长，使中国仍然保持经济繁荣的局面。形象地讲是由“点刹车”转向“踩油门”，保证整个国民经济持续、快速、健康发展。我还建议，在党的十五届三中全会或中央经济工作会议上应予以充分的讨论和正式的批准。

① 中华人民共和国国家统计局编：《中国统计摘要2017》，中国统计出版社2017年版，第180页。

② 胡鞍钢：《充分利用大国优势，积极扩大国内需求》，《国情报告》1998年第24期。

不久，中央正式决定实施积极的财政政策，经全国人大常委会批准调整预算后，国务院增发1000亿元财政债券，重点用于增加基础设施建设投资。当年下半年国有单位固定资产投资增长显著加快，全年增长19.5%，全社会固定资产投资增长14.1%。投资的较大幅度增加，对拉动经济增长发挥了明显作用。当年中国经济增长率达到了7.8%，在亚洲地区中居首位，仅从高增长（9.2%）下降到较高增长，属于下降型，而其他亚洲国家有的属于V字形，即从正增长到负增长，再从负增长恢复到正增长，还有印度尼西亚等国家是U字形，持续多年是负增长。由此可知，中国应对亚洲金融危机的措施是正确的和富有成效的。①

1999年6月3日，我参加了经济形势专家座谈会，会后将发言稿作了补充和修改，发表了《关于继续扩大内需若干重大举措的建议》。②我提出了“一个宗旨”“五个优先”原则。所谓“一个宗旨”即扩大内需的宗旨应当是“富民政策”。扩大内需不仅是为了刺激经济增长，防止经济衰退，更重要的是“富民”，即优先解决12.5亿人民所关心的民生问题，例如下岗失业再就业问题、养老金发放问题、职工工资拖欠问题、最低收入家庭生活困难问题、职工医疗保险问题等。所谓“五个优先”是指：一是在各种发展目标选择方面应当“就业优先”；二是在推行和实施各类改革方案中应以社会保障体制改革为优先；三是在处理改革、发展与稳定三者的关系时应以优先保持社会稳定为原则；四是在公共服务和收

① 《中国共产党第十五届中央委员会第三次全体会议公报》（1998年10月14日）。

② 胡鞍钢：《关于继续扩大内需若干重大举措的建议》，《国情报告》1999年第39期。

入分配领域应实行“公平优先”原则；五是扩大内需、刺激消费应使城乡低收入人口优先受益。上述“五个优先”原则应成为进一步扩大内需、保持社会稳定和促进持续发展的重要原则，也是在新形势下正确处理改革、发展与稳定关系的重要思路，让广大人民群众受益，受广大人民群众拥护。

九、走向21世纪的十大关系

有人曾问道：谁对你研究国情的影响最大？我想来想去还是毛泽东。毛泽东是真正的中国国情研究的开创者和大师，我也力图向他学习，进行国情研究，这是全面的、多角度的，而不是片面的、单一的研究，是与中国实际紧密相结合的，为了人民福祉的研究。正因为如此，学习毛泽东著作、运用毛泽东思想，成为我从事国情研究的重要法宝。他的重要思想和重大创新，也成为国情研究诸多选题的直接来源和源源不竭的“思想红利”。如果说现代中国是一部“天书”，那么毛泽东著作无疑就是这部“天书”的“导读”，引导我不断开拓当代中国研究。

1995年，黑龙江教育出版社组织出版“开放丛书·中青年学者文库”，特别邀请我出版一本个人文集，这正合我意，为此我写了《胡鞍钢集——中国走向二十一世纪的十大关系》一书。该书涵盖了我对中国国情和当代社会重大矛盾及关系的长期思考与学术研究，以十大关系为专题，集中反映了我的十几部国情系列专著、合著以及35篇文章的精华和摘要，算是第一个十年国情研究的集大成之作，初步形成了我对中国国情与发展思想的总看法和分析框架。

实际上这是我长期自觉学习毛泽东《论十大关系》一文做法和思路的成果。因为该文是毛泽东在总结我国社会主义建设的七年实践经验的基础上，提出的调动一切积极因素为社会主义建设事业服务的基本方针，对适合中国情况的社会主义建设道路进行了初步的探索，成为毛泽东大胆突破“苏联模式”的局限性、开启探索“中国道路”的代表作。后来毛泽东在1958年2月18日中央政治局扩大会议上特别谈到十大关系思想的形成过程：那个十大关系怎么出来的呢？我在北京经过一个半月，每天谈一个部，找了34个部的同志谈话，逐步形成了那个十条。如果没有那些人的谈话，那个十大关系怎么会形成呢？不可能形成。这反映了毛泽东的《论十大关系》是通过总结和指导社会主义建设的实践经验，才成为当代马克思主义政治经济学的中国学派的代表作的。

毛泽东对社会主义建设的实践与理论探讨，无论是成功还是失败的方面，都给我留下了深刻印象。毛泽东的《论十大关系》虽已发表几十年，但文中所阐述的重要原则还有着强大的生命力和影响力。只是当时所讨论的许多重大关系和社会背景已经发生了重要变化，出现了许多重要的新问题新矛盾，有待于我们不断探索和不断创新。

为此，我从不同角度探讨了中国走向21世纪的新十大关系：第一，中央和地方的关系；第二，发达地区与欠发达地区的关系；第三，工业与农业的关系；第四，城市与乡村的关系；第五，经济增长与经济稳定的关系；第六，人口与发展的关系；第七，环境与发展的关系；第八，国有经济与非国有经济的关系；

第九，发展与反腐败的关系；第十，中国与外国的关系。我又特别以引言的方式将中国走向21世纪的新十大关系的主要观点做了总结和概括，其目的就是正确认识和处理新十大关系。

这十大关系就是中国改革开放时期发展的十个重要矛盾，我们的任务就是要正确认识和处理这些矛盾，积极引导和协调好这些矛盾，以保证中国今后能成功地实现三大目标：一是实现经济起飞，成为世界经济大国；二是实现市场经济转型，建设社会主义市场经济体系；三是实现天下大治，使国家长治久安。

我还特别将20世纪50年代与20世纪90年代不同时期的十大关系进行比较。新的十大关系集中反映了改革开放以来重大的问题和矛盾，这也是中国走向21世纪不可回避的亟待解决的重大问题。抓住了十大矛盾也就抓住了认识中国国情和发展问题的关键。这是我首次对中国国情研究形成主要的分析框架，对改革开放的中国形成总的看法，即探索不同时期的重大社会矛盾，这不是对中国问题进行零碎的、孤立的调查和分析，而是比较系统的、全面的研究。它不仅进行经验性实证研究，而且需要探索理论发展的基本规律。①

1956年，毛泽东《论十大关系》一文具有针对性和时代性，他带头解放思想，重新审视苏联社会主义计划经济模式，开启了中国社会主义道路的探索，充分体现了他的自主性、自觉性、创新性。我向毛泽东同志学习，研究改革开放时期新的十大关系，

① 胡鞍钢著：《胡鞍钢集——中国走向二十一世纪的十大关系》，黑龙江教育出版社1995年版，第4页。

就是重新审视现代化的西方模式，从学术视角探索中国式的现代化道路，这体现了我作为中国学者的自主性、自觉性和学术性。与毛泽东时期相比，我们拥有更开放的学习环境，我从美国耶鲁大学经济学系学习完成回国后又经常出国访问，频繁接待国外来访者，这使我既能够了解美国和西方的现代经济发展历史和现状，又能够深化对中国国情的认识，其中许多文章都是在这一时期公开发表或形成初稿的。

《中国图书评论》对该书做了这样的评价：胡鞍钢，伴随着中国改革一起成长起来的青年经济学家，中国经济学界“国策派”代表人物之一。作为学者，胡鞍钢从经济学角度切入，对新时期的一些重大关系进行了学术探讨和研究，提出了许多真知灼见，体现了新一代知识分子孜孜求索、报效祖国的拳拳之心。[①]我的国情研究也引起西方媒体的关注，他们还给我封了5顶大帽子：新保守主义、新国家主义、新集权主义、新权威主义和现代平均主义。实际上他们并没有详细阅读我的这部著作，尽管我曾接待过许多外国人士。这也表明，我就是中国的实事求是派。

这使我体会到，国情研究既要独辟蹊径，更要进入社会主流，既要影响决策者，又要影响社会，使决策知识不仅能用，还要管用，更要传播。

我主动向有关方面负责人建议，中央领导人要带头向毛泽东同志学习，研究改革开放时期的新十大关系。我记得第一次是在与

① 李亚晨：《小人物议大事 人微言不轻——读〈胡鞍钢集——中国走向二十一世纪的十大关系〉》，《中国图书评论》1996年第12期。

时任中央宣传部常务副部长郑必坚交流时提出的，这个建议得到了他的首肯。第二次是参加时任国务院研究室副主任王梦奎主持召开的关于制定国家“九五”计划发展思路座谈会上，我再次提出了这个建议，认为只有正确认识和处理好新的十大关系，才能制定一个好的“九五”计划。王梦奎在会议总结时，还特别提到学习毛泽东的《论十大关系》十分必要。

1995年9月28日，江泽民在党的十四届五中全会闭幕会上发表题为《正确处理社会主义现代化建设中的若干重大关系》的讲话。他指出，在推进社会主义现代化建设的过程中，必须处理好各种关系，特别是若干带有全局性的重大关系。他概括为十二大关系：第一，改革、发展、稳定的关系；第二，速度和效益的关系；第三，经济建设和人口、资源、环境的关系；第四，第一、二、三产业的关系；第五，东部地区和中西部地区的关系；第六，市场机制和宏观调控的关系；第七，公有制经济和其他经济成分的关系；第八，收入分配中国家、企业和个人的关系；第九，扩大对外开放和坚持自力更生的关系；第十，中央和地方的关系；第十一，国防建设和经济建设的关系；第十二，物质文明建设和精神文明建设的关系。江泽民认为，这十二大关系是在改革和发展的新形势下带有全局性的重大问题。随着实践的发展，认识会不断深化，还会出现新的矛盾和问题，各方面的关系也会发生变化，所采取的方针和政策也必然会有所调整。他指出，正确处理这些重大关系的目的是在总结历史经验的基础上，努力把握客观规律，统一全党认识，团结全国各族人民，调动一切积极因素，加快社会主义现代化建设。[①]

江泽民提出的十二大关系不仅影响了大政方针，而且成为探索社会主义市场经济体制新道路的代表作，尤其是首次分析了经济建设和人口、资源、环境的关系，明确提出了必须切实保护资源和环境，不仅要安排好当前的发展，还要为子孙后代着想，决不能吃祖宗饭、断子孙路，走浪费资源和先污染、后治理的路子。要根据我国国情，选择有利于节约资源和保护环境的产业结构和消费方式。坚持资源开发和节约并举，克服各种浪费现象。综合利用资源，加强污染治理。

十、我的政治经济社会生态主张

正是在国情研究的基础上，我总结了20世纪90年代关于中国政治经济社会的主张，这集中反映在《中国发展前景》（浙江人民出版社，1999年版）一书中，这本书讨论的是一个典型的挑战—应战的研究模式，既是分析问题导向，也是解决问题导向。

当时中国正在经历极其深刻的多个转变：一是社会转型，即从以农业为主导的经济社会向以工业和服务业为主导的经济社会转变，从以农村人口为主体的传统社会向以城市人口为主体的现代社会转变；二是经济转型，即从指令性的计划经济体制向现代市场经济体制转变；三是政治转型，即从传统中央集权的政治体制向社会主义民主政治体制转变。中国当时所经历的是迄今为止人

① 《江泽民文选》第1卷，人民出版社2006年版，第460—475页。

类社会规模最大、变化速度最快的社会、经济、政治结构变化。

中国处于发展与变革的时期，同时也进入了极其特殊、关键的历史时期，面临诸多相互关联的重大挑战。概括地讲是：

第一，中国进入前所未有的结构调整时期。中国首次出现通货紧缩，且紧缩越来越明显。农产品价格趋于大幅下降，主要生产资料价格出现不同程度的下降，传统产业部门（如森林工业、纺织、钢铁、煤炭、机械制造等），进入全面调整期，而新兴产业（如电子、通信、计算机、环保、生物、金融、保险等）进入迅速发展期。制造业和采掘业职工人数出现下降趋势，亚洲金融危机的影响越来越大。这就必须充分利用大国优势，积极扩大内需。这不是一项短期的权宜之计，而是一项促进经济增长的长期性战略措施。

第二，中国进入前所未有的高失业时期。一是当时有数量庞大的农村剩余劳动力，1996年约为1.6亿人。二是城市出现突发性失业高峰，1997年底全国实际失业人口（指公开失业和下岗职工中尚未就业人员）在1100万—1300万人之间，实际失业率为6%—7%。政府应当明确提出就业增长目标，优先解决下岗职工的再就业问题、青年失业者的就业问题，以及失业人口基本生活保障金的问题。

第三，中国进入居民之间、城乡之间、地区之间收入差距日益扩大阶段。这三大差距扩大是中国未来发展面临的最突出的挑战，这就决定了中国必须在经济发展过程中，从鼓励一部分人、一部分地区先富起来，转向面向全体人口提供基本公共服务，采取有效措施控制三大差距进一步扩大的趋势。

第四，中国进入环境被严重破坏、生态赤字扩大时期。生态环境是一种特殊的资产。它是真正意义上属于并服务于全体人民的公共资产。生态环境被破坏意味着公共财产遭到损失，生态环境指标恶化意味着国家巨额经济损失。我们正在以历史上最脆弱、最严峻的生态环境，供养历史上最大规模的人口，负担历史上最大规模的人类活动，这造成了历史上最严重的环境资产损失和经济损失。

第五，中国进入各种腐败猖獗时期。当时中国的腐败现象非常严重，突出表现之一是作为专政机构的军队、武警和政法机构从事经商活动，有的甚至走私、护私。腐败已经成为当时中国最大的社会污染，它有可能葬送中国改革开放所取得的一切成果，中断中国经济起飞，延误中国现代化进程。

第六，中国进入新的社会不稳定因素增多时期。各个阶层、集团、人口群利益迅速分化，各类社会矛盾日益激化，社会秩序受到严重干扰，各种经济、社会风险日益增多，容易引发社会不稳定。

针对面临的挑战，为实现21世纪“强国（成为世界经济强国）、富民（实现全体人民共同富裕）、民主（建立社会主义政治民主制度）、稳定（实现国家长治久安）”四大目标，我们必须采取一系列政治的、经济的、社会的重大新举措。

（一）我的政治主张

中国现代化，首先是国家机构现代化，即建立社会主义政治民主制度和法制社会。这是我们最重要的政治主张。

第一，充分利用市场机制，积极发挥政府指导作用。按照社会主义市场经济体制的要求，今后政府职能转变的基本方向是：减少经济建设职能（主要指竞争性生产和投资领域），增加提供公共物品职能，继续增加社会性公共服务职能，强化社会保障职能。

第二，在中央政府与地方政府之间，基于宪法实行纵向权力制衡，以中央政府为主导，增加地方（主要是省级）政府参与中央决策的机会。

第三，在中央各机构之间，基于宪法实行横向权力分配与制衡，同时在最高行政机构内实行首长负责的集中决策机制。建立国家安全委员会，作为处理涉及国家安全和国家利益的重大危机和突发性事件的决策机构和危机处理机构，协调各部门的行动计划。

第四，实现决策的科学化、民主化、透明化和专业化，以防止重大决策失误，保证公共政策的稳定性和连续性。这包括建立高层智囊团或顾问委员会，就重大战略问题和政策制定问题作深入研究；改进政府政策分析机构；建立非官方的独立政策分析机构及网络等。

第五，实行政府机构“消肿”，严禁党政机关经商，“征税养政”。

第六，严禁军队经商，“征税养军”，促进军队改革。

（二）我的经济主张

第一，倡导新的发展观，以人为本，从单纯追求GDP增长转向追求人类发展目标。

第二，充分利用大国优势，积极扩大国内需求。这是今后我国宏观经济发展的主要政策，也是应对亚洲金融危机乃至世界经济衰退的战略性措施。这包括五大方面：一是进一步扩大第三产业或服务业的需求；二是进一步扩大基础设施建设；三是加快城市化进程，刺激城市基础设施和居民住宅建设；四是促进农村经济和社会发展，推进农村工业化，积极开拓农村市场；五是开展大规模的生态建设和环境保护工作，进行退耕还林、植树造林、兴修水利、治沙治坡、修桥筑路、农田基本建设等大规模国土整治工程。

第三，创造就业机会、降低高失业率是我国当时最为优先的发展目标。

第四，充分利用中国比较优势，实行贸易自由化、投资自由化战略，进一步开放国内服务业市场，谨慎地推进金融自由化和资本自由化，对外商直接投资实行“国民待遇”。

第五，倡导公平的、高质量的、可持续的新消费模式。政府应从保护生产者转向保护消费者，包括为消费者提供商品与服务的信息及产品安全标准；鼓励市场竞争，使消费者获得低价、优质的产品和服务。

（三）我的社会主张

第一，在社会发展领域和提供公共服务方面应强调“公平优先，兼顾效率”，需要政府发挥积极作用。在社会主义条件下，经济效率和社会公平这两者是可以兼得的。依靠市场机制来解放和发展生产力，依靠公平原则实现共同富裕，这是社会主义优越性的一个重要特征。

第二，建立“利国利民”的社会保障制度。尽快重建适合中国国情的社会安全网，包括建立社会保障制度、失业保险制度、医疗保险制度、个人住宅贷款购买制度、工伤保险制度、人寿保险制度等。

第三，实现全体人口基本公共服务均等化。具体包括基础教育、计划生育服务、基本卫生服务、基本环境保护、基本基础设施等五大“公共服务工程”。

第四，提倡发展机会平等，向贫困地区和贫困人口“雪中送炭”，由扶植贫困地区向扶植贫困人口转变。

（四）我的生态主张

我认为，必须改变单纯追求GDP增长，以“资本高投入、资源高消耗、污染高排放”为特征的不可持续发展模式，转向追求以改善人民生活质量和环境质量为目标，经济增长与人口、资源、环境相协调的可持续发展模式。

我提出重新审视人与自然的关系。这是人类生存与发展的基本关系。但是人类至今还没有能够充分认识自己赖以生存和发展的基础——自然界。

当时，针对百年不遇的特大洪水，我认为应该在长江等流域建立永久性的坚固堤坝，建设能够抵御百年一遇的特大洪水的水利设施。防治水土流失是根治长江水患的根本措施，严禁长江上游砍伐森林，转向植树造林，绿化荒山，恢复植被，改善生态环境。采取有力措施，综合治理大江、大河、大湖，提高沿岸各地区、各城镇防洪标准。建立旨在利用社会补偿功能的救灾保险制度。对军队、武警代表国家抗震救灾所提供的公共服务，政府应当从救灾费用中对其所支出的费用实报实销。1998年，国家财政正式对军队、武警救灾支出费用予以补偿。

以上政治主张、经济主张、社会主张和生态主张，充分表达了我对当时中国重大问题的深入思考。作为公共政策倡导者，我直接参与国务院以及国家计委的有关问题决策，在与人力资源部、卫生部、教育部等关于五年计划和政策咨询时都主动提出相关的建议，许多建议也成为中国政府特别是五年计划或规划的重要政策来源之一。

后来此文收录在《一个中国，多条路径》英文书中，[①]作为20世纪90年代中国学术界不同思潮辩论的重要主张之一，也引起国际学术界的关注。

十一、学术创新与决策咨询贡献

最后，我对这十年作一个总结和自我评估，主要可以归纳为两个重要贡献：一是学术创新贡献；二是决策咨询贡献。

这一时期是我主动参与学术竞争的时期。我先后参加了几次公开、激烈的竞争，获得了研究资助，也获得了学术荣誉和社会口碑。

1993年10月，我40岁，中国科学院生态环境研究中心要求我参与申请研究员竞争。当时的背景是，中国科学院面临高端人才、学科带头人“青黄不接”的断层危机。1992年，中国科学院的研究员平均年龄为53岁。时任中国科学院院长周光召明确提出，要不拘一格选拔中青年特别是青年杰出人才。我经过申请、答辩等程序，以及中国科学院的严格审核，正式被聘为研究员。

① Wang Chaohua (ed.). (2003). *One China, Many Paths*. New York: Verso.

接着，我报名参加第一届“国家杰出青年科学基金项目”竞争。虽然当时国家财政极其困难，但还是由时任国务院总理李鹏批准正式设立该项目，由国家自然科学基金委员会负责管理，宗旨是促进青年科学技术人才的成长，鼓励海外学者回国工作，加速培养造就一批进入世界科技前沿的优秀学术带头人。这也可以视为国家选拔资助杰出青年科学人才的重大举措。

1994 年底至 1995 年初，全国有 500 多名青年优秀学者参与竞争，其中有 49 名青年学者获得了国家杰出青年科学基金的资助，后来其中的 2/3 当选为中国科学院院士或中国工程院院士。当时，整个评审过程十分严格，充分体现了“公开、公平、公正”的原则。我参与管理科学部的竞争，最后参加面试的有 4 人，我是唯一获得资助者。当然，其他 3 位也在后来的竞争中获得资助。当时，中国科学院生态环境研究中心有 2 人入选，这在中国科学院各个研究所中也是少有的。

在执行该项目基金的中期评估时，经严格评审，我再次获得资助，对我来讲的确是“雪中送炭”。我根据自己的选题来自主研究，持续获得资助使我能够连续完成多项重点国情研究，也获得了很高的学术评价，2000 年这个项目还被评为特优资助项目。

通过参与学术竞争，我体会到优秀人才不只是培养出来的，更是公开竞争出来的，这是筛选人才、使人才脱颖而出的必由之路。

这一时期也是我重要的学术收获期。在 20 世纪 90 年代，我出版了个人专著 6 部，合著 8 部，主编 1 部，英文合著 4 部。作为国情研究者需要重视专著和合著，对此我深有体会。因为这些作品不仅提供专业性知识，而且能形成比较系统的国情知识，能更好地提出创新的发展思想，甚至形成中国学派。与此同时，我也扩展了国情研究领域，深化了国情研究深度，形成了自己独特的研究风格和写作特点。

这一时期我的学术研究贡献主要是：

我与王绍光、康晓光合作的“市场经济转变中三大关系（经济增长与宏观稳定、中央与地方、发达地区与欠发达地区关系）研究”获得1996年中国科学院科技进步一等奖；我的《就业与发展：中国失业问题与就业战略（序）》（23000字）获得第九届孙冶方经济科学论文奖。

我作为主要成员，参与中国科学院国情分析研究小组的课题，成果收录于《开源与节约——中国自然资源与人力资源的潜力与对策》（科学出版社，1992年版）《城市与乡村——中国城乡矛盾与协调发展》（科学出版社，1994年版）《机遇与挑战——中国走向21世纪的经济发展目标和基本发展战略》（科学出版社，1995年版）。由周立三院士主持的中国国情分析（1—4号报告）获1997年中国科学院科技进步一等奖，我是第二获奖者。

这一时期还是我对决策咨询的知识贡献期。我与合作者的国情研究取得的成就主要体现在决策知识的贡献上：

一是对改革开放以来国家能力与宏观经济调控能力形成具有重要意义的研究成果，针对长期以来我国经济发展不可持续、不稳定（经济波动）、不协调的三大问题，提出了持续、稳定、协调发展的指导方针（1989年），针对我国在向社会主义市场经济转型中国家汲取财政能力下降、宏观调控能力不足的问题，提出了提高国家制度建设汲取财政能力、加强和改善宏观调控能力的基本思路（1993、1994年），这些均具有重要的学术价值和政策意义。

二是对改革开放以来地区发展差距与公共政策进行了开拓性的研究，为党中央和国务院制定地区发展战略及政策提供科学研究依据和决策咨询，如中央政府应把解决欠发达地区发展问题放在优先位置（1994年）；加大对欠发达地区转移支付，实现全体人口基本公共服务均等化（1995年）；对党的十四届五中全会确立“坚持区域经济协调发展，逐步缩小地区发展差距”方针提供了国情研究背景和政策建议；“以人为本”新的发展观，缩小社会发展地区差距（2001年）；旨在“富民为本，投资于民”的西部大开发新思路、新模式（2001年）等，对“十五”计划地区发展战略和政策思路提供了决策咨询。

三是在我国就业与公共政策研究领域形成了具有影响力的研究成果，为解决世界1/4劳动力就业这个最大的民生问题提供了前瞻性、战略性和可行性的发展思路和背景研究，为党中央和国务院提出许多政策建议，如：降低高失业率是今后宏观调控的首要任务（1997年），失业问题已经成为我国跨世纪发展的最大挑战（1998年），在各种发展目标中应当“就业优先”（1999年），鼓励非正规就业（2000年），平等、友好、善待农民工（2001年）等，对确定“就业是民生之本”（2002年）的基本国策起了积极倡导作用。

国情研究既是学术研究又是决策咨询研究，前者是后者的学术之源，后者又是前者的学术之用。早在1993年8月，周光召约我谈话时，就特别提出“要急国家之所急，想中央之所想，为科学决策提供重要参考”。这成为我从事国情研究的重要宗旨，也是我始终坚持实践的原则。我长期从事中国国情研究，是改革开放以来对我国重大发展战略和决策咨询做出杰出贡献的中青年学者代表之一。我还被视为国策派的学术代表。[①]

我的主要贡献是创新和提供比较系统的关于当代中国的基本知识与决策知识，而不仅仅是提供某一领域的专业知识。自1989年之后，我所出版的著作书名的关键词主要有：“中国”，以当代中国为研究对象；“发展”，以“发展”为主题和主线，涉及不同的方面和领域；“战略”“政策”，以“战略”和“政策”为“过河”的“桥”和“船”。逐渐形成了自己对当代中国的发展理论、发展目标、发展战略、发展政策的系统知识。这个时期，我对国情研究的大胆创新，使我走出了自己的学术道路，形成了自己的学术风格，成长为这一新领域的学术领军人物。

这一时期，中国决策民主化、科学化、制度化有了重大进步，也为我们提供决策咨询创造了良好的政治环境。很少有人注意到：1992年党的十四大报告就提出了决策科学化、民主化的重要任务，称之为实行民主集中制的重要环节，是社会民主政治的重要任务。领导机关和领导干部要认真听取民众意见，充分发挥各类专家和研究咨询机构的作用，加速建立一套民主的、科学的决

① 国策派力求运用自己的知识，对中国当前改革与现代化过程中出现的现实问题进行独立的研究，并力求以自己的研究成果，如国情报告等，来影响政府的决策。20世纪90年代以来出现的“国策派”一般均受过更严格、系统和规范的学术训练，他们能自觉地从中国改革中产生的“问题”出发，而不是从理论或某种抽象的既定目标出发，来提出自己的学术或政策主张，他们也更具有学术上的独立性。《北京青年报》1995年2月2日。

策制度。应当说，20 世纪 90 年代是中国改革开放的关键战略期，东欧剧变、苏联和南斯拉夫解体，社会主义运动受到严重挫折，而中国成功地建立社会主义市场经济体制，成功地应对了亚洲金融危机的重大挑战，我与合作者也是亲历者、见证者，同时也做出了应有的国情研究和决策咨询贡献。

第五章

教书育人，百年大计

——为国家的未来积蓄力量

2000—2010

“育人为本、培养英才”既是我对教师职责的定位，也是我教学工作的出发点、落脚点。教师的基本职责就是育人为本，教书是为了育人，育人是教书的宗旨。我的崇高使命就是为中国培养英才，即最优秀的人才，创新创业的拔尖人才，未来的领军人才和领导人才。

——————————— 胡鞍钢

一、从双聘教授到加盟清华大学

我从中国科学院到清华大学是分“两步走”的。这可以说是我人生的又一次重大飞跃，因为我不仅能够继续从事国情研究，更重要的是还能够教书育人，培养中国优秀的新一代人才。到目前为止，我已经培养了20多名公共管理博士、40名博士后，上百名学术硕士、MPA硕士以及外国留学生，我的学生目前已成为各领域的杰出人才。

我的第一步，是加盟清华大学21世纪发展研究院，成为清华大学双聘教授。1996年，时任清华大学21世纪发展研究院院长方惠坚、副院长侯世昌非常希望引进我到该院工作。因为该院从成立之初就定位为从事发展战略与公共政策研究的科研和教学组织，围绕国家改革与发展中的重大宏观性、战略性和前瞻性问题，组织开展系统性的发展战略和政策研究。这是最适合我的国情研究工作，但当时还很难一下从中国科学院调入清华大学。为此，清华大学经过校务会议特批我为双聘教授，我于当年正式给全校本科生开设“国情与发展”课程，作为清华大学人文素质核心课程的选修课，学生从大一到大四，从文科到理工科都有。这门课受到了广大学生的欢迎。从那时起，我就与清华大学结下了不解之缘。

1998 年，我开始在清华大学招收硕士生、博士生以及博士后。我要求他们直接参加社会实践、调查研究，从事专业化的国情研究，很快他们就成为我的重要研究助手，极大地提高了我和他们的研究成果产出。这也是我决定选择加盟清华大学的主要原因，这不仅可以培养中国最优秀的人才，还可以形成一个高效精干的国情研究团队。

我的第二步是正式加盟清华大学公共管理学院。清华大学根据国家发展需要，大力发展人文社会科学，2000 年 10 月，在公共管理系和 21 世纪发展研究院的基础上，率先成立国内第一个公共管理学院——清华大学公共管理学院。由国务院发展研究中心原党组书记、副主任陈清泰担任首任院长，我成为首批教授，当时还有薛澜等教授和副教授。这就开始了我人生又一段新的重要旅程——国情研究和教书育人相结合的新阶段。

同年初，我创办了中国科学院—清华大学国情研究中心。该中心定位为国家高层决策科学思想库之一，并成为国内外具有重要影响力的公共政策研究中心。中心的主要任务是：研究基本国情，开展专题调查研究，搜集和整理重要国情信息，建立国情决策数据库；主要研究 21 世纪中国中长期发展的战略性课题，以及相关的公共政策；重点研究中央当前高度关注的重点问题和热点问题；推动全国的国情研究和国情教育发展；促进国际合作与交流；培养公共政策高级研究人才，包括硕士生、博士生、博士后。国情研究中心旨在维护国家最高利益，认清国家长期发展目标，积极影响国家宏观决策。国情研究中心最重要的任务就是获取决策知识，创新决策知识，传播决策知识，继续通过国情研究报告持续影响决策与政策。

我们编发《国情报告》，定位为分析国情，关注民生，积极建言，影响国策，主要向中央领导及各部委和各省市自治区主要领导提供国情研究背景资料，提出我们对国家经济社会发展的看法和建议。这些报告受到中央及有关领导的高度重视，影响面日益扩大，产生了重大的社会效益和影响。

为此我对这一时期作了总结，反映在我所主编的《影响决策的国情报告》（清华大学出版社，2002 年版）一书中。我把认识和研究中国国情与发展不仅视为终身职业与研究方向，更视为人生最大的追求和乐趣。我们的国情研究涉及广泛的社会实践和社会需求，能够产生广泛的社会影响。我在自己的学术生涯中找到了人生之路，它的真正含义是：与中国发展同行，与中国开放相伴，与中国变革俱进，与中国兴盛共存。①

现在回过头来看，当时选择清华大学对我来讲是至关重要的，无论是在国情研究方面还是在优秀人才培养方面，不仅上了一个大台阶，更进入了一个黄金时期。诚如习近平总书记在清华大学

① 胡鞍钢主编：《影响决策的国情报告》，清华大学出版社 2002 年版。

建校105周年的贺信中所言："清华大学是我国高等教育的一面旗帜。105年来，清华大学秉承自强不息、厚德载物的校训，开创了中西融汇、古今贯通、文理渗透的办学风格，形成了爱国奉献、追求卓越的精神和又红又专、全面发展的培养特色，培养了大批学术大师、兴业英才、治国人才，为国家、为民族作出了重要贡献。"①

2017年，在全国第四轮学科评估中，清华大学公共管理学科被评为A＋学科，我作为学院的首批教授，带领国情研究团队，也做出了重要的贡献。

二、培养高端优秀人才

"一年之计，莫如树谷；十年之计，莫如树木；终身之计，莫如树人。一树一获者，谷也；一树十获者，木也；一树百获者，人也。"（《管子·权修》）

我们的祖先最早意识到发展教育、投资于民是一本万利的事业。人是世界上最可贵的财富基础。

作为培养中国优秀人才的一名教师，我更懂得人才培养的重要性，并始终以此作为我的工作重心和崇高使命。"育人为本、培养英才"既是我对教师职责的定位，也是我教学工作的出发点、落脚点。教师的基本职责就是育人为本，教书是为了育人，育人是教书的宗旨。我的崇高使命就是为中国培养英才，即最优秀的人

① 《习近平致清华大学建校105周年贺信》，新华社北京2016年4月22日电。

才，创新创业的拔尖人才，未来的领军人才和领导人才。

作为大学教授，到底给学生们讲什么？又怎样给学生们讲课？1941年，毛泽东曾尖锐批评道：在学校的教育中、在在职干部的教育中，教哲学的不引导学生研究中国革命的逻辑，教经济学的不引导学生研究中国经济的特点，教政治学的不引导学生研究中国革命的策略，教军事学的不引导学生研究适合中国特点的战略和战术，诸如此类。其结果，谬种流传，误人不浅。他还特别批评很多留学生，从欧美日本回来，只知生吞活剥地谈外国。他们起了留声机的作用，忘记了自己认识新鲜事物和创造新鲜事物的责任。毛泽东的这些话好像是在批评当代中国的大学教育，多数社会科学课程主要是介绍西方各种流派，如同翻译机；或是大谈特谈西方国家的各种优势，如同传声筒。为此，我清醒地认识到，应当向毛泽东学习，不仅研究中国现状，具体地分析中国国情，而且要给学生们讲授当代中国课程。对我而言，就是先研究后教书，再研究再教书，不是教他国之书，而是教自己之书。

十几年来，我在教书育人、人才培养方面投入了大量的精力，可分为几个层次：

第一，坚持给全校本科生授课。他们都是通过中国最激烈的高考竞争筛选出来的最优秀的学生。清华大学比较早地提倡以通识教育为基础的本科教学。我作为教授，从1997年就带头开设面向全校本科生的人文素质核心课程“国情与发展”。作为通识课程，课程的主题就是当代中国与发展道路，是学生们了解中国、研究中国的“入门之课”，也是与中国兴盛共同成长的“终身受益之课”。只有真正了解中国国情，深刻理解中国改革开放背景，理性地认识中国与世界的关系，他们才能认识人生的大舞台，才能选择人生的广阔天地，才能终身学习、终身实践、终身受益、终身贡献。

第二，直接为公共管理学院研究生授课。学校确立了“学术型人才与专业型人才分类培养”的研究生定位和格局。我为学术型博士生、硕士生开设“中国与国际发展前沿”选修课，既介绍国际发展前沿理论和经验，又突出介绍中国的发展实践与理论的创新。为各类MPA学生开设“社会主义经济建设与实践”等必修课，介绍中国社会主义现代化发展之路的理论和实践。为全校研究生开设“当代中国政治经济”选修课，以介绍毛泽东时代和邓小平时代的历史为主线。

第三，为外国留学生授课。自2007年以来，公共管理学院招收MID学生（国际发展硕士）、IMPA学生（国际公共管理专业硕士）。我专门开设了“中国经济发展与政策”，主要介绍中国的经济发展成就与经验，对来自几十个国家的留学生，特别是来自非洲国家的留学生进行人力资本投资。这门课需要全英文授课，对我来说又是一次新的挑战。不过课程效果非常好，还吸引了全校的其他院系外国留学生前来听讲。2016年，我和高宇宁开设的这门课程被教育部评选为“第二期来华留学英文授课品牌课程”。

为此，我们形成了一支精干的当代中国学教学团队。最大的特点就是以当代中国为对象，进行多学科、多领域、综合性、研究性、原创性教学，致力于面向清华大学本科生及各类学生拓展深化中国知识，即全面介绍中国、深入分析中国、理性认识中国，为未来发展中国获取知识、准备知识、拓展知识。

在教学中，我有意识地体现清华大学所提倡的以“价值塑造、能力培养、知识传授”的“三位一体”为核心的教育理念，课程教学虽然包括考试考核环节，但不是与学生为敌，而是与学生为友，是学习之友、知识之友、成长之友。在教学过程中，我有意识地激发学生的好奇心、关注度，充分利用课程专题报告的形式，既培养学生的思维、研究能力，又训练他们的文字表达、学术交流能力。

以面向全校本科生的“国情与发展”课程为例，我采取了如下教学环节。一是进行专题讲授，主要基于我们长期积累的国情研究成果，这既是国情研究专业课程，也是政治思想教育课程，体现并落实了“立德树人”的教学理念。这就是为什么我把该课程定义为使学生终身受益之课。二是进行集体学习，7—8人为小组进行课下讨论，组织专题研究，由助教具体指导。三是进行知识分享，各小组在课上介绍专题研究，由我进行点评，对其他同学起到示范效应。四是独立知识创新，每个同学自选专题撰写研究性论文，作为学习课程收获的成果，也给自己留下认识中国、研究中国的白纸黑字。五是根据学生在各环节的表现给出综合成绩。

在教书育人中，我希望培养最优秀的中国学生，让他们更全面地了解中国，学会分析复杂的中国，增进对中国特色社会主义现代化道路的认识和理解。从长远看，不论学生们将来做什么，都要自强不息，厚德载物，发挥文化育人的作用，不断提高自己的综合素质，即政治素质、思想素质、科学素质和专业能力，将来成为优秀杰出的人才、未来中国社会主义现代化事业的接班人和领导者，也能够为人类文明贡献新思想、新知识。[1]

第四，亲自指导、亲自训练国情研究院的学生。我们逐渐形成了“教师—博士后—博士生—硕士生”这样一个完整的研究梯队，团队成员先后参与其中，从自己的研究领域、研究视角对我们的国情研究做出了各自的贡献。“传、帮、带”成为我们人才培养的一种模式，通过参与课题和项目，培养学生的学术能力、组织能力、实践能力。

2016年5月17日，我参加了习近平同志主持召开的哲学社会科学工作座谈会。习近平同志专门指出，学科体系建设上不去，教材体系就上不去；反过来，教材体系上不去，学科体系就没有后劲。当前我国要加快构建中国特色哲学社会科学体系，要按照立足中国、借鉴国外，挖掘历史、把握当代，关怀人类、面向未来的思路，着力构建中国特色哲学社会科学，在指导思想、学科体系、学术体系、话语体系等方面充分体现中国特色、中国风格、中国气派。同时，他指出，中国特色哲学社会科学应该体现系统性和专业性，我们应该致力于构建一个全方位、全领域、全要素的哲学社会科学体系，而学科体系同教材体系密不可分。培养出好的哲学社会科学有用之才，就要有好的教材。

对此，我不仅十分认同，而且亲自实践。作为大学教授，我的做法是“三书”：一是读他人之书，包括有字之书、无字之书；二是写自己之书，包括专著、合著等，也形成了系统的国情研究学

① 《清华大学章程》第十二条规定：学校面向国家战略需要和世界学术前沿，自主开展科学研究、社会服务、文化传承创新活动，推进产学研协同创新和成果转化，发挥文化育人作用，为人类文明贡献新思想、新知识、新技术。

术成果；三是教自己之书，我所讲授的是原创的当代中国研究教材体系。

我一直提倡学生既要上好“两所大学”（学术大学和社会大学），也要上好“两门课”（专业课程和社会课堂）。这对社会科学学生更有意义。毛泽东同志曾在1964年讲过：“文科要把整个社会作为自己的工厂。师生应该接触农民和城市工人，接触工业和农业。不然，学生毕业，用处不大。”实际上中国改革开放就是一个广阔天地和大舞台，我们可以大有作为。要走出“学术宝塔尖”，深入社会，调查研究，向人民群众学习。所以，现在我外出调研、考察都要带上学生，让他们在干中学、在学中干，接受专业化的培养和训练，加强与国内外同行的学术交流、学术竞争，成为未来在全球竞争背景下更具竞争力、影响力的“中国通”。

与此同时，教育又要因人而异，因材施教，要根据学生的个人特点、兴趣爱好和成长潜力有针对性地进行个性化培养。这不是单一模式，培养的也不是一类人才，而是多个培养模式，多种类型人才。

在培养人才方面，我主张“高进高出”，主张学术研究成果要迈上新台阶。按照学校章程的要求，清华大学招收素质全面、品学兼优、特质突出的优秀学生，[①]他们都是通过高门槛进入，可谓“高进”。实现“高进高出”必须要靠制度创新，必须依据学校各类学生培养制度办事，从严要求，从制度上规范，在实践中落

①《清华大学章程》第十条规定：学校根据人才培养目标和国家核定的办学规模，自主确定招生的层次、结构、方案和模式，建立科学的多样化选才体系，招收素质全面、品学兼优、特质突出的优秀学生。

实，使他们未来成为优秀人才、杰出人才、社会栋梁。

要保证学生之间的公平竞争，公开竞争，激励他们通过竞争来提高自己的学习能力和发展能力。导师要在关键之处对学生予以指导和点拨，充分发挥“舵手”的引领作用，而不是充当知识海洋的“划桨者”。最终要让学生自己驶向知识海洋的彼岸，这些付出体现在自己原创性的研究成果中，如反映在硕士论文，特别是博士论文、博士后出站报告所形成的个人专著上，我为他们著书立说写序，举荐新人。所谓“高出”就是学术成果显著，一是我与他们合作的学术论文的引用率下载量比较高；二是我与他们的合著或者他们的专著在中国社会科学界影响大；三是他们都能够在毕业后各自的岗位上成为出类拔萃者。

第五，为全院、全校开办各类学术讲座。例如2006年是“文化大革命”发动40周年、结束30周年，我举办了“‘文化大革命’系列讲座”共4场，场场爆满，有超过1000人次参加。又如2007年党的十七大闭幕的当天，我在学校大礼堂开办党的十七大专题讲座，吸引了上千名学生参加，后又举办了第二次讲座。又如我在全校研究生新生入学时开办讲座，至少有3000人次参加。此外，我也会以国情专家的身份给全校各类学生讲团课和党课，以新的视角介绍“中国之路”，即中国特色的社会主义现代化之路。我一直强调，越是顶尖大学的优秀学生，越要政治坚定、政治成熟，越要有高度的历史使命感、社会责任感。与此同时，我还要给这些学生以人生指导，鼓励他们立志成为中国改革开放的栋梁和民族复兴的脊梁。清华大学本身就是最好的大课堂，累计下来，全校听过我讲课、讲座的学生达到几万人次，可能是开设讲座听众人次最多的教授之一，也是最受学生欢迎的教师之一。

第六，教好两所大学：学术大学与社会大学。中国共产党在构建“学习型政党”，中国政府在构建“学习型政府”，党政干部必须接受正规的继续教育培训。除了中央和地方党校、行政学院之外，高等教育学校也承担了大量的干部培训任务。从2002年起，在中央组织部的指导下，国务院发展研究中心与清华大学公共管理学院、哈佛大学肯尼迪政府学院联合举办高级公共管理培训班，学员均是中央机关和地区在职干部，先是在公共管理学院培训，由中方和外方教授授课，然后在肯尼迪学院培训，由外方授课。我本人参与了在公共管理学院的授课。

我还参加了中央和国家机关司局级干部自主选学——清华大学宏观经济形势与国情分析专题班授课，①学员们来自中央机关和国家机关，他们根据工作需要和完善知识结构需要等来自主地选择不同的课程、院校以及授课教授。

此外，每年我还会到各省市为地方党委理论中心学习组、地方党校学员和地方干部作各类专题讲座，受众规模大，传播知识的影响广。每次讲座，我都会根据不同听众的要求和需求，精心准备，给他们传递大量的有价值的信息和知识，这对我来说也是极富挑战性的。因为他们不同于学生，很多听众本身就具有很高的

① 2010年，中央组织部在部分（15个）国家部委中试行干部培训制度改革：司局级领导干部培训由中央党校和国家行政学院集中培训改为自主选择培训；首次在北京地区将北京大学、清华大学、中国人民大学、北京师范大学以及国防大学正式纳入司局级领导干部培训体系；各院校各具特色、各有优势，提供56个专题班和174个讲座，学员可按菜单式自主选择；每年接受40—60学时的培训；学习时间比较灵活，工作日、休息日或节假日，有半日课或全日课，均为走读。

学历，长期从事公共管理实践和制定公共政策，许多人在各自的领域已经是专业人员或专家。我也在备课、授课、问答、交流过程中，学习知识、创新知识、传播知识、分享知识。

诚如古人所说："师者，人之模范也。"[①]作为清华大学的教师，我十分明白，以学生为中心，既要教书，更要育人，做学生的楷模，"善为师者，既美其道，又慎其行"；我也更明白知识的正外部性。我的职责就是要向中国最好的学生进行知识投资，无论是正式上课，还是开办讲座，无论是著书立说，还是亲自指导，都要用心、尽心。教书育人是一个持续不断的人力资本和知识资本投资的过程，需要用细雨润物、潜移默化、滴水穿石般的坚持进行知识传播、人力投资，培养高端优秀人才。

三、不断攀登国情知识高峰

我非常喜欢马克思的一段话："在科学上没有平坦的大道，只有不畏劳苦沿着陡峭山路攀登的人，才有希望达到光辉的顶点。"

我的理解是，国情研究就是长期深入学习和研究多学科、跨学科知识，长期积累和总结中国现代化实践经验和理论创新，不断积累知识资本的过程，又是在崎岖的科学道路上不断攀登知识高峰的过程，而过程又比结果更重要，付出又比成果更有意义。

---

① 西汉扬雄《法言》首篇《学行》。详细解释参见刘齐：《师者，人之模范也》，《光明日报》2018年5月17日。

进入21世纪之后，我从更加广阔的视角来不断认识中国国情，也提出更加务实的基本国策和政策建议，许多反映在《国情报告》中。

（一）从歧视农民工到善待农民工

2001年，我提出平等、友好、善待农民工。[①]这是因为从1978年改革开放以来，中国城乡社会限制人口流动的模式被逐渐打破，累计产生了6000多万到1亿人的人口流动，是世界历史上最大规模的人口转移。我认为，农民向城市流动迁移和农业劳动力向非农业转移是中国工业化、城市化和现代化的基本途径，是历史发展的必然趋势。农民工已经成为城市里一支具有强大生命力的劳动大军，也是中国工人阶级的一部分。农民工大量进城将对我国经济发展和社会转型产生了极其深刻的影响。

我认为，关于农民工进城的公共政策大体经历了三个阶段。第一阶段是红灯阶段。计划经济体制下，严禁农村人口进城迁移，形成世界上独有的城乡户籍制度，曾“上山下乡”的我对此深有感触。第二阶段是黄灯阶段。放松农民进城限制或有条件地允许农民进城，如1984年国家规定允许农民自带口粮进城务工。第三阶段应当是绿灯阶段。为此，我建议实行友好公平的农民工政策，逐步建立真正的自由流动、公平竞争的劳动力市场，实行“一视同仁”的原则。保证农民工的劳动权益、劳动安全，保证其享受与当地城市居民相等的基本公共服务，善待农民工、平等地对待农民工。一是发放打工证，使其劳动合法化，取消各类限制

① 胡鞍钢：《平等、友好、善待农民工》，《国情报告》2001年第72期。

性、歧视性就业政策和规定，鼓励就业竞争；二是发放暂住证，使其享受城市居民的基本公共服务，如子女基础教育、公共卫生服务、医疗服务；三是最终取消户籍制，建立住户登记制，使其成为城市的新市民；四是使其依法享有公民的选举权和被选举权，平等参与城市社区公共事务。

实际上，这说来容易做来难。直到党的十八大以来，中国政府才加快实施1亿非户籍人口在城市落户方案，放宽城市落户条件，深入实施“人地钱”配套政策，全面落实居住证制度。2016年国家“十三五”规划首次将户籍人口城镇化率作为经济社会发展主要指标之一，要求每年提高一个百分点，这就意味着每年至少要使1300多万非户籍人口转为户籍人口。2018年的政府工作报告首次将城镇调查失业率指标纳入预期目标，涵盖了农民工等城镇非户籍人口，以便更全面准确反映就业状况。

（二）从解放农民到富裕农民

2002年6月24日，我参加了经济专家座谈会。我认为中国城乡存在巨大发展差距，无论人均收入，还是人口公共服务水平都差距甚大，在世界上也是发展差距最大的国家之一，而且形成了城乡对立的体制，如不同的身份制度、教育制度、就业制度、公共服务制度、公共财政制度。为此，我提出消除体制性障碍，加速城镇化进程；中国需要从根本上解决长期以来城乡隔绝、对立、分离的不公平和不公正的局面，需要第三次“解放农民”的制度革命，其核心是解放农民、投资农民、转移农民、减少农民、富裕农民。[①]

从2000到2017年，我国乡村总人口从8.08亿人减少至5.77亿人，减少了2.31亿人，占总人口的比重从63.8%下降至41.5%，下降了22.3个百分点。同期，我国农业劳动力从3.60亿人减少至2.10亿人，减少了1.50亿人，转移到非农生产，占全国就业的比重从50.0%下降至27.0%，下降了23.0个百分点；农村居民人均收入从2253元增长至24445元，相当于增长了9.8倍。看到农民富裕起来我是由衷地高兴，的确，没有农民的小康就没有中国的小康。

现在回过头来看，只有对农业、农民、农村有深入认识，制定的发展政策比较符合中国国情，让绝大多数人口受益的改革才能称得上是真正的社会主义改革。同样，只有对农业、农民、农村有深入研究的学者才能称得上是真正用知识造福于人民，特别是农民的学者。我之所以能提出这些观点，确是与我曾在北大荒务农七年有必然的联系。我后来多次去北大荒调研，看到农场发生巨大的变化，也感到震惊，更感到高兴，为此，我相继撰写了《北大荒之路（1947—2047）：从落伍者到领先者》（《农场经济管理》，2010年第10期）《再谈北大荒之路》（《农场经济管理》，2011年第10期）《北大荒精神与北大荒梦想》（《农场经济管理》，2013年第9期）等。

（三）从数字鸿沟到数字红利

2000年，我和周绍杰提出网络经济是21世纪全球发展最迅

① 胡鞍钢：《当前我国经济与社会发展形势分析和若干建议》，《国情报告》2002年第57期。

速、影响最重大、应用最广泛的基于技术创新与技术传播的新经济。尽管我国与发达国家存在巨大的知识与信息差距，但是在最新的、重大的、基础性新技术方面我们与发达国家基本上处在同一起跑线上，最有可能在这一领域实现“跳跃式”发展（leapfrog），即我们常常所说的“跨越式”发展。加速发展网络经济应当成为面向21世纪新的重大战略决策，应列为“十五”计划和“长远规划”重大的发展战略之一，旨在充分利用经济全球化和网络革命的历史机遇，在新世纪进一步缩小我国与发达国家之间的发展差距，并在这一方面实现跨越式的发展，同时也有利于缩小我国各地区发展差距。①

2000年，党的十五届五中全会首次提出大力推进国民经济和社会信息化，是覆盖现代化建设全局的战略举措。以信息化带动工业化，发挥后发优势，实现社会生产力的跨越式发展。

2002年1月，我和周绍杰进一步指出中国面临三大“数字鸿沟”，作为发展中国家的一员，中国已经成为这场信息革命的“数字穷国”。中国不仅面临着与世界互联网普及水平的巨大差距，同时还面临着巨大的内部差距，即地区间的“数字鸿沟”和城乡间的“数字鸿沟”，这是信息时代我国发展面临的新挑战。同时我们也提出，中国必须采取旨在缩小“数字鸿沟”的国家战略，推动信息化的跨越式发展，实现社会生产力跨越式发展，实现由信息

① 胡鞍钢、周绍杰：《加速发展网络经济是21世纪中国重大的发展战略》，《国情报告》2000年第19期。

大国到信息强国的飞跃。[①]

2002年，党的十六大报告明确提出："信息化是我国加快实现工业化和现代化的必然选择。坚持以信息化带动工业化，以工业化促进信息化，走出一条科技含量高、经济效益好、资源消耗低、环境污染少、人力资源优势得到充分发挥的新型工业化路子。"

过去十几年，中国积极地开创"新经济"，战略性地把"数字革命"转化为"数字机遇"，成功地缩小与发达国家之间以及我国城乡之间的两大"数字鸿沟"，并不断收获"数字红利"。到2017年，中国已经成为世界数字大国。全国移动电话用户达到14.17亿户，移动电话普及率上升至102.5部/百人。固定互联网宽带接入用户3.49亿户，其中固定互联网光纤宽带接入用户2.94亿户；移动宽带用户11.32亿户；互联网普及率达到55.8%；网上零售额7.18万亿元，其中网上商品零售额5.48万亿元，占社会消费品零售总额的比重为15.0%。[②]

根据党的十九大报告，中国提出建设网络强国，正在实施建设"数字中国"战略，大力推进"互联网＋"行动，加快推进新型智慧城市建设，加速产业数字化转型。中国正在引领世界数字经济新潮流。

（四）从三大差距扩大到差距缩小

由我主编的《中国战略构想》（浙江人民出版社，2002年版）

① 胡鞍钢、周绍杰：《中国如何应对日益扩大的"数字鸿沟"》，《国情报告》2002年第3期。

② 《中华人民共和国2017年国民经济和社会发展统计公报》，2018年2月28日。

将中国国情基本特征概括为三大特点：

第一，“一个中国、两种制度”。目前，我国农村人口约占总人口的2/3，但是政府的财政支出直接用于农村人口的比重只有1/10—1/7之间。这种制度安排和公共财政分配的不公平性是造成城乡之间巨大鸿沟的一个重要因素。

第二，“一个中国、四个世界”。这是指中国发展的不平衡性在各个地区中的反映。根据世界银行的做法，我们将各地区按照人均GDP（实际购买力平价PPP）划分为四个不同的收入组。“第一世界”是指已经进入世界高收入组的地区，包括上海、北京、深圳三个城市，大约占全国总人口的2.2%；“第二世界”是指相当于世界上中等收入组的地区，如天津、广东、浙江、江苏等沿海地区，大约占全国总人口的22%；“第三世界”是指相当于世界下中等收入水平的地区，大约占全国总人口的26%；“第四世界”是指相当于世界低收入水平的地区，主要分布在中西部的贫困地区，约占全国总人口数量的一半。中国是世界上地区发展差距最大的国家之一，即使在同一个省份中，其内部差距也是十分巨大的。

第三，“一个中国、四个社会”。一是农业社会。我国农业劳动力占全国总就业人数的比重仍为50%，相当于1870年前后美国、法国、德国的农业人口比重水平。中国农业劳动生产率较为低下，粮食和其他农产品商品率较也为低下，这也是农民长期收入水平低下的重要原因。二是工业社会（包括建筑业），其劳动人数占全国总就业人数的23%。三是服务业社会，其就业比重为22%。四是知识社会，包括教育、卫生、文化、科技、金融保险及政府部门等，其就业人数占全国总就业人数的5%。[①]

上述三大特点，充分反映了中国的基本国情的特点——多样性、差异性和不平衡性，存在着巨大的城乡差距、地区差距和社会差距。这是我们思考后提出中国长期发展战略构想的基本依据与基本出发点。为此，我还提出中国21世纪长期发展方向和主要任务包括：加速城镇化进程，最根本的措施是消除城乡居民两种身份制度；实施西部大开发战略，加快中西部地区发展，缩小地区发展差距；加速工业化、服务业化和知识化的发展。从低收入到中等收入，进而到高收入；从不发达到中等发达，进而到比较发达；从传统农业社会到工业和服务业社会，进而到知识社会。中国有可能在某些方面实现跨越式的发展，把其他发达国家经历几百年时间所完成的业绩在相对短的时间内逐步完成。[②]

2002年11月，党的十六大报告对中国国情的基本问题判断是：城乡二元经济结构还没有改变，地区差距扩大的趋势尚未扭转，贫困人口还为数不少；人口总量继续增加，老龄人口比重上升，就业和社会保障压力增大；生态环境、自然资源和经济社会发展的矛盾日益突出。报告首次提出，到2020年城镇人口的比重较大幅度提高，工农差别、城乡差别和地区差别扩大的趋势逐步扭转。[③]

后来的实际情况是，一是第一产业就业比重从2000年的50%

① 胡鞍钢主编：《中国战略构想》，浙江人民出版社2002年版，第3页。

② 胡鞍钢主编：《知识与发展：21世纪新追赶战略》，北京大学出版社2001年版，第3页。

③ 江泽民：《全面建设小康社会 开创中国特色社会主义事业新局面——在中国共产党第十六次全国代表大会上的报告》（2002年11月8日）。

持续下降至2016年的31%，大大提高了农业劳动生产率，促进了第二产业与第一产业劳动生产率相对差距缩小，从2000年的6.87倍下降至2016年的4.45倍。二是城乡人均收入相对差距持续上升，到2009年达到高峰，为3.33倍，而后开始下降，到2017年已降至2.71倍。三是全国各地区人均GDP相对差异系数有所提高，到2004年达到历史最高峰（为75.1%），而后大幅度下降，到2015年降至43.9%，是新中国历史上最低点。

这意味着相继提前实现了党的十六大报告所提出的三大差距逐步扭转的目标，这也意味着中国先经历了20多年的“先富论阶段”，呈现增长型三大差距扩大，即所有产业、所有地区、所有人群都呈现了前所未有的高增长，但差距都是扩大的；后经历了10多年增长型三大差距开始缩小的新趋势，这也证明中国搞市场经济可以让人民富裕起来，更证明中国坚持社会主义方向可以让全体人民共同富裕起来。

（五）从“一只手”到“两只手”

从世界背景看，从20世纪80年代到90年代，社会主义国家纷纷进行市场化改革。按照1996年世界银行年度报告《从计划到市场》的基本思路，就是从“一只手”（以公有制为基础的计划之手）到“另一只手”（以私有制为基础的市场之手）。而中国则大为不同，是从“一只手”（计划之手）到“两只手”（以混合经济为基础的市场之手与规划之手），成功地开拓创新了社会主义市场经济新体制。

在向社会主义市场经济体制转型的过程中，其中最核心的重大关系就是如何正确认识和处理好政府与市场的关系。2000年，我和王绍光合编《政府与市场》（中国计划出版社，2000年版）一书，主要是探索在市场经济转型中政府与市场的关系。争论的焦点不是取消政府的作用，而是指政府在市场经济转型过程中应该发挥什么作用，政府应当对哪些领域干预，政府的职能如何转变。我们创意性地提出：政府的作用和干预范围应当缩小，从“无所不管”转向“有限领域”，从“过度干预（越位）”转向“适度干预（定位）”，从公共服务的“缺少干预（缺位）”转向“加强干预（到位）”；干预手段要转变，从计划、行政手段为主转向经济、法律手段为主，从直接控制为主转向间接控制为主，干预由基于“人治”转向“法治”，干预本身也要接受法律监督和法律制约；提高干预的有效性，充分利用市场机制，积极应对各类挑战；提高干预的透明度，减少干预过程中的“寻租”现象。

在中国国情条件下如何界定政府的主要职能呢？外国教科书不能提供现成的答案。在该书中，我们根据中国国情和建设社会主义市场经济体制的客观要求，归纳了中国政府的主要职能。首先，包括一般市场经济国家具有的基本职能：维护主权和领土完整；制定和实施法律，维持社会基本秩序；界定产权、保护产权；监督合同的执行；维系本国货币的价值。其次，政府对市场失灵领域干预具有的职能：提供公共物品；保持宏观经济稳定；使经济外部性内在化；限制垄断；调节收入和财富分配。最后，在中国国情条件下，政府具有的特殊职能：促进市场发育，建立公平竞争的统一市场；注重公共投资，促进基础设施建设；实施产业政策，促进产业结构高度化，充分发挥比较优势；解决地区发展不平衡问题，促进少数民族地区发展；控制人口增长，开发人力资源；保护自然资源，实施生态环境建设，进行大江、大河、大湖、沿海治理；防灾、减灾和救灾；管理国有资产和监督国有资产经营；实行反贫困行动计划，逐步消除中国的收入贫困、人类贫困和知识贫困。

2000年11月，李岚清同志在全国省部级主要领导干部财税专题研讨班上明确指出：建立与社会主义市场经济体制相适应的公共财政。随着公共财政的建立，政府的活动范围应逐步规范，当务之急，是要解决财政支出“缺位”和“越位”，以及工作中的随意性问题。

2001年10月，李岚清在四川调研时明确提出，政府要转变职能，带头创新，政府工作要到位，不能缺位，也不能越位和错位。要坚持不懈地抓好市场经济秩序的整顿工作，健全法制，明确职责，齐抓共管，标本兼治。

2006年3月，《中华人民共和国国民经济和社会发展第十一个五年规划纲要》第四十六章《建立分类指导的实施机制》中，首次将政府职能界定为11个领域：义务教育、公共卫生、社会保障、社会救助、促进就业、减少贫困、防灾减灾、公共安全、公共文化、基础科学与前沿技术以及社会公益性技术研究、国防等公共服务领域。要求各级政府要切实履行职能，运用公共资源全力完成。

四、从“投资于人”到“以人为本”新发展观

我一直认为，一个好的创意或好的思想需要花费很长的时间才

能成为政治共识，进而成为社会共识，并起到“精神变物质”的作用。从“投资于人”到“以人为本”，这个思想认识也经历了多年的不断认识、不断升华。

1991年，我提出了大力开发人力资源、将沉重的人口包袱变成人力资源财富的观点。我认为，投资于人民是收益最大、效果最好的投资，是一本万利的事业。人是世界上最可贵的财富基础。丰富的人力资源是中国实现现代化的最大优势。从现在起到下世纪初期（指21世纪），是中国大力开发人力资源、充分利用人力资源的最好时期。开发人力资源应是中国长期发展的一项基本国策。越是自然资源相对不足，越是要大力开发人力资源；越是建设资金严重短缺，越是要强化人力资本投资；越是经济发展水平落后，越是要发展教育和科技。中国的治国方针应当是“教育立国”“科学立国”。[①]

1999年7月8日，时任国家计委主任曾培炎主持“十五”计划专家座谈会，讨论基本思路。我明确地提出基本思路应当是“以人为本”的根本方针，而不是以物（GDP）为本，五年计划的出发点和落脚点是人民为本、富民为本。我还提出了“全国人口基本公共服务均等化”的政策建议。这不同于以往九个五年计划的以经济增长为本的传统发展思路。在会议结束时，曾培炎主任对专家们的建议给予了高度评价，他认为有些思路可以写进“十五”计划。

为此，他还专门请宏观经济研究院的专家研究“以人为本”的

① 胡鞍钢著：《中国：走向21世纪》，中国环境科学出版社1991年版。

提法和来源，但是在“十五”计划的指导方针中没有写进去，在第一章《国民经济和社会发展的指导方针》中，采用了“坚持把提高人民生活水平作为根本出发点”的提法。

2003年1月，我和胡琳琳撰写了《投资卫生领域，促进经济发展和全面小康目标的实现——中国宏观经济与卫生健康》的国情报告，专门提到：“党的十六大报告明确提出，今后20年中国发展的主要任务是全面建设惠及十几亿人口的更高水平的小康社会。这是‘以人为本’的新型社会主义现代化发展目标。其中保证人民的卫生健康是全面建设小康社会的核心目标之一，即使十几亿人口过上更健康、更长寿、更幸福、更高质量的生活。”我们还专门提到在农村要实现“人人享有卫生保健”的最低标准。建议加大政府对公共卫生服务的投入，预防免疫、妇幼保健、改水改厕等基本公共卫生服务属于较为典型的公共产品，应该由政府来提供。将卫生发展纳入宏观经济政策框架，使之不仅能够促进经济增长，保持经济稳定，而且能够提高卫生发展和人民健康水平。[①]没有想到时隔不久，中国就经历了一场突如其来的公共卫生危机——“非典”。

2003年6月16日，我专门写了《“以人为本”，投资健康》的国情报告。[②]17日，我参加了温家宝同志主持召开的“加强公共卫生建设，促进经济与社会协调发展”专家座谈会，作了发言。我专门介绍了“以人为本”的新发展观。我认为，增长的最终目

① 胡鞍钢、胡琳琳：《投资卫生领域，促进经济发展和全面小康目标的实现——中国宏观经济与卫生健康》，《国情报告》2003年第9期。

② 胡鞍钢：《“以人为本”，投资健康》，《国情报告》专刊2003年第30期。

的，是以人为中心，是满足人的需求的经济发展和社会发展。增长为人服务，而不是人为增长服务。这是增长的最终目的。我还介绍道，新中国成立以来的前30年，人类发展速度明显地高于经济增长速度，而改革开放以来的20年人类发展速度又明显低于经济增长速度，一方面是人类发展速度有所下降，另一方面是经济增长速度大幅度提高，仍反映了中国人类发展与经济增长之间的非均衡性。这是与改革开放以来我们追求“增长优先”的战略相关的。经过“非典”之后，我们应当形成共识：只有经济增长、无社会发展，或者只有收入增长、无增进健康，都是“跛脚”的发展观，是一脚长一脚短，社会发展应成为发展的中心目标和重中之重。我还特别提到：2000年提前实现GDP翻两番的经济增长目标，但是远没有实现“人人享有初级卫生保健”的社会发展目标。有1亿多人喝不上洁净水，4亿多农村人口尚未享受饮用自来水，农村地区粪便无害化处理率仅为28.5%。降低孕产妇死亡率和妇女发病率的目标没有实现。我再次说明：党的十六大提出的全面建设小康社会的发展目标其核心在于促进“人”的发展、改善人民福利，而卫生健康是人民福利的核心要素，应该成为全面小康目标的重要组成部分。

同年9月初，我应邀给国务院办公厅讲课，主题是健康与发展，更加系统地阐述“以人为本”的新发展观，反映在我所主编的《透视SARS：健康与发展》（清华大学出版社，2003年版）一书中。所谓新发展观是相对于“发展是硬道理”而言的，更加发展的目的不是GDP而是“人”，这个“人”是大写之人，是13亿中国人民。

2003年10月，党的十六届三中全会《中共中央关于完善社会主义市场经济体制若干问题的决定》正式提出坚持以人为本，树立全面、协调、可持续的发展观，促进经济社会和人的全面发展；明确了“五个统筹”的发展方针，即统筹城乡发展、统筹区域发展、统筹经济社会发展、统筹人与自然和谐发展、统筹国内发展和对外开放。[①]这成为以胡锦涛同志为总书记的党中央治国理政的科学发展观。

2004年1月，我出版了《中国：新发展观》一书（浙江人民出版社，2004年版），进一步讨论21世纪新发展观与全面建设小康社会。

五、从可持续发展到绿色发展

1987年，世界环境与发展委员会发表了《我们共同的未来》，将可持续发展定义为“人类有能力使发展持续下去，也能保证使之满足当前的需要，而不危及下一代满足其需要的能力”。1989年我们的《生存与发展》将可持续发展定义为“既满足当代人的需要，又不对后代人赖以满足其需要的生存基础与发展能力构成破坏和障碍，它旨在促进人类之间以及人与自然之间的和谐”。其中最后一句话，是我们对持续发展内涵的进一步拓展，人类之间的和谐反映了中国“大同世界”的理想，人与自然之间的和谐反映

① 《中共中央关于完善社会主义市场经济体制若干问题的决定》（新华社北京2003年10月21日电）。

了中国“天人合一”的理想。这是“可持续发展”战略的“中国版”。

1992年6月，在巴西里约热内卢召开的联合国环境与发展大会通过了《21世纪议程》，成为“世界范围内可持续发展行动计划”。时任国务院总理李鹏参加了该会议。同年7月，国务院环境保护委员会决定，组织编制《中国21世纪议程》。

1994年3月，中国政府制定了《中国21世纪议程——中国21世纪人口、环境与发展白皮书》，这一副标题不仅涉及环境与发展，更涉及人口，提出“控制人口增长与提高人口素质”。全文共20章，78个方案领域，主要内容分为四大部分：可持续发展总体战略与政策；社会可持续发展；经济可持续发展；资源的合理利用与环境保护。

为什么中国政府要编制和实施该议程？时任国家科委副主任的邓楠指出，这是为了走可持续发展道路，是中国政府根据中国国情做出的必然选择。中国是一个人口众多、自然资源相对短缺、经济基础还十分薄弱的发展中国家。在经济高速增长的同时，我们所面临的人口、资源和环境的压力也在迅速增长，我们为两位数的经济增长付出了很大的代价。制定该议程，不仅是中国政府对1992年联合国环境与发展大会的承诺，更是中国根据自身的经验、教训和需要做出的慎重选择。[①]这个议程标志着，中国从加速发展战略开始转向可持续发展战略。

1995年，江泽民在党的十四届五中全会讲话中，首次论述

① 邓楠：《关于“中国二十一世纪议程”》，《中国软科学》1994年第10期。

“经济建设和人口、资源、环境的关系”。他指出，必须切实保护资源和环境，不仅要安排好当前的发展，还要为子孙后代着想，决不能吃祖宗饭，断子孙路，走浪费资源和先污染、后治理的路子。①

1999年夏季，我应时任国家环境保护总局局长谢振华之邀，为全国省级环保局局长研讨班授课，我谈了建立资源节约型和环境友好型国民经济体系的设想，引起各方的关注。

之后我和王亚华撰写了《从生态赤字到生态建设：全球化条件下中国的资源和环境政策》的国情报告。②我们提出，根据中国国情，我们不可能也没必要等到达到较高的人均收入水平之后再回过头来治理环境污染。我们必须实行世界上最严厉的环保政策，借助技术进步、市场机制和全球化这三大力量，进行大规模的生态建设，补偿危及民族未来生存的巨额生态赤字。我们可以向世界再次证明中国作为发展中大国，仍然能够在充分利用全球化的条件下，率先在发展中国家实现人口资源环境与经济协调发展。

我们还首次建议，利用市场机制和技术进步建立适合中国国情的资源节约型和环境友好型国民经济体系；同时也必须坚持贸易自由化和投资自由化方向，积极推行“比较优势战略”，充分利用两种资源、两个市场，在更大的范围内解决中国的资源环境问题。

我们认为，以1998年特大洪水为标志，我国生态环境迎来了

① 江泽民：《正确处理社会主义现代化建设中的若干重大关系》，见《江泽民文选》第1卷，人民出版社2006年版，第464页。

② 胡鞍钢、王亚华：《从生态赤字到生态建设：全球化条件下中国的资源和环境政策》，《国情报告》1999年第109期。

新中国成立以来的第一个建设高潮，开始从大规模生态赤字时代转向大规模生态建设时代，从不断向自然资源透支、索取的时代转向合理利用两种资源的时代，从环境污染的时代转向环境保护的时代。

中国能否有效借助结构调整的有利时机，把握全球化历史机遇，真正实现从生态赤字到生态建设的历史性转变，补偿千百年来，特别是新中国成立以后累积的巨额生态赤字，留给子孙后代洁净优美的生存空间，将主要取决于政府政治意愿（中央决策、“十五”计划等）和实施能力（财政能力、行政能力、法治能力等）。我们还前瞻性、战略性地提出，中国要积极参与全球环境合作，承担全球环境责任；要积极参与多边国际环境条约和全球环境合作；向国际社会公开承诺，在发展中国家中率先实现煤炭消费量的下降，控制和减少二氧化碳和二氧化硫排放量；大幅度减少氟氯化碳生产量和消费量，强制性生产和出售无氟冰箱、冰柜、制冷设备等；积极推行国际环境标准等。

2000年，党的十五届五中全会通过的《中共中央关于制定国民经济和社会发展第十个五年计划的建议》首次提出加强生态建设，遏制生态恶化。大力植树种草，推进东北、华北、西北防护林体系建设，抓好长江上游、黄河上中游等天然林保护工程，提高国土森林覆盖率。加大防沙治沙力度，加快小流域治理，减少水土流失。加强草原建设，防止超载过牧，遏制草原退化和荒漠化。加强自然保护区和生态示范区建设，保护陆地和海洋生物多样性。加大环境保护和治理力度。强化城市大气污染、水污染、垃圾污染和噪音污染的综合治理，使大中城市环境质量得到明显改善。[①]

2005年，国家制定“十一五”规划时，我与王亚华对中国国情的基本判断是：资源环境成为中国现代化最大的限制因素。为此我们提出，实施绿色发展战略是中国的必选之路。中国不应等达到较高收入水平时再来实施绿色发展战略。中国经济发展模式的转变要从传统的黑色发展转向绿色发展，从生态开发转向生态建设，从生态赤字转向生态盈余。未来绿色发展的总体目标旨在建立资源节约型和环境友好型社会，实现人与自然和谐共处。

尽管当时“十一五”规划没有采用“绿色发展战略”的提法，但是将第六篇“建设资源节约型、环境友好型社会”作为核心目标和规划布局，该篇由五章构成：发展循环经济；保护修复自然生态；加大环境保护力度；强化资源管理；合理利用海洋和气候资源。

2010年8月，国家在制定“十二五”规划时，我和鄢一龙提出“十二五”期间要坚持六大发展原则，即绿色发展、创新发展、协调发展、共享发展、安全发展、共赢发展。

2012年3月，“十二五”规划纲要第六篇题为“绿色发展　建设资源节约型、环境友好型社会”，提出要树立绿色、低碳发展理念。

同年4月我出版了《中国：创新绿色发展》（中国人民大学出版社，2012年版；英文版，Springer出版社，2014年版；日文

---

①《中共中央关于制定国民经济和社会发展第十个五年计划的建议》（中国共产党第十五届中央委员会第五次全体会议2000年10月11日通过）。

版，日本侨报社，2014年版）一书，以绿色发展为主题，以绿色工业革命为主线，以绿色发展理论为基础，以中国绿色发展实践为佐证，展现中国的伟大绿色创新，展望人类走向绿色文明的光辉前景，设计了中国绿色现代化的目标和蓝图。

中国绿色发展理论的三大来源是：中国古代的“天人合一”智慧、马克思主义的自然辩证法、可持续发展理论。

从世界范围看，自工业革命以来至少有三种发展模式：一是黑色发展，就是典型的“吃祖宗饭，断子孙路”；二是可持续发展，就是典型的“决不能吃祖宗饭，断子孙路”；三是绿色发展，就是典型的“前人种树、后人乘凉”。

从中国发展道路看，中国先是经历了黑色发展，随后经历了可持续发展，进而走上绿色发展之路，这是中国原创性的科学发展之路。特别是党的十八大以来，中国开创了生态文明建设时代，党的十九大提出了坚持人与自然和谐共生的生态文明观，建设生态文明成为中华民族永续发展的千年大计。

六、从严格控制到全面“二孩”生育政策

进入21世纪以来，全国妇女总和生育率大幅度下降，处在1.5—1.6的超低水平，中国成为世界上生育率水平最低的国家之一。这不仅加剧了老龄化，还加剧了少子化。显然，生育率水平过低是不利于我国人口和经济社会的协调发展的，也不利于中华民族长远发展。调整严格控制人口的计划生育政策势在必行，这也成为人口学界的共识。

2006年，我在《人民论坛》发表文章，呼吁适当调整人口生育政策。我认为，人口政策应以调整人口结构为主，控制人口数量为辅。我赞同北京大学中国经济研究中心曾毅教授提出的建议：在人口生育政策方面，应逐步实施“二孩晚育软着陆”。实施“二孩晚育软着陆”，将有助于调整我国未来的人口结构和男女比例，遏制未来老少抚养系数快速上升的趋势，缓解老龄化带来的养老金短缺和劳动力优势丧失的问题。

现在看来，如果从20世纪80年代初开始算起，中国的人口问题至少需要花两代人的时间才能调整过来。从人口自身发展特点和政策调整作用的角度来看，应该做到：先严格控制一代人，后主动调整一代人；先控制人口数量，后调整人口结构。因此，中国今后的人口政策应逐步转变为以调整人口结构为主、控制人口数量为辅，逐步调整人口年龄结构和人口城乡结构。

特别需要注意的是，调整生育政策，至少需要花一代人的时间，并且需要精心设计，同时要由国家人口和计划生育委员会支持和监督，总结经验、稳步实施，但不应急于一下子推开，以免引起国内外强烈震动。①

这一主张也引起了有关方面的关注，有关方面特意派人与我交换意见，尽管我陈述了这一建议的人口国情变化背景和人口生育政策调整思路，但还是没有被接受。

2007年，我在参加有关部门组织的内部研讨会上提出了中国中长期人口综合发展战略（2000—2050年）。从总体上看，中国

① 胡鞍钢：《如何看待中国人口国情》，《人民论坛》2006年第8期。

正在收获“人口红利”，但2015年之后“人口红利”会不断下降；中国正在形成“人口教育红利期”，初步实现了从人口大国到人力资源大国的转变；中国将在今后30—40年面临“人口负债期”，面临少子化和老龄化的严峻挑战。中国人口发展战略必须平衡人口数量目标和人口结构目标。在社会经济发展水平低下的情况下，人多是坏事，人口越多，发展的包袱越重，资源环境压力越大。在经济社会发展水平较高的阶段，大部分人口转移到城镇，具有较高水平的人力资本，人多就是好事，人少可能是坏事。在人口综合发展战略之下，一味地减少人口数量规模不一定是好事。中国中长期人口发展目标是：第一步（2006—2010年），人口数量保持低增长，人口质量达到中等发达国家中的较高水平；第二步（2011—2020年），人口数量适度增长，人口质量达到较为发达国家水平；第三步（2021—2050年），人口数量趋于稳定，人口结构趋于优化，人口质量达到发达国家水平。①

2009年，我再次提出稳健调整计划生育政策，特别提到1980年中共中央《关于控制我国人口增长问题致全体共产党员、共青团员的公开信》的公开承诺：“到三十年以后，目前特别紧张的人口增长问题就可以缓和，也就可以采取不同的人口政策了。”这表明，过去30年倡导一胎生育政策是特殊时期的特殊政策，这一代人为落实基本国策做出了重要贡献和牺牲，“舍小家，顾国家”。30年后我们需要根据党中央的战略设想和对人民的政治承诺，适

① 胡鞍钢：《中国中长期人口综合发展战略（2000—2050年）》，《国情报告》2007年第3期。

时、灵活、稳健地调整人口生育政策，再花上一代人的时间，实现从“一对夫妇生育一个孩子”到“一对夫妇生育两个孩子”的政策软着陆，从而使得我国的实际生育率略有上升，接近人口生育更替水平，即妇女总和生育率稳定在2.1左右，让以后几代人既可以“顾小家”，又可以“顾国家”。

我认为，制定未来的中国人口发展目标，人口发展战略既要统筹考虑人口系统内部的数量、结构、质量和分布，又要统筹考虑人口与经济社会发展和生态系统的关系。从长远观点看，中国应该实现人口稳定的目标，具体包括：保持少儿人口数量稳定，少儿人口并不是减少越多、越快就越好，而是应该保持在一定规模上；保持劳动年龄人口稳定，防止2020年之后的劳动年龄人口大幅度下降，特别是防止15—29岁青年型劳动人口的大幅度下降；保持总人口规模，防止2030年之后总人口规模的大幅度下降。在稳定各类人口数量的同时，我们还要不断地提高人口素质。

同时我也指出，由于1980年以来的人口政策还有很大的惯性，还有被继续“锁定”的可能性，调整起来还有很大的不确定性。但是从长期成本和收益角度来看，早调整早主动，晚调整晚主动，不调整则被动。此文在新华社《经济参考报》（2009年11月26日）刊登，[1]引起社会极大关注。

党的十八大以来，中国实现了从严格控制人口生育到全面“二孩”生育政策的重大转变。

---

① 胡鞍钢：《稳健调整计划生育政策，稳定未来中国人口规模》，《经济参考报》2009年11月26日。

2013年11月，党的十八届三中全会通过的《中共中央关于全面深化改革若干重大问题的决定》，首次明确提出：启动实施一方是独生子女的夫妇可生育两个孩子的政策，逐步调整完善生育政策，促进人口长期均衡发展。此举立刻得到全社会的好评，也得到国际社会的高度评价。

2017年10月，党的十九大明确提出，促进生育政策和相关经济社会政策配套衔接，加强人口发展战略研究。为此，有关部门提出完善人口政策，促进人口均衡发展与家庭和谐幸福；继续实施好全面“二孩”政策，充分发挥政策效应，加强生育全程基本医疗保健服务；实施健康老龄化工程等措施。

七、从“北京共识”到中国道路

2000年，我首次提出一个十分重大的命题，如何在新世纪以更快的速度追赶美国。[①]这是一个世界人口最多的发展中国家追赶世界最发达的也是最强大的国家的过程，这将成为21世纪中国影响人类发展进程的、令人关注的重大事件。我提出的基本问题包括：在21世纪中国能否追赶美国？如果能够的话，追赶美国的含义是什么？或者说中国如何追赶美国？哪些方面是我们追赶美国的重点和优先领域？

我当时估计，2015年左右中国GDP（PPP，1990年国际美元）将超过美国。中国人均GDP由1995年相当于美国的1/10上升

① 胡鞍钢：《21世纪展望：中国如何追赶美国》，《国情报告》2000年第80期。

为2015年的1/5。2020—2030年，中国的人类发展指数（HDI）应达到美国HDI指标水平的90%以上，人均预期寿命由当时的71岁提高到75—77岁（1997年美国为76.7岁），成人识字率由当时的83%提高到95%以上（当时美国为99.0%），15岁以上人口平均文化程度由当时的6年提高到10年（当时发达国家人口平均文化程度为10年）。

我认为，知识促进发展是21世纪中国新的追赶战略，其目标是以人为本，以人为中心，强调知识发展，投资于人民，投资于知识；要优先缩小两大类知识差距，一是缩小中国与发达国家（如美国）之间的知识差距，二是缩小国内城乡之间、地区之间的知识差距，着眼于增强全体公民吸收知识、传播知识、利用知识的能力。

2003年，我应约翰·桑顿（John L. Thornton，前高盛公司总裁兼首席运营官、清华大学经济管理学院教授）之邀，在他主持清华EMBA的“全球领导力”课程上讲授“知识与发展——21世纪中国新的追赶战略”，主要介绍了中国三代发展战略，从毛泽东时期实施国家工业化的追赶战略，到邓小平时期实施改革开放的追赶战略，再到21世纪实施知识发展的新追赶战略。我特别强调知识、技术对于一个国家和企业的重要性，从宏观上描述了利用知识带动经济发展作为中国新的追赶战略的重大意义。桑顿教授则从微观上指出在知识经济的大环境中，创新对于企业的重要意义。课堂上，大家就中国知识经济发展政策、企业中知识型人才的管理等问题展开了热烈讨论。最后，桑顿先生总结指出，作为一名优秀的领导者，缔造企业共同的价值观、营造团体的创造力和核心凝聚力是企业成功必不可少的因素。[①]

约翰·桑顿与我是同代之人，有不同的经历，但都心怀天下。他是怀着“到清华推动世界”的理想，决心为中国的未来培养世界级领导人才。他放弃1120万美元的年薪，仅以1美元年薪受聘于清华大学。他曾说：“在这个世界上，中国的崛起现在是而且将来也是我这辈子中发生的最重要的事。中国和世界其他国家，特别是美国的关系将会怎样？我决定要在我的有生之年推动中美关系的发展。”桑顿还说：“这是我们的使命！”后来他成为美国布鲁金斯学会的董事会主席后，还专门在该学会成立了约翰·桑顿中国研究中心，旨在分析、收集并传播有关中国的信息。我们也成为了好朋友，他专门为我的英文专著*China in* 2020撰写了序言。

当时雷默（Joshua Cooper Ramo）协助桑顿主办此课程，他也参加了我的讲座，他曾在美国《时代》周刊担任过多年的记者。但是我没有想到，2004年他在英国外交政策研究中心网站发表了《北京共识》（*The Beijing Consensus*）一文，[②]提出描述中国独特发展模式的“北京共识”，着重强调三点：一、对于改革创新和不断试验的承诺；二、GDP不是社会进步唯一衡量标准，经济可持续性和财富平等分配更重要；三、政策自决和金融主权，欠发达国家对强权的牵制。他在文中引述了我在课堂上的几个核心观点：一是中国创新论，将创新的价值重新定位，即创新是中国经济发展的发动机和持续进步的手段；二是中国“绿猫论”，邓

① 刘卫平、王莉丽著：《全球领导力》，清华大学出版社2005年版。

② Joshua Cooper Ramo.（2004）. *The Beijing Consensus*. Foreign Policy Center.

小平的“不管白猫黑猫，捉到老鼠就是好猫”的观点，在中国影响深远，但是，猫的颜色其实也很重要，中国需要的是一只“绿猫”，即注重环境保护，提倡科学发展观，实现全面、协调、可持续的发展；三是中国“透明猫论”，即政府管理的信息化、透明化等。

2005年，我撰写了《对“中国之路”的初步认识》。我认为，中国的发展模式本质上是一个追赶模式，即中国作为工业化与现代化的后来者、落伍者，它的基本目标和基本任务就是追赶先行的、发达的工业化国家。

在不同时期，中国选择和实行了不同的追赶战略，它包括发展目标的不同、对积累与消费关系处理方式的不同、产业发展模式的不同、工业化技术路线的不同、对国内与国际市场关系处理方式的不同、对人与自然关系处理方式的不同、对收入分配关系处理方式的不同、对城乡关系处理方式的不同以及经济体制的不同等。从新中国成立以来发展的历史来看，大约25年到30年左右会经历一次比较重大的转型。我把不同的追赶战略总结为三代：第一代是毛泽东时期的追赶战略，时间主要是1950—1978年；第二代是邓小平和江泽民时期的追赶战略，时间为1978—2002年；当前则进入第三代追赶战略。实际上，每一代战略既有相同点，又有不同点，并不是严格意义上的不同代的发展战略。相同点体现了发展战略的继承性，不同点体现了发展战略的创新性。每一代发展战略也都是承上启下、相互衔接又与时俱进、不断创新的，都反映了党和国家领导人对现代化与全球化挑战的响应。当然，每一代发展战略都有历史的合理性与历史的局限性，有其历史的制约性与历史的可选择性。

中国的经济发展是先改革，后转轨。经济改革与经济转轨的区别在于，改革的焦点是调整与完善现有的制度，而转轨则是改变制度基础的过程。中国与东欧相比，前者属于经济改革，后者属于经济转轨。

中国经济体制的转型大体分为三个阶段。第一阶段是经济改革阶段（1978—1992年），主要是脱离计划经济体制，形成双轨模式。1978—1984主要是农村改革，1985—1992年是城市改革。第二阶段是经济转轨阶段（1992—2003年），主题是建立社会主义市场经济体制，开始了系统性、综合性、主动性的制度创新。第三个阶段就是完善社会主义市场经济体制，基本完成转轨的阶段（2003—2020年）。这个阶段的主要任务是：完善公有制为主体、多种所有制经济共同发展的基本经济制度，建立有利于逐步改变城乡二元经济结构的体制，形成促进区域经济协调发展的机制，建立统一开放、竞争有序的现代市场体系，完善宏观调控体系、行政管理体制和经济法律制度，健全就业、收入分配和社会保障制度，建立促进经济社会可持续发展的机制。

中国经济改革的特点表现在以下几个方面：第一，中国的改革是一种强制性制度变迁模型；第二，中国的改革是一个不断学习与实践的过程；第三，中国的改革是正确处理改革、发展、稳定三者关系的改革；第四，中国的改革是一场人民广泛参与的经济改革。此外，中国改革是一个对内对外开放的互动过程；是一个经济持续增长的过程，改革成为经济增长和社会转型的动力；是一个坚持社会主义、发展社会主义的改革过程，而不是放弃社会主义、转向资本主义的改革过程。

我还特别指出，中国的实际开放度在中国、印度、俄罗斯等10个新兴市场经济国家中是最高的。中国可能也是世界各国中市场开放度最高的国家之一，中国市场已经成为世界市场的重要组成部分，更是世界竞争最激烈的特大市场之一。

我还认为，中国模式来自于中国实践，应用于中国实践；它也来自于发展中国家，也会应用于发展中国家。

我对中国之路的特点与经验做了总结：规模巨大；发展与转变最迅速；社会变迁范围最大，影响是多方面的；发展极不平衡；是影响作用最明显、最深远的一次制度变革与社会变革实践。

我将中国之路的成功经验总结为：良好的社会政治经济环境，改革开放以来的时期是新中国成立以来我国宏观经济最稳定的时期，经济增长率的波动系数最小，最大值与最小值之间差距最小，基本属于无波动经济增长时期。

中国具有强大的学习能力。中国模式是一种学习模式。一是向历史学习，从历史中获取中国发展的经验与教训。二是向他国学习。三是学习自己的经验教训，前人的失败成为后人成功之母。四是在学习中创新。

中国模式是一种竞争模式。一是国家之间的竞争，任何一个国家的挑战，都构成一种强有力的国际压力。国家竞争会激发从领导人到民众的改革愿望。二是国内的政治竞争，各方面的发展都会对政治统治或秩序提出挑战，其根源来自发展对治理本身的挑战，这就迫使领导人、政治家不断地学习。三是市场竞争（也包括国际市场的竞争），迫使企业家和就业者学习创新。四是社会竞争。

中国模式是一种创新模式。中国的发展模式不能简单地照搬照抄或者模仿外国发展模式。中国的国情与历史是十分独特的，只能寻找与国情相符合、与发展阶段相适应的中国特色发展模式。这是判断中国发展模式是否成功的关键。外来的现代化因素更适合于、适应于本国的条件，就可能成功；反之，就可能失败。

中国发展模式是一种崭新的发展模式，也是一个不断创新的新模式。迄今为止，我们对它的认识刚刚开始，还没有真正认识和理解它，我们还需要更多认真的思考和总结。

总的来说，中国发展之路是一条不断探索之路、学习之路、创新之路，是一条没有完结、没有尽头之路。

之后，我不断研究中国之路。我把中国之路定义为“中国特色社会主义的现代化之路”。这包括三个基本因素：

第一，不断增加现代化因素。最大限度地扩大生产、创造财富，最大限度利用现代知识、科技、教育和信息要素。

第二，不断增加社会主义因素。共同发展、共同分享、共同富裕，要发挥社会主义制度和政治优势。

第三，不断增加中国文化因素。对构建中国特色理想社会有重大创新，如小康社会、和谐社会、学习型社会、安居乐业社会等。我把中国特色社会主义现代化的社会理念概括为“八个社会、一条道路”，其目的是使所有的人才发挥作用。另外这种文化发展的重要成就是对全球产生前所未有的影响，包括和平、发展、合作。①

十分有意义的是，要想全面认识中国制度的优势还需要进行国际比较。最好的案例就是2008年美国“制造”并向全世界“出口”了国际金融危机，打破了长期以来许多中国学者对美国制度的盲目迷信。2010年7月，我参加英国牛津大学举办的学术研讨会，并做主题发言。我以G20集团的2009年主要宏观经济指标数据为例，介绍了为什么中国在危机中虽然不可能独善其身，但却是一枝独秀。从机会成本的角度看，如果不是中国保持了9.4%的经济增长率，那么世界经济增长率就会从-0.1%降至-2%以下，中国不仅交出了一份令世人瞩目和惊奇的答卷，也挽救了世界经济。我的结论说明中国应对国际金融危机的做法的正确性，再次证明“两只手总比一只手更好”的简单道理。这给来自各国的500多与会人员留下了深刻的印象。那次英国之行，我还专门到英国外交部、皇家国际事务研究所、英中协会等机构与英国官员和研究人员交流观点。之后我们专门发表了学术论文，详细分析中国特有的应对金融危机的体制机制优势。②

2011年，我和王绍光、周建明、韩毓海合作，由韩毓海执笔完成了《人间正道》（中国人民大学出版社，2011年版）一书。我们共论中国道路与中国共产党。本书从世界视野和人类发展总体进程的角度，论述了中国共产党开创的中国道路的先进性，从社会主义民主政治、社会主义市场经济、人民社会建设、社会主义

① 胡鞍钢著：《2020中国：全面建设小康社会》，清华大学出版社2007年版。

② 胡鞍钢、王大鹏：《中国应对国际金融危机的评价与体制机制优势的比较》，《经济社会体制比较》2011年第4期。

新文化四个角度，清晰概括了中国道路的丰富内涵，以慷慨苍劲的史诗叙述，礼赞了中国共产党90年光辉征程，正面回答了国内外思想界和理论界争论和关心的一系列重大问题。我们还首次提出“（中国）道路自信、（中国）体制自信、（中国）文化自信”，反映了中国学者的学术自觉、学术自信。

八、国家五年规划咨询研究[①]

世界上有240多个经济体。在经济全球化背景下，国家竞争本质上是国家治理能力的竞争，而国家治理能力的竞争本质上是国家制度的竞争。竞争的规则就是：不进则退，进得慢了也是退。我称之为简单真理。[②]

在西方国家，包括采用西方制度的发展中国家，无论是两党制还是多党制，总统制还是议会制，无一例外地都缺乏长期发展目标，缺乏对社会全体国民利益的关注，也缺乏连续一致的政策手段。与此相反，中国通过60多年的实践，先是学习模仿苏联的五年计划（如第一个五年计划），后是不断改革计划经济体制，进而创新了中国特色社会主义市场经济的五年规划，发挥了政府“看得见的手”的作用，大大提高了国家治理能力，这正是创造了中

① 胡鞍钢、姜佳莹、鄢一龙：《国家五年规划决策中的智库角色研究——以清华大学国情研究院参与国家五年规划编制为例》，《经济社会体制比较》2016年第6期。

② 胡鞍钢等著：《中国国家治理现代化》，中国人民大学出版社2014年版，第197页。

国发展奇迹的制度创新，被世界所羡慕、所公认。[①]

国家发展五年规划是未来五年国民经济和社会发展的宏伟蓝图，是全国各族人民共同的行动纲领，是中国特色社会主义现代化建设的重要指导。五年规划是具有中国特色的国家治理工具，集中体现了中国国家治理的重要特点，反映了中国国家治理成就背后的核心理念和制度逻辑。

从中国经济体制改革背景看，1992年，党的十四大报告提出建立社会主义市场经济体制目标，就是要使市场在社会主义国家的宏观调控下，对资源配置起基础性作用，从而更好地发挥计划和市场两种手段的长处。国家计划是宏观调控的重要手段之一。要更新计划观念，改进计划方法，重点是合理确定国民经济和社会发展的战略目标，搞好经济发展预测、总量调控、重大结构与生产力布局规划，集中必要的财力物力，进行重点建设，综合运用经济杠杆，促进经济更好更快地发展。这就是计划与市场两种手段相结合的模式。之后中国又经历了从国家五年计划到国家五年规划的重大转变，从而形成了中国特有的“看得见的手”与“看不见的手”相结合的机制，其中“看不见的手”起基础性作用，“看得见的手”为“看不见的手”服务。

我将国情研究与国策研究紧密相连，并分为短期、中期、长期和远期研究。短期研究，也就是五年时间，即为国家五年计划或

① 为什么中国的行为如此务实，答案很简单。中国领导人与西方领导人不同，更关心长期利益，他们清楚时间在自己这边。中国经济在未来十年里将变得更加强大。从长期来看，中国必将崛起为世界领先的经济体和强国。《关注长期利益 让中国如此务实》，德国《安全时报》2018年3月28日。

规划做咨询研究。

从“九五”计划开始，我就参与背景研究和决策咨询，从一定意义上，将国情研究与国策研究紧密结合起来。“九五”计划制定前后，我的国情研究主要聚焦在缩小地区发展差距和调整地区发展战略上。

在制定“十五”计划时，中央明确提出，在“十五”计划纲要的制定方法上，力求提高社会参与度，使计划制定过程成为发扬民主、集思广益的过程，成为各有关方面达成共识的过程。为此，我作为国情专家，持续参与其中，发挥了越来越大的影响。1999年4月到8月期间，我和邹平（时为国务院研究室社会发展司研究员）多次应国家计委和有关司局之邀，对“十五”计划发展思路和公共政策提出重要参考建议，特别是关于“以人为本”的新发展观与“投资于人民”的基本思路。

2005年，《国务院工作规则》修订后，明确规定：各部门提请国务院讨论决定的重大决策建议，必须以基础性、战略性发展规划为依据，经过专家或研究、咨询、中介机构的论证评估或法律分析；国务院在做出重大决策前，根据需要可通过召开座谈会形式，听取民主党派、群众团体、专家学者等各方面的意见和建议。

2004年8月，我和王亚华就“新世纪国情特征”课题向国家发展改革委员会发展规划司做了专门的汇报。之后，我们又出版了《国情与发展：中国五大资本动态变化（1980—2003）与长远发展战略》（清华大学出版社，2005年版）。我们首次采用“五大资本”（物质资本、国际资本、人力资本、自然资本和知识资本）的分析框架，对中国国情特征进行定量与动态分析，分别考察了综合国力、经济国情、开放国情、人力资源国情、自然资源环境国情和知识资源国情，分析了各个国情系统所面临的机遇与挑战，定量计算了五大资本的动态变化，提出了旨在维护和提高五大资本、应对主要发展挑战的四大战略（经济全球化战略、人力资源开发战略、知识发展战略、绿色发展战略）。

2004年8月31日，我和王亚华、鄢一龙撰写了《“十五”计划实施情况评估报告》，首次采用目标一致评估方法，对“十五”计划做了后评估。

2004年10月8日，我们又向有关部门提交了《对“十五”时期（2001—2004年）的基本评价》。这项研究是首次由独立机构对中国“十五”计划做出的第三方评估。当时我们建议今后定期对中国政府发展战略和发展状况做出独立的第三方评价。没有想到的是，后来“十一五”规划纲要首次提出：在本规划实施的中期阶段，要对规划实施情况进行中期评估，中期评估报告提交全国人民代表大会常务委员会审议。

2005年10月25日，国务院正式批准成立“十一五”规划专家委员会，由甘子玉（原国家计委常务副主任，时任全国人大华侨委员会主任委员）任主任，吴敬琏（时任国务院发展研究中心常务干事，全国政协委员）任副主任，由37名成员组成，我也是成员之一，参与了规划草案的研讨。

从“九五”计划开始到“十五”计划，我主要在地区发展、可持续发展方面进行咨询研究。后来作为国家发展规划专家委员会成员之一，我带领清华大学国情研究院这支精干团队，从“十一五”到“十二五”再到“十三五”规划，更加专业化、知识化、职业化地开展公共政策咨询、评估研究，在五年规划领域有着丰富的实践经验，积累了大量研究成果。

作为大学智库，我们在参与国家五年规划制定过程中扮演着三种角色：一是概念规划者，即提出关于规划的对策与战略构想，这种概念规划更多的是问题导向与理念导向的；二是规划建议者，即主动提交建议，在决策者征求意见时提供建议，如递交国情报告等，我作为国家发展规划专家委员会委员参加了规划编制的专家咨询会议，出版了专著，进行了更系统的研究；三是规划阐释者，在五年规划出台以后，开展一系列的宣讲与阐释的活动，这对于推动国内外更好地了解五年规划的内容，推动规划更好地实施与落地具有重要的意义。[①]

作为智库，我们主要通过以下渠道影响决策：一是智库人员作为专家委员会成员直接参与政策咨询，建言献策；二是在前期政策研究阶段，进行前期调查研究，形成调研报告，为决策者提供政策参考；三是在政策制定后期的征求意见阶段，作为专家审议政策的科学性和可行性。[②]

这里我简要介绍，我们是如何参与到国家中长期发展规划的设计中，为中国未来发展蓝图贡献智力支持的。

党的十六届五中全会在关于制定“十一五”规划的建议中，核

①② 胡鞍钢、姜佳莹、鄢一龙：《国家五年规划决策中的智库角色研究——以清华大学国情研究院参与国家五年规划编制为例》，《经济社会体制比较》2016 第 6 期。

心理念是“坚持以人为本的科学发展观”。[①]党的十七届五中全会在关于制定“十二五”规划的建议中提出核心理念仍然是以人为本的科学发展观。[②]

正是以人为本的科学发展观，指导了“十一五”规划和“十二五”规划的制定、编制和实施的全过程，成为增进全体人民福祉、促进人的全面发展的宏伟蓝图和路线图。

通过直接参与的实践和体会，我们也对中国的五年规划进行了总结。[③]国家发展五年规划强调结合经济、政治、社会、文化、生态“五位一体”的社会主义现代化建设，提出未来五年国民经济和社会发展的总体战略，其基本思路和关键方法是将国家领导人的战略战术思想与公共政策分析方法两者有机结合。国家发展五年规划的战略分析理论框架为：背景分析—主题与主线确定—战略定位与设计—战略实施。首先，进行五年规划背景分析，通过规划评估和发展诊断，从我国基本国情出发，对国际国内形势做出综合科学判断；同时，分析不同时期国家发展的重大矛盾和重大关系的阶段性特征，把握重点矛盾与矛盾的重点。其次，确定新

① 全会指出，要坚定不移地以科学发展观统领经济社会发展全局，坚持以人为本，转变发展观念、创新发展模式、提高发展质量，把经济社会发展切实转入全面协调可持续发展的轨道。《中共中央关于制定国民经济和社会发展第十一个五年规划的建议》（中国共产党第十六届中央委员会第五次全体会议2005年10月11日通过）。

② 全会指出，在当代中国，坚持发展是硬道理的本质要求，就是坚持科学发展，更加注重以人为本，更加注重全面协调可持续发展，更加注重统筹兼顾，更加注重保障和改善民生，促进社会公平正义。《中共中央关于制定国民经济和社会发展第十二个五年规划的建议》（中国共产党第十七届中央委员会第五次全体会议2010年10月18日通过）。

③ 吴丹、胡鞍钢、鄢一龙：《国家发展五年规划的战略分析与实践认识——以“十二五”规划为例》，《清华大学学报（哲学社会科学版）》2016年第1期。

一轮五年国家发展的主题与主线。然后，明确具体的战略定位，确定指导方针、进行战略目标制定和量化指标设计。最后，确定战略实施的重大任务、政策导向与项目。国家发展五年规划体现了中国特色社会主义现代化发展道路的独特性，是中国科学发展方向、战略、目标、政策之集大成。

从五年规划的决策机制来看，已经形成了集思广益的科学决策机制，决策方式不断民主化、科学化和制度化，充分体现了中国两个“大脑”（内脑和外脑）的制度优势。

九、持续研究2020中国

1997年9月，党的十五大报告首次提出关于“两个一百年”的奋斗目标：“到建党一百年时，使国民经济更加发展，各项制度更加完善；到世纪中叶建国一百年时，基本实现现代化，建成富强民主文明的社会主义国家。”[①]

我也一直在考虑如何对2020年中国进行研究。1998年，我和曹远征（时为国家经济体制改革委员会经济体制改革研究院研究员）、赵英（时为中国社会科学院工业经济研究所副研究员）进行讨论，首次展望了2020年中国发展目标。[②]一是中国国际竞争力迅速增强，进入世界前10名，在急剧变化、竞争激烈的世界格局中

① 江泽民：《高举邓小平理论伟大旗帜，把建设有中国特色社会主义事业全面推向二十一世纪——在中国共产党第十五次全国代表大会上的报告》（1997年9月12日）。

② 胡鞍钢、曹远征、赵英：《中国21世纪的国家利益及国家发展目标》，《国情报告》1998年第15期。

占据优势。[①]二是成为在强大综合国力基础上具有主导能力的世界强国，这包括按实际购买力计算的GDP总量居世界首位；[②]进出口贸易总额居世界首位；[③]军事实力居世界前列；科技实力居世界前列，成为成熟的技术应用大国，并在若干重要科学领域占有一席之地。三是使15亿人口达到较高的社会发展水平，基本实现社会主义共同富裕的目标，这包括：按实际购买力计算人均GDP，由不足美国1/10的人均水平，上升到1/4—1/3的水平；[④]人口平均预期寿命由70岁提高到75岁，接近那时发达国家的平均水平；[⑤]成人文盲率由15%降到5%以下；[⑥]15岁以上人口平均文化程度由目前的6年提高到10年；[⑦]妇女就业参与率保持较高水平；[⑧]人类发展指标由0.6提高到0.8的高水平。[⑨]

我们认为，上述三大目标构成密不可分、相互作用的关系：

---

① 据“世界经济论坛”计算，1994年中国国际竞争力排第34位，1997年上升为第26位，在发展中国家和地区居首位，中国香港居世界首位。

② 世界银行1997年预测，1995年到2020年中国GDP年平均增长率为6.6%，GDP总量超过美国。World Bank，1997。

③ 据世界银行预测，当时中国（不包括香港、澳门地区）贸易总额占世界总额比重为4%，到2020年这一比重将提高到10%，居世界第二位。World Bank，1997。

④ 据世界银行1997年预测，2020年中国人均GDP将低于美国人均水平的一半。World Bank，1997。

⑤ 1994年高收入发达国家人口平均预期寿命为77岁，上中等收入国家为69岁，世界平均为67岁。World Bank，1996。

⑥ 当时发达国家成人文盲率均在5%以下。

⑦ 当时发达工业化国家人口平均文化程度为10年。

⑧ 当时发达工业化国家平均为44%。

⑨ 根据联合国开发计划署（UNDP）预测，中国人类发展指标（HDI）25年后可达到0.8的高水平，而印度则需要花100年。UNDP.（1996）. *Human Development Report 1996*, Oxford University Press.

“强国”是“富民”的基础，“富民”是“强国”的目的，持续提高国际竞争力是“强国”“富民”的基本保障。

我们还特别指出，面对21世纪的重大变化，客观上要求中国在国际舞台上扮演主角，主动参与国际重大事务，特别是积极参与国际规则的制定与协调。这是我第一次研究2020中国。

第二次研究2020中国是在2002年。党的十六大报告首次提出了全面建设小康社会的奋斗目标，明确要求在优化结构和提高效益的基础上，国内生产总值到2020年力争比2000年翻两番，综合国力和国际竞争力明显增强。对此，我又将中国发展的目标体系概括为“增长、强国、富民、提高国际竞争力”四大目标。[①]第一，经济总量在未来20年（2001—2020年）实现翻两番的目标。第二，中国综合国力在未来20年与美国的相对差距由3倍缩小至2倍以内，成为在强大综合国力基础上具有主导能力的世界强国。第三，人民生活水平显著改善，由目前世界下中等收入国家进入到中等或中等偏上收入国家，人口平均受教育年限和预期寿命普遍提高，人类发展指数从目前的世界中上发展水平达到较高发展水平，消除绝对贫困人口，建成为人人享有教育、人人享有卫生服务、共同富裕的小康社会。我再次提出，中国社会主义现代化的本质是“以人为本”，推动社会全面进步，促进人的全面发展，实现最广大人民的根本利益最大化。其最重要的标志是中国人类发展指标的进展。第四，提高国际竞争力。其中，加速经济增

① 胡鞍钢：《构建中国大战略：“富民强国”的宏大目标》，《国情报告》2002年专刊。

长、提高经济总量和综合国力是强国目标，提高人民生活水平、共同富裕、消除贫困是富民目标。今后20年全面建立小康社会的主题将使全体人民朝着共同富裕的方向稳步前进。

第三次研究2020中国是在2006年。当年10月，党的十六届六中全会召开之后，国家计划委员会委托我研究“全面建设小康社会的内涵和目标研究”重点课题，作为党的十七大报告的背景研究之一。同年11月中旬，我完成了这一委托报告。这可能是多项背景研究报告中较早向有关部门提交的课题报告，也是具有参考价值的研究成果之一。这是因为报告不仅深入探讨了十七大报告的主题，即发展中国特色社会主义，而且还较为系统地研究和详细地设计了2020年中国全面建设小康与构建和谐社会的内涵、目标和指标体系。在党的十七大结束后，该报告以《2020年中国：全面建设小康社会》为题，于2007年11月由清华大学出版社正式出版。

第四次研究2020中国是2012年。我出版了《2020中国：全面建成小康社会》（清华大学出版社，2012年版）。其主要背景是，中共十七届六中全会做出了2012年下半年召开党的十八大的决议，其中最重要的任务是起草党的十八大报告，其主题就是在2020年全面建成小康社会，这也是全书的核心结论。该书明确提出21世纪上半叶，中国社会主义现代化总体布局是“六位一体”，即经济建设、政治建设、文化建设、社会建设、生态文明建设以及国防建设；提出了科学发展观的“五大发展”，即创新发展、绿色发展、协调发展、共享发展、共赢发展，这“五大发展”相互关联，相互促进，相互支撑，使得科学发展进一步具体化；对全国2020年全面建成小康社会这一核心总目标进行专业化设计；准确回答“全面建成”的深刻含义，准确回答“小康社会”的深刻内涵，就是建设更大范围、更高水平、更高质量、更加公平的小康社会。

第五次研究2020中国是2015年。我所领导的国情研究院团队出版了《“十三五”大战略》（浙江人民出版社，2015年版）。

十、中国经济增长从数量型转向质量型

2001年，我提出未来中国经济增长取决于提高全要素生产率（TFP）。因为劳动力和资本增长对中国经济增长的作用都很有限，影响经济增长的关键因素是TFP。中国经济增长模式将从数量型转向质量型，即以提高经济增长质量为核心，不仅包括提高人均收入水平，还包括更公平的教育和就业机会、更大程度的性别平等、更好的健康和营养、更可持续的自然环境、更公正的司法及法律体系、更富足的文化生活、更有效的社会治理。[①]

2002年，我再次提出中国经济关键问题不在于是否是高增长，而在于实现什么样的高增长，即高质量高增长模式，这包括：由低效率高增长转向高效率高增长；由不公平高增长转向公平高增长；由低就业高增长转向高就业高增长；由不可持续高增长转向可持续高增长。我国经济形势正处在新中国成立以来相对稳定、持续增长、经济效益明显改善、生态环境效益开始改善

① 胡鞍钢：《未来中国经济增长取决于TFP》，《中国经济时报》2001年5月16日。

的良好时期。另一方面，经济繁荣与社会矛盾并存日益突出。从中长期看，供给大于需求是我国国内市场的基本格局，通货紧缩取代通货膨胀成为影响中国宏观经济健康运行的头号顽敌；我国正在经历有史以来最大规模的经济结构调整，也出现了有史以来最大规模的“下岗洪水”，等等。对此，我提出如下建议：未来经济增长取决于 TFP；进一步提高中央本级财力潜力，继续实行扩张性财政政策；消除“一个国家、两种体制”的体制性障碍，加速城镇化进程，解放农民、投资农民、转移农民、减少农民、富裕农民。①

除了直接参与国家五年规划决策咨询之外，我们还参与了国家中长期专项发展规划。

根据国务院决定，国家中长期科技规划工作全面启动，2003 年 6 月 23—25 日，我应邀参加了国家中长期科技规划战略研究研讨会，就“未来 20 年中国大战略与经济社会发展挑战”作专题讲演。国家中长期科技规划战略研究，是全局性、长远性、前瞻性的战略研究。要面向世界，面向未来，搞开放式的研究，要有国际视野，要紧紧围绕国民经济建设、社会发展、国家安全等方面的需求，对未来 15—20 年我国科技发展做出全面部署。

2003 年 7 月 4 日，我率先提交了第一份国情报告，提出了中国经济从模仿型增长向创新型增长发展模式转型。过去 20 年中国经济模式基本上是资本驱动型、资源消耗型、环境污染型、生态破

① 胡鞍钢：《未来经济增长取决于全要素生产率提高》，《中国证券报》2002 年 12 月 20 日。

坏型，是难以为继的。今后20年中国经济模式必须从资本驱动型向技术、知识驱动型转变，从传统工业化向新型工业化转型，从资源消耗型向资源节约型转型，从环境污染型、生态破坏型向环境友好型、生态保护型转型。

我把未来20年中国科技发展方针简要概括为：以人为本，强化创新，全面开放，跨越发展。以人为本是科技发展的基本目的，强化创新是科技发展的基本手段，全面开放是科技发展的基本政策，跨越发展是科技发展的基本途径。

到2020年，科技发展主要目标是：确保中国经济持续增长和经济繁荣；确保中国综合国力不断强大；确保社会全面发展和进步；提高全体人民的人力资本和知识资本，改善人民的生活质量和健康；确保国家安全；确保中国生存环境可持续以及资源保障和有效利用。

到2020年，科技发展目标的具体指标是：第一，科技进步对经济增长的贡献率明显提高；第二，成为世界科技强国，主要科技发展指标居世界前列，造就一大批优秀的科学家、工程师和专业人员，中国成为世界科技人才资源第一大国，研发经费支出成为世界第二，国际论文数由目前世界第六位上升为世界前三位，同时也应当提高论文的质量，本国居民发明专利申请数由2000年的第七位进入到前三位，中国高技术出口额居世界第二位或第三位。我认为，提出十分清楚、明确的国家科技发展目标，不仅十分必要而且鼓舞人心，这将震撼中国科技界、震撼全国人民。[①]

7月22日，我又率先提交了第二份国情报告。我认为，未来中国发展的关键在于创新。中国与核心技术创新国家有很大技术差距，但是可以通过引进、吸收和采用世界的先进技术特别是先进国家的技术和资本，加速经济增长，实现“追赶”。随着中国与先进国家的收入差距和技术差距不断缩小，这种“追赶”效应会趋于递减。为了进一步缩小发展差距，中国必须从模仿型经济增长模式逐渐转向创新型经济增长模式，必须从非核心技术创新国家逐渐转向和成为核心技术创新国家。换言之，中国要成为世界经济强国和综合国力强国，也必须使竞争战略成为最重要的国家战略，在世界激烈的市场竞争、技术竞争、人才竞争中不断创造和形成竞争优势。

我认为，科技政策的目标和作用是加速中国知识积累和技术积累的过程，不管是引进技术，还是自主创新，国家都应当予以鼓励和支持。从经济学的角度看，知识积累和技术积累过程势必内生性地提高TFP，而提高TFP则是中国长期持续经济高增长的根本动力。[②]

这是我向国务院有关部门提交的关于到2020年我国科技发展方针的两份国情报告，应该说与2006年正式发布的《国家中长期科学和技术发展规划纲要（2006—2020年）》所提出的基本思

① 胡鞍钢：《科技与发展：关于国家中长期科技规划战略研究的若干看法》，《国情报告》2003年第45期。

② 胡鞍钢：《全面开放、跨越发展：如何认识中国的技术追赶效应》，《国情报告》2003年第50期。

路、指导方针、主要目标和量化指标相当接近，也与后来中国科技发展趋势基本吻合。中国科技的发展甚至超过我和《纲要》的预期，中国进入了科技创新的爆发期，科技创新成为创新驱动发展的最大动力。

实际结果是，科技进步对经济增长的贡献率已从2005年的43.2%提高至2017年的57.5%，预计到2020年将达到60%以上，比2005年提高17个百分点左右；我国从事研发人员全时当量从2005年的136.5万人年提高至2016年的385.0万人年；我国研发经费支出从2005年的3003亿元提高至2017年的17500亿元，已跃居世界第二，占GDP的比重从1.33%提高至2.12%，预计到2020年实现2.5%以上的原定目标还有很大的难度；本国居民发明专利年度授权量已跃居世界第一，2017年我国共提交《专利合作条约》（PCT）申请5.1万件，跃居世界第二；国际科学论文被引用数也已跃居世界第二，其中2016年我国被引国际论文数量跃居世界第三。此外，2005年中国高技术出口额跃居世界第一，2014年占世界总量比重达到26.0%，[①]2015年我国高技术产业增加值占世界比重达到29%，跃居世界第一，超过了《国家中长期科学和技术发展规划纲要（2006—2020年）》的部分量化指标。[②]

① 数据来源：世界银行数据库。

②《国家中长期科学和技术发展规划纲要（2006—2020年）》明确提出，到2020年，全社会研究开发投入占国内生产总值的比重提高到2.5%以上，力争科技进步贡献率达到60%以上，对外技术依存度降低到30%以下，本国人发明专利年度授权量和国际科学论文被引用数均进入世界前五位。

第六章

高端智库，两个大脑

——以真知灼见咨政建言

2011至今

作为大学智库，需要与党中央、国务院之间形成越来越密切的互动关系，我们也有意识地扮演学术界与决策界之间的信息桥梁、知识桥梁、思想桥梁。同时这也反映了中国的决策机制越来越民主化、科学化、制度化，党中央、国务院能够吸收全党、全国的智慧。我自己30多年研究国情国策的经历也证明了这一点。这就是我称之为“东方巨人”的“两个大脑”：核心是党中央、国务院的“内脑”；高端智库则是“外脑”，起到支持治理决策的辅助作用。

——胡鞍钢

一、从创办国情研究院到国家高端智库试点

作为大学智库，就是要持续地、跟踪性地研究中国国情，从中国国情出发，不断提出新思想、新观点，不断提出关于五年计划或五年规划的建议，而不在于当时是否能够被接受或采纳。对于这一点，我们拥有足够的耐性、定力。

作为大学智库，需要与党中央、国务院之间形成越来越密切的互动关系，我们也有意识地扮演学术界与决策界之间的信息桥梁、知识桥梁、思想桥梁。同时这也反映了中国的决策机制越来越民主化、科学化、制度化，党中央、国务院能够吸收全党、全国的智慧。我自己30多年研究国情国策的经历也证明了这一点。这就是我称之为“东方巨人”的“两个大脑”：核心是党中央、国务院的“内脑”；高端智库则是“外脑”，起到支持治理决策的辅助作用。

2011年4月，我参加了庆祝清华大学建校100周年大会，时任

中共中央委员会总书记胡锦涛参会并发表了重要讲话，特别提出大学“要深入开展政策研究，积极发挥思想库和智囊团作用，努力为党和国家科学决策、民主决策作出积极贡献”[①]的新要求。为此，我向学校时任党委书记胡和平教授建议，根据“清华新百年”的历史使命和宏伟蓝图的需要，落实党中央决策，建议在国情研究中心的基础上组建清华大学国情研究院。同年12月29日，清华大学校务会正式批准成立清华大学国情研究院，聘请我作为首任院长。我要为清华大学创办中国特色大学智库，为“清华新百年”建功立业。

我对清华大学国情研究院提出了明确的定位：创建世界一流智库，开拓新学科（即当代中国学）基地，服务于国家决策咨询，服务于“清华新百年”的新兴学科发展，服务于世界一流大学建设。作为大学智库，我们要成为国家未来目标的瞭望者，国家战略的谋划者，国家智库的担当者，国家治理的监督者，要站得更高，看得更远，想得更深，看得更准。

2013年4月，习近平总书记对建设中国特色智库做出重要批示。这是迄今为止，中央领导首次专门就智库建设做出的最为明确、内涵最丰富的一次重要批示。习近平总书记的批示包括四个重要内容：一是把智库作为国家软实力的重要组成部分，这是过去从来没有过的表述，把智库发展提高到了国家战略高度；二是指出我国智库发展相对滞后，应发挥更大的作用，既指出差距，

① 胡锦涛：《在庆祝清华大学建校100周年大会上的讲话》，新华社北京2011年4月24日电。

又表明发展需求迫切、空间很大；三是提出“中国特色新型智库”的建设目标，这是当前和今后一个时期我国智库发展的基本方向；四是探索中国特色新型智库的组织形式和管理方式，其落脚点是为中央的科学决策提供高质量的智力支持。[①]

2013年5月30日，我参加了教育部召开的“繁荣发展高校哲学社会科学　推动中国特色新型智库建设”座谈会。会议由时任国务院副总理刘延东主持。她首先传达了习近平总书记关于推动中国特色新型智库建设的批示，介绍了邓小平、江泽民、胡锦涛关于建设智库的论述。她指出，要深入贯彻落实党的十八大精神和中央领导同志有关要求，充分发挥高校学科齐全、人才密集的优势，繁荣发展高校哲学社会科学，为建设中国特色新型智库做出贡献。

刘延东强调，高校要聚焦重大问题，服务国家战略，坚持求真务实、奋发有为，多出具有前瞻性战略性和针对性可操作性的研究成果，为党和政府科学决策提供高质量的智力支持，努力做改革发展决策方案的建言者、政策效果的评估者、社会舆论的引导者。要创新体制机制，加强平台建设，强化协同创新，增强内生动力，推动形成特色鲜明、结构合理、形式多样的智库发展新格局。要深化对外交流，积极参与全球性问题国际合作研究，提升中国话语权，为世界和平发展和人类文明进步贡献中国智慧。[②]

我也在会上作了题为《建设中国特色一流高校智库》的发言。

① 李伟：《在新的更高起点上建设中国特色新型智库》，《中国经济时报》2013年9月6日。

② 刘延东：《发挥高校独特优势　为建设中国特色新型智库贡献力量》，新华社北京2013年5月30日电。

我认为，建设高水平的高校智库，是党和政府决策民主化和科学化的重要保证，也是现代大学应该发挥的重要社会职能。清华大学国情研究院，向建设中国特色一流智库目标迈出了新的步伐，积累了不少经验。我认为，建设中国特色新型高校智库需要做到“三个定位”，即中国特色、高校品牌、世界一流；“两个结合”，即基础研究与政策研究相结合、决策咨询与教书育人相结合；“四个建设”，即文化建设、团队建设、平台建设、机制建设。

之后，我正式出版了《中国特色新型智库——胡鞍钢的观点》（北京大学出版社，2014年版）一书。

经党中央批准，从2016年起清华大学国情研究院成为首批25家高端智库试点工作单位之一。

2014年7月8日，习近平总书记主持召开经济形势专家座谈会，听取专家学者对当前经济形势和做好经济工作的意见和建议。参加的专家有：王战（时任上海社科院院长）、刘世锦（时任国务院发展研究中心副主任）、李扬（时任中国社会科学院副院长）、林毅夫（北京大学教授）、胡鞍钢（清华大学教授）、樊纲（中国经济体制改革研究会副会长）。

在各位专家发言之后，习近平总书记指出，党的十八大和十八届三中全会要求加强中国特色新型智库建设，建立健全决策咨询制度。今天的经济形势专家座谈会，就是落实这个决策部署的重要体现。广泛听取各方面专家学者意见并使之制度化，对提高党的执政能力、提高国家治理能力具有重要意义。希望广大专家学者深入实际、深入群众、深入基层，倾听群众呼声，掌握真实情况，广泛调研，潜心研究，不断拿出具有真知灼见的成果，为党中央科学决策建言献策，为推进决策科学化、民主化多做贡献。

当时看起来是我们就经济形势发表看法，甚至还有不同的意见，直到后来我们才晓得这是首次接受总书记的“面试”，参加座谈会的6位专家都是高端智库的代表性人物。尽管从1998年起我就开始主编《国情报告》，并赠送给中央领导、省部级主要负责人作决策参考，那时我已开始进行长期的国情知识投资，但这却是我第一次与习近平总书记见面。

当日晚上，新华社播发了《习近平主持召开经济形势专家座谈会强调　更好认识和遵循经济发展规律　推动我国经济持续健康发展》，指出，发展必须是遵循经济规律的科学发展，必须是遵循自然规律的可持续发展。各级党委和政府要学好用好政治经济学，自觉认识和更好遵循经济发展规律，不断提高推进改革开放、领导经济社会发展、提高经济社会发展质量和效益的能力和水平。

2015年1月，中共中央办公厅、国务院办公厅印发《关于加强中国特色新型智库建设的意见》，明确指出，中国特色新型智库是党和政府科学民主依法决策的重要支撑，是国家治理体系和治理能力现代化的重要内容，是国家软实力的重要组成部分。该文件共计26条，其中提出重点建设50—100个国家亟需、特色鲜明、制度创新、引领发展的专业化高端智库。要求中央政研室、中央财办、中央外办、国务院研究室、国务院发展研究中心等机构要加强与智库的沟通联系，高度重视、充分运用智库的研究成果。我本人也多次参加该文件的征求意见座谈会，围绕如何建设中国特色新型智库这一主题建言献策。

2015年5月8日，时任中宣部部长刘奇葆到清华大学国情研究院进行高端智库试点建设工作调研，对清华大学国情研究院给予了高度评价，称之为“国情研究独树一帜、学术创新独辟蹊径”。我作了专题汇报，将国情研究院定位为国情研究，专长为国家发展规划。刘奇葆部长要求国情研究院“走出一个路子来，有一个好的起步”。

如何建设高端智库研究团队？清华大学国情研究院按照“小实体、精队伍”的原则，组建了一支十分精干的专职研究团队，创建了“灵活、合作、高效、激励”的管理机制，产出高质量国情研究成果，打造《国情报告》知名品牌，致力于创办特色鲜明、充满创造力、活跃于中国大舞台的著名大学智库。

首先，要建设一支专业基础扎实、多个学科交叉、团结协作高效的专职研究人员的智库团队。清华大学国情研究院的研究人员100%具有博士学位，90%以上具有博士后研究经历，学科背景涵盖经济学、管理学、政治学等社会科学领域，专职从事公共政策研究和决策咨询，以及公共管理、公共政策教学工作。研究团队不仅专业化、知识化、职业化，而且从事国情国策研究都有10年以上，具有丰富的实战经验，形成了比较合理、后继有人的老中青梯度年龄结构。

其次，要建设独具特色、高度认同、共同追求的智库文化。清华大学国情研究院坚守“知识为民、知识报国”的使命；履行“急国家之所急，想国家之所想，想国家之未想”的宗旨；秉承“与中国发展同行，与中国开放相伴，与中国变革俱进，与中国兴盛共存”的理念；遵循“获取决策知识，创新决策知识，传播决策知识，影响决策政策”的路径；基于“着眼中国、服务中国；

放眼世界、贡献世界”的出发点和落脚点。上述理念成为智库文化的核心和灵魂，是国情研究院的价值塑造和事业追求，并为清华大学国情研究院同仁高度认同，成为凝聚人、激励人、鼓舞人的内在动因，全院同仁均以教书育人为本，以从事国情研究事业为荣，以贡献国家决策知识为乐。

最后，要创新高端决策知识产品，打造《国情报告》知名品牌。这些白纸黑字的报告，是我们围绕党和国家的重大发展需求和发展战略，自主地进行前瞻性、战略性、长远性的研究，始终坚持持续性、跟踪性、系统性的研究的成果体现，是更加专业化、知识化、职业化的国情研究和国策研究。这些报告最重要的目的是为决策者提供关于中国发展的决策信息和决策知识。2017年党建读物出版社、社会科学文献出版社经过精选，结集出版了《国情报告（1998—2011）》（14卷，共计27册，2012年）、《国情报告（2012）》（第15卷，1册，2014年）、《国情报告（2013）》（第16卷，1册，2015年），并入选国家出版基金重点资助项目，被列入原国家新闻出版总署国家重点图书出版规划，也为党政机关、大学和相关研究机构的图书馆所收藏。

作为中国大学智库，我认为要发挥“三个桥梁”的作用：一是学术界与政界的桥梁，为政界提供“思想”“战略思路”“咨询报告”，参与具体政策讨论；二是政界与社会公众的桥梁，引导社会，解读政策，向政界反映社会诉求、社会意愿；三是中国与世界的桥梁，代表中国，说明中国，解读中国，阐述中国。

2017年2月，我又出版了《如何认识当代中国：谈国情研究与智库建设》一书，再次总结了创办大学智库的经验和体会，为同行所分享。

对此，该书编辑季红推荐认为：本书以独特的视角和创新的写作手法，进行了全面认识中国、深刻理解中国、客观分析中国、正确解读中国的分析与阐述，有很强的可读性。这是一本沉甸甸的书，内容涵盖了作者太多的经验总结与方式方法，可谓实实在在的“干货”，更为难能可贵的是，此次作者不仅授我们以“鱼”，同时授我们以“渔”，让我们不仅知道“是什么”，而且让我们知道“为什么”和“怎么做”，告诉我们胡鞍钢是怎么做学问的，怎么读书的，用了什么治学方法。读完此书，你才知道，胡鞍钢的时间都去哪儿了。

如何看待当前的中国智库热潮？如何评价智库？据中国社会科学评价研究院提供的信息，目前我国各类智库多达5000多家。发布各类智库评价报告的第三方机构多达10余家，当然这些报告也会对清华大学国情研究院做出评价。对此，我的态度一直是尊重第三方的评价，既可以显示我们的优点，也可以看到我们的差距与不足，同时也不必为排名所左右，关键是提高决策咨询的水平和质量。

我对于智库咨询报告的观点是：一是自主性，即由我们国情研究院团队自主研究的报告，不是通过其他研究者；二是原创性，即注重研究成果的创新性以及集成性，不是引述他人的成果；三是高质量，即能够提供有价值的决策信息知识和建议；四是举办清华国情讲坛，请高水平的专家，旨在为国情研究院和公共管理学院教师和学生们提供一个交换思想、交流经验的平台，重点围绕中国道路、中国制度、中国理论、中国思想等方面的内容，着力打造国情研究领域的中国学派，向外界传递中国声音、讲述中国故事、彰显中国风格。

我们更关注智库的持续创新力，既包括学术创新力、思想创新力，也包括战略创新力、政策创新力，在此基础上，通过国内外的交流和媒体形成社会影响力。我们更希望打造独树一帜、独领风骚的大学智库，这就是国情研究智库。

二、从五大发展理念到“以人民为中心”

作为大学智库，最核心的任务就是创新“中国思想”“中国理念”。我称之为“精神原子弹”，并希望能够转化为“物质原子弹”。这的确是受到毛泽东《人的正确思想是从哪里来的?》一文的深刻持久的影响。这既是一个始终坚持实事求是、解放思想的过程，也是一个与党中央观念创新、思想创新的互动过程。

2010年8月，我们为“十二五”规划研究提供了“六大发展”的基本思路：绿色发展、创新发展、协调发展、共享发展、安全发展、共赢发展。[①]

2012年4月，我正式出版了《中国：创新绿色发展》一书。

2012年9月，我正式出版了《2020中国：全面建成小康社会》一书，再次提出坚持科学发展观及五大发展：创新发展、绿色发展、协调发展、共享发展、共赢发展。[②]其中，我将绿色发展

① 胡鞍钢、鄢一龙：《国家“十二五”规划：背景、思路与目标》，《国情报告》2010年第24期。

② 胡鞍钢著：《2020中国：全面建成小康社会》，清华大学出版社2012年版。

概括为尊重自然、顺应自然、保护自然、受益自然、利用自然、反哺自然，旨在实现人与自然和谐。

2012年11月党的十八大报告以及修订的党章中，将“尊重自然、顺应自然、保护自然”写入其中。不过在当时我们还没有深入地、系统地展开阐述五大发展理念。

2013年，我们受国家发改委委托，对国家“十二五”规划进行中期评估，根据评估结果我们明确建议要通过五大发展理念推动中国经济转型升级，作为“十三五”规划的基本思路。①

2015年4月，我将《2020中国：全面建成小康社会》一书送领导同志参阅。6月2日，中央办公厅受中央领导同志委托，专门打电话对我表示感谢。

2015年8月14日，我作为党的十八大代表，参加中共北京市委组织的学习和讨论《中共中央关于制定国民经济和社会发展第十三个五年规划的建议》(征求意见稿)。

2015年10月，党的十八届五中全会通过的《中共中央关于制定国民经济和社会发展第十三个五年规划的建议》，明确提出了必须牢固树立创新、协调、绿色、开放、共享的五大发展理念。为此，习近平同志还在全会上专门论述了五大发展理念。②

我认为，党的十八届五中全会首次提出五大发展新理念，是制定“十三五”规划的最大创新，突出表现在如下几个方面：第

① 胡鞍钢、鄢一龙、杨竺松：《关于“十三五”规划基本思路的建议》，《经济研究参考》2013年第55期。

② 习近平：《在党的十八届五中全会第二次全体会议上的讲话（节选）》，《求是》2016年第1期。

一，五大发展源于世界最大规模的改革开放发展实践；第二，五大发展总结了以往的五年规划之创新和精髓；第三，五大发展的提出成为五年规划设计中的重大突破，成为如期实现全面建成小康社会目标的五大途径；第四，五大发展是全面科学发展观的组成部分；第五，中国的发展理念必将对世界产生巨大的影响。可以认为，五大发展既是中国版发展经济学的最新理论成果，更是当代世界发展经济学的最佳实践。[①]

为此，我再次组织清华大学国情研究院学习研究五大发展理念，并撰写了《中国新理念：五大发展》（浙江人民出版社，2016年版）。[②]该书就是围绕党中央提出的新发展理念进行深度专题研究，也是我们的学习体会和研究成果。

从党的十八大以来，以习近平同志为核心的党中央又进一步创新中国道路的发展理念、发展理论，从“以人为本”到“促进人的全面发展”，再到“以人民为中心”的发展思想。

因此，我们又进一步研究了以人民为中心的发展理念，提出以人民为中心的发展规划，特别是人的发展生命周期与人的全面发展，并与国家五年规划相结合。

2018年2月德国施普林格（Springer）出版社出版了《习近平发展理念》英文版，这是中国第一部向国外介绍习近平发展理念的著作，并以公开下载书稿的形式向全球推送，产生了意想不到的传播效果。

---

① 胡鞍钢：《五大发展新理念如何引领“十三五”》，《人民论坛》2015年11月17日。

② 作者为胡鞍钢、鄢一龙、唐啸、鲁钰峰、张新、姜佳莹。

三、从2020中国到2030中国

我们不仅研究短期的国策，如五年规划，更重要的是研究中长期战略，如中期研究，也就是10年研究，对应到2020中国研究；长期研究则是面向20年的时间，即2030中国研究；最后是远期研究，面向30年到40年的时间，即2050中国研究。

从2010年底开始，我根据中国长远发展的需求，考虑到中国发展对全球的巨大影响，独立进行了2030中国研究。由我和鄢一龙、魏星执笔出版了《2030中国：迈向共同富裕》（中国人民大学出版社，2011年版），首次把国情研究与世情研究有机结合，把分析中国发展趋势与世界发展趋势有机结合，深入探讨中国与世界之间的关系和相互影响。对我们而言，这的确有相当大的研究难度，也是相当大的学术挑战。

该书以2030中国为主题，以共同富裕和大同世界为核心观点，全面阐述我们的中国观、世界观和未来观，大胆地发出“中国声音”，清晰地表达“中国观点”。

该书专门讨论了当今世界的主流和真正的驱动力量，最重要的研究结论是：2030年的世界200多个国家和地区、80多亿人口将走向大同世界；全球发生前所未有的大发展；全球发生前所未有的南北国家大趋同；全球发生前所未有的南北格局大逆转。主要发展指标如经济总量占世界比重等将由20—30年之前的“（南）三（北）七开”到目前的“五五开”，再到20—30年之后的“（南）七（北）三开”。而中国将成为改变世界格局的“领头羊”。

该书的创新点主要包括如下三个方面：

第一，前瞻性地提出了中国2030年以共同构建共同富裕社会为主题的长远战略构想。

第二，创意性地提出了2030年全球共同构建大同世界的新理念、新目标。这是向全世界表明和阐释中国学者基于人类共同利益的世界观，否定并反对西方长期主张的“文明冲突论”“战争冲突论”“大国冲突论”，肯定并坚持“和平、发展、合作是世界时代主题”，肯定并坚持文明融合、文化交流是世界真正主流，肯定并坚持世界走向共同发展、共同繁荣、共同富裕的人类前途。

第三，从全球视野准确把握和发挥中国引导和推动世界大发展、大趋同、大逆转、大变革的历史作用，积极和共同构建和平、和谐、共富、绿色的新世界。

我在《2030中国：迈向共同富裕》一书的后记中写道：本书集国情研究、战略分析、中国道路研究、国际比较研究之大成，充分体现出我们对国情与世情、中国与世界、现实与未来的最新研究成果，集最好思想（特别是毛泽东、邓小平等人的战略思想）、最新创意、最富远见、最新信息之大成。2014年，该书由德国施普林格出版社出版英文版，在全球发行。

四、从2035中国到2050中国

清华大学国情研究院作为大学智库，其理念是“急国家之所急、想国家之所想、想国家之未想”，其定位就是做国家发展的瞭望者，站得更高、看得更远、想得更深。为此，我们在2030中国研究之后，就开始着手前瞻性地研究2050中国。

2017年，中国最大的政治事件就是召开党的十九大。2016年以来，我先后发表了多篇国情报告和学术文章，从更加专业化、更加全面的视角，分析走向2050的中国发展大趋势，前瞻性地提出2050年全面实现社会主义现代化的总目标及战略步骤。

2017年5月，由我和鄢一龙、唐啸、刘生龙完成了《2050中国：全面实现社会主义现代化》（浙江人民出版社，2017年版）一书，成为首个2050中国宏伟蓝图和路线图的“智库版”，供中央决策参考。

在此之前还没有2050中国的专题研究，因此这项研究本身就极富挑战。我们对未来中国发展趋势的分析，采用了两种互补性方法：一是进行战略预见，洞察发展大势，明确发展方向，制定发展目标，确立发展步骤；二是进行专业预测，为战略预见提供定量分析。没有预测的预见，只能是空洞洞的预见；没有预见的预测，只能是干巴巴的数据。战略预见是治国之道，未来预测是治国之术。对此，我们再次进行了大胆的尝试。

在《2050中国：全面实现社会主义现代化》一书中，创新之点包括以下几个方面：

第一，进一步分析中国社会主义现代化道路的要素与优势，即四大要素（现代化要素、社会主义要素、中国文化要素、绿色生态要素）和四大优势（后发优势、社会主义优势、中国文化优势、绿色生态优势）。分析和总结了60多年来社会主义现代化历史进程，概括为十大转变，从量变到部分质变，再量变，进而质变。

第二，探索和总结中国社会主义现代化发展目的和基本逻辑，从“以经济建设为中心”向“以人民为中心”的演变和飞跃，从“物质现代化”向“人的现代化”的演变和飞跃，从“发展是硬道理”到“人的全面发展”的演变和飞跃，更加体现“以人民为中心”的发展思想和六大发展理念（包括创新发展、协调发展、绿色发展、共赢发展、共享发展、安全发展）。

第三，进一步认识社会主义初级阶段的总依据，将其分为上下两个半场：20世纪下半叶为上半场，21世纪上半叶为下半场，并划分为若干相互衔接的发展阶段，反映了中国社会主义现代化的历史逻辑与未来趋势。

第四，创意性地提出到2050年中国全面实现社会主义现代化的总目标：富强民主文明和谐绿色（美丽）的社会主义现代化国家。

第五，对实现2050年目标的社会主义现代化“六位一体”（经济建设、政治建设、文化建设、社会建设、生态文明建设以及国防军队建设）总体布局提出了建议。

第六，围绕中国现代化对世界的影响、对人类发展的贡献做出了评价和展望，提出了世界人民共同构建共同繁荣的大同世界。

2017年10月，党的十九大召开，习近平总书记在大会报告中提出了我国社会主义现代化的“两个阶段”战略部署：第一阶段从2020年到2035年，在全面建成小康社会的基础上，再奋斗15年，基本实现社会主义现代化；第二阶段从2035年到本世纪中叶，在基本实现现代化的基础上，再奋斗15年，把我国建成富强民主文明和谐美丽的社会主义现代化强国。

为此，我们又进行了第二次深入研究、系统分析，根据党的十九大报告的核心观点和战略部署，特别是对从2020年到本世纪中叶分为两个阶段的战略安排，对能否到2035年比原定提前15年基本实现社会主义现代化，能否到2050年全面建成富强民主文明和谐美丽的社会主义现代化强国等重大战略目标，进行大胆的远景展望和定量的趋势分析，更为全面地理解和深入思考实现第二个百年奋斗目标以及现代化的总体布局和战略布局。

2018年3月，浙江人民出版社正式出版了我和鄢一龙、唐啸、刘生龙著的《2050中国：全面建设社会主义现代化强国》。这本书的主要内容有：

第一，较为详细地展望2035年基本实现社会主义现代化的总目标以及分目标。中国已经具备了提前实现现代化目标的条件和基础，我们将实现人均GDP（PPP，2011国际美元）达到美国的一半及以上，到2035年，中国人均GDP相当于美国人均水平的51%—57%。经济实力大幅跃升，基本建成现代化经济体系，科技实力大幅跃升，跻身于世界创新型国家前列。此外，我们还详细研究了我国的现代产业结构、文化产业发展、全国及各地区的人类发展指数趋势、生态环境建设等。

第二，分析了2050年我国全面实现社会主义现代化的总目标，量化分析了5个主要目标：建成民富国强的社会主义现代化强国；建成社会主义民主现代化强国；建成社会主义文明现代化强国；建成更加和谐的社会主义现代化强国；建成更加美丽的社会主义现代化强国。

第三，根据党的十九大报告，对全面建设社会主义现代化强国，从经济、政治、文化、社会、生态文明、国防建设“六位一体”总体布局进行深入探讨。

第四，前瞻性地分析了中国特色社会主义现代化对世界的影响和作用，包括四大趋势（大发展、大趋同、大逆转、大变革）、对人类发展的五大贡献（经济发展贡献、科技创新贡献、绿色生态贡献、文化文明贡献、发展知识贡献），进一步提出了世界人民构建共同繁荣的大同世界。

第五，进一步展望了第三个百年目标，即到2078年全面建成高度发达民主文明和谐美丽的社会主义现代化强国，对中国共产党所承担的四大历史使命给予了高度评价。

30多年之后，我可能很难亲身验证2050目标的实现。为此，我特意组织了老中青的研究团队，既要持续研究下去，更要与时俱进、不断创新，为实现第二个百年目标做出决策知识贡献。

五、从国家制度建设到国家治理现代化

研究中国国情，需要有政治家视角，也要有政治头脑，不能单纯从经济角度分析，还要从政治与经济的互动关系来判断形势。其次，研究政治不必参与政治，保持一定的距离，保持相对的独立，是有政治立场的国情研究。研究中国政治是比较敏感的话题，但学者可以与政治家进行对话。作为学者，要有鲜明的政治立场、政治理念、政治信仰。这的确是十分独特的国情国策研究。

早在20世纪90年代末，我们就组织研究中国国家制度建设，作为中国现代化发展过程中的长期思考和深入分析的一个总结。

这是一个松散的但是又有核心骨干的学术研究网络，主要人员包括：胡鞍钢、王绍光（香港中文大学政治与行政学系教授）、周建明（上海社会科学院亚洲太平洋研究所所长）、曹锦清（华东理工大学社会学系教授），还有来自台湾大学政治学系的朱云汉教授等。[①]这是一个由多学科、具备深厚理论功底，并专门从事当代中国研究的学者和专家组成的优秀网络。

2003年，我出版了《第二次转型：国家制度建设》（清华大学出版社，2003年版）。该书反映了我们对中国现代化过程中国家制度建设的长远思考和深度分析。

我们认为，一个国家的现代化至少包括两个最主要的方面：一是经济现代化，如农业现代化、工业现代化、科学技术现代化和国防现代化；二是制度现代化，即实现国家基本制度现代化，并实行“良治”，确保国家利益最大化、全体人民福利最大化。国家制度建设是一个现代国家的基本制度和国家“基础设施”，它与经济建设具有很强的关联性和互补性。国家基本制度建设的目的，旨在为保证“良治”和“长治久安”创造制度条件、制度环境和制度功能。这包括五个方面的国家根本利益和目标：国家安全与领土完整；经济发展与经济稳定；社会公正与人类安全；政治清明与社会稳定；生态平衡与环境保护。我们还将国家基本制度概

① 还有：王希（美国宾州印第安纳大学历史系教授）、王辉（美国兰德公司研究生院博士）、丁元竹（时任国家发展与改革委员会宏观经济研究院研究员）、崔之元（清华大学公共管理学院教授）、项中新（财政部政策研究室副主任）、史天健（美国杜克大学原政治学系教授）、高柏（美国杜克大学社会学系教授）、郑永年（新加坡国立大学东亚研究所所长）等。

括为八大机制：强制机制、汲取机制、共识机制、监管机制、协调机制、表达机制、整合机制、再分配机制，这些机制为中国逐步实现社会主义民主政治奠定坚实的制度基础。该书还提出为了建立社会主义民主制度需要实施四大政治改革，即党的改革、全国人大改革、政府改革、司法体系改革。改革党和国家的体制是中国制度建设的核心，也是中国现代化（经济现代化与制度现代化）的根本大计，应成为党的中心工作的重中之重。

2009年，我们又再版了《第二次转型：国家制度建设》（增订版，清华大学出版社，2009年版），加入了我和王绍光4篇重要文稿，以反映我们关于国家制度建设这一主题的最新研究成果。

我在增订版前言中，再次将国家现代化概括为两方面的现代化：一是人们通常所说的四个现代化，二是指国家制度现代化。前者，增加一个国家的硬实力；后者，增加一个国家的软实力。二者不仅不相互排斥，而且还相互作用，互为条件、互为动力、互为因果。我还认为，改革开放当时已经30年了，中国的国家制度建设和政治改革远比我们想象的广泛得多、深刻得多，但也复杂得多、艰巨得多，这还是一场远未完成的革命，但是我们已经逐步找到了渐进主义式的、“干中学、学中干”的方式，需要不断地实践、不断地总结、不断地创新，进而不断地推动中国向前发展。

由此可知，国情研究特别是国家制度建设的研究，都不是能一次性完成的，需要不断地从必然王国到自由王国，不断地从不自觉的认识到自觉的认识。

2013年，党的十八届三中全会通过了《中共中央关于全面深化改革若干重大问题的决定》，首次提出了全面深化改革的总目标：“完善和发展中国特色社会主义制度，推进国家治理体系和治理能力现代化。”习近平总书记指出，这两句话组成一个整体，我们的方向就是中国特色社会主义道路。

2014年，我们正式出版《中国国家治理现代化》（中国人民大学出版社，2014年版）一书，围绕着党的十八届三中全会提出的全面深化改革总目标，深入阐述从以毛泽东到以习近平为核心的党中央是如何创建、巩固、完善、发展中国社会主义国家基本制度的，并探讨中国未来如何实现国家治理体系和治理能力现代化。书中还进一步分析了政府与市场、国有经济与民营经济、中央与地方等三对重大关系演变的历史逻辑和未来发展。

第七章

中国声音，世界聆听

——带头讲好中国故事

中国要对外开放，中国的学者要带头对外开放；中国要走出去，中国的学者要带头走出去；中国要影响世界，中国的学者要带头影响世界。

——胡鞍钢

一、天时、地利、人和

早在20世纪80年代初，在英国培格曼公司出版的《邓小平文集》序言中，邓小平曾写道："我荣幸地以中华民族一员的资格，而成为世界公民。"这给我留下极其深刻的印象。我自身的定位，就应当是具有世界眼光、了解世情的国情专家。

研究中国国情，也需要研究世界世情。中国是世界之中国，世界则是中国之世界。两者相互关联、相互作用。这是我研究国情最具特色之处，也是最有价值之处，直接或间接影响了中央决策。

我是怎样研究中国与世界的关系的呢？中国与世界之间的关系是如何变化的呢？

早在1991年，受邓小平"三步走"战略设想的影响，我就提出："中国中长期发展目标应当是争取用30—40年的时间，到下世纪初期，大大增强我国的经济实力、政治实力和国防实力，发展到我们能够对世界大三角真正起支持作用，对亚洲事务有一定行动自由权和决定性发言权的水平，并成为具有较大综合国力的全球性强国。”①

1995年，我提出了“天时、地利、人和”的分析框架。我在分析中国崛起的世界背景、亚洲地区背景时，有意识地借助中国古代的政治智慧。5月，我应新加坡《联合早报》之邀，以《中国：经济起飞、大国兴起及其影响》为题做了公开讲座，我采用了美国经济学家拜罗克（Paul Bairoch）按各国占世界制造业总量相对数据（1750—1980年）来反映世界主要大国的兴盛与衰落的方法，与英、美等大国兴衰不同，中国经济发展轨迹经历了由强变弱（1750—1950年），再由弱变强（1950—2050年）的U字形曲线。我认为，中国从1980年以后进入了经济起飞阶段，占世界制造业总量份额将急剧上升，这将经历由弱变强、由衰变盛的大国发展过程，这是世界上文明古国和现代化国家发展的特例。

中国经济起飞和大国兴起已经具备天时、地利与人和。所谓天时，从近代历史来看，中国领导人和十几亿人民赶上了难得的发展机遇。所谓地利，中国拥有相对稳定、长期和平的周边环境，特别是中国位于东亚这样一个世界经济增长率最快、市场容量最大的地区。所谓人和，中国保持了一个较长时期的社会安定、政治稳定的局面。我们设想在50—70年内把十几亿人口纳入到现代社会，这具有世界意义，将影响和改变21世纪的世界格局，将在21世纪发挥重要的积极作用，这对占世界大多数人口的发展中国

① 胡鞍钢著：《中国走向21世纪》，中国环境科学出版社1991年版，第127页。

家发展现代化具有启示作用。这是我的中国观和世界观的重要表述。

1996年，我到澳大利亚国立大学访问研究，首次使用比较优势系数，计算了1980—1994年中国比较优势的变化及国际比较，据此我提出中国走向21世纪的发展战略应当选择比较优势战略及贸易自由化战略，积极引进先进实用的外国技术，大量吸收国际资本，进一步开放国内市场，大幅度降低名义关税税率，取消各种非关税贸易壁垒，根据我国经济发展的不同阶段，逐步开放国内各类市场，取消对国外厂商进入中国市场的人为限制，对国内外厂商实行条件相同的非歧视的“国民待遇”，将国际竞争机制引入国内市场的资源配置，最大限度地发挥各类资源的进口与出口比较优势，主动参与经济全球一体化过程。其长远战略目标是到2020年成为世界最大的经济实体和贸易大国。①

1999年，中华人民共和国成立50周年之际，我提出新的追赶策略。受世界银行《1998/1999年世界发展报告：知识与发展》的启发，我认为，为了实现知识追赶，促进经济追赶，获取全球知识的政策，引进全球知识，获取全国知识，创造本地知识是缩小知识差距战略最重要的内容之一。这包括大力发展国际贸易，鼓励引进国外新技术，积极参与国际竞争，积极吸引外国直接投资特别是跨国公司投资。开放的贸易和投资体制可以带来知识的收益，是获取国外先进技术的最好途径。政府应当鼓励和支持国内企业包括在中华人民共和国境内注册的外资企业，提高国内和

① 胡鞍钢：《中国的比较优势与贸易自由化战略》，《战略与管理》1997年第5期。

国际竞争力，为所有的企业提供公平竞争的经济政策环境。建立技术许可证制度，鼓励跨国企业在中国申请技术许可证和专利，鼓励国内企业利用这一制度引进技术，推动技术发展和技术推广。充分保护知识产权，包括国际知识产权和国内知识产权，坚决打击假冒伪劣产品和盗版侵权行为。充分利用海外人才资源，广泛联系海外侨民、留学人员，鼓励他们传播知识、转让技术、交流信息，为其提供投资机会、贸易机会等。[①]

2001年，北京大学出版社正式出版了我主编的《知识与发展：21世纪新追赶战略》一书。

二、中国加入世界贸易组织

改革开放以来，始终存在的一个争论是：中国在多大程度上对外开放？要不要保护国内的产业和市场？中国要不要加入世界贸易组织（以下简称WTO）？如果加入是以什么条件来加入？

当时国内对加入WTO意见也不统一，许多不了解情况的人认为，加入WTO是中国做出的巨大让步，中国将受到极大的损害。他们认为加入WTO更多的是为西方特别是美国的利益服务而不是为中国的利益服务。

实际上，中央一直在为加入WTO做准备。20世纪90年代初期，中国的名义关税税率在40%以上，1994年又进一步降低到36.3%，到1997年已经下降到17.6%，到2000年到17.0%。与此同

① 胡鞍钢：《知识与发展：中国新的追赶策略》，《国情报告》1999年第71期。

时，我国货物贸易进出口的世界排名从1990年的第16位上升至2000年的第8位，我国吸引外商直接投资从1990年的34.9亿美元上升至2000年的407亿美元，这些都是对外开放的直接结果，我国具备了一定的国际竞争力。加入WTO是势在必行，也是水到渠成。

当时中央对中国加入WTO的总体判断是，既为我国带来机遇，也会带来挑战，总体上利大于弊，要最大限度地兴利除弊。国家在“十五”计划中还专门制定了《加入世界贸易组织提高国际竞争力重点专项规划》，要求在“十五”期间，要进一步加快改革，逐步形成基本符合社会主义市场经济和WTO规则要求的管理体制；要依靠体制创新和科技创新，解放生产力，促进经济结构调整战略，全面提升我国产业和企业的国际经济竞争力；要打破垄断，加快开放，尽快形成公平竞争的市场准入环境；要建立健全有效抵御国际经济波动冲击的宏观调控体系，形成一套操作有效、符合国际规范的宏观调控机制。①

中央做出的重大决策表明：随着加入WTO，我国对外开放将进入新的阶段，要进一步推动全方位、多层次、宽领域的对外开放，发展开放型经济。②

2001年，我发表了《加入WTO后应使8亿农民收益最大化，风险最小化》的国情报告。中国加入WTO最大的风险就是长期存在的且日益突出的农业问题与农民收入问题，加入WTO之后则使中国发展最大的问题“雪上加霜”。解决问题的关键是要使农民利

①《加入世界贸易组织提高国际竞争力重点专项规划》，见国家计委发展规划司主编：《国家“十五”重点专项规划》，中国物价出版社2002年版，第173—176页。

②《中国共产党第十五届中央委员会第五次全体会议公报》（2000年10月11日）。

益最大化，市场风险最小化。国家应致力于提高广大农民的人力资本，提高他们的人类发展能力；致力于发展农业及其相关领域的知识与技术，提高农产品质量和国际出口能力；致力于农村基础设施，实现“七通”，即通公用电话和长话自动网，通卫星电视和有线电视，通广播网，通邮政网，通电力（网），通自来水或清洁水，通路（公路或乡村道路）。国家要为农民进城务工、人口迁移大开绿灯，使农民变为非农民，平等善待他们。进城农民家庭和子女享有同等的基本公共服务，如基础教育、职业培训、公共卫生、基本医疗服务、计划生育服务等。[①]

2002年我主编了《全球化挑战中国》（北京大学出版社，2002年版）。

进入21世纪，我更加关心中国如何抓住战略机遇期，同时又能够创造战略机遇，即“天时”与“地利”的问题。我认为这一分析框架比西方国际关系理论更具有实际价值，也更具有应用价值。所谓“天时”，就是经济全球化，中国需要尽早加入WTO；所谓“地利”，就是地区一体化，中国需要主动参与和建立地区性自由贸易区，扩大中国发展的世界空间和地区范围。

如何评价中国加入WTO的实际效果呢？2006年1月我提交了对此做出初步评估的国情报告，对国家采取的各项针对性措施给予了高度评价，认为这些措施使得中国在短短的过渡期内比较平稳地、顺利地适应了WTO，没有出现人们原来所预测的重大的外

① 胡鞍钢：《加入WTO后应使8亿农民收益最大化，风险最小化》，《国情报告》2001年增刊。

部冲击和痛苦的调整，中国在所有加入WTO的发展中国家之中是最早成功实现向开放型经济转型的国家之一。

我的主要结论是：中国加入WTO之后，创造了进出口贸易增长最快的世界纪录，从世界第八大进出口贸易国成为第三大进出口贸易国、第一大进口商品贸易贡献国和第二大出口商品贸易贡献国；中国既成为最大的劳动密集型制成品贸易国，也迅速地成为高技术产品贸易大国，已经显示出比较优势和相当程度的竞争优势。中国是经济全球化的后来者，但很快成为重要参与者和推动者，中国在迅速的经济崛起的过程中已经深刻地改变了世界贸易增长格局，但是这一影响还只是刚刚开始。这充分反映了中国加入WTO后，世界改变了中国，中国也改变了世界。①

三、倡导中国贸易自由化

我不仅是中国加入WTO的坚定的支持派，还是区域贸易自由化的政策倡导者。

2000年12月，我作为访问教授到日本庆应义塾大学公共管理学院，对日本政府、智库、大学等进行了调研。2001年1月，我提出加入WTO、建立开放型经济的重大举措之一是优先建立中国内地、中国香港、日本、韩国三国四方自由贸易区，以加速地区

① 胡鞍钢：《对中国加入WTO的初步评价：中国如何影响世界贸易增长格局（2000—2004年）》，《国情报告》2006年第6期。

经济一体化进程，为中国向全球开放市场学习经验提供便利。据WTO估计，1993—1997年期间，区域内自由贸易额已占世界贸易额的42%。1999年中国内地与三方之间的贸易总额达1350亿美元，占中国对外贸易总额的37.4%，可以成为世界第三大自由贸易区，排在以美国为核心的北美三国自由贸易区和即将建成的欧盟自由贸易区之后。中国方面非常主动，但是日本和韩国方面内部矛盾重重，迟迟没有进展。

2001年7月，我和温军博士认为，充分利用2003年东盟自由贸易区实现零关税的机遇，中国在2005年与东盟国家建立自由贸易区不仅必要，而且可行。加快建立新的自由贸易区，建议国家应优先考虑开辟西南面向东南亚的国际大通道，尤其要重视外交、经济、技术、教育、文化、商贸、服务、投资等“软”通道建设，我们提出了取消各类非关税贸易壁垒，实行贸易自由化的竞争政策，尽快确立优先合作的发展领域等具体的政策建议。①

11月，中国正式提出建立中国—东盟自贸区的设想，得到东盟各国领导人的积极响应。2002年11月，中国与东盟签署《中国—东盟全面经济合作框架协议》，决定在2010年建成中国—东盟自贸区，并正式启动自贸区建设进程。

我当时的设想是中国应积极参与建立5个自由贸易区：一是建立中国内地、中国香港、日本、韩国自由贸易区；二是中国积极参与东盟自由贸易区；三是在两大自由贸易区的基础上建立东亚

① 胡鞍钢、温军：《区域经济合作：西南国际大通道建设与贸易自由化》，《国情报告》2001年第59期。

自由贸易区；四是吸收南亚各国，建立东亚与南亚自由贸易区；五是参与和建立亚太地区自由贸易区。①

现在看来，推进自由贸易区建设还是困难重重，只是实现了第二步，正在推进第五步。2016年，《亚太自贸区利马宣言》发布，进一步明确了把建立亚太自贸区作为下一阶段亚太区域经济一体化的主要目标。目前中国已同东盟、智利、巴基斯坦、新西兰、新加坡、秘鲁、韩国签订了自贸协定；正在与澳大利亚、海湾合作委员会（包括沙特阿拉伯、科威特、阿联酋、阿曼、卡塔尔和巴林6国）、冰岛、挪威、哥斯达黎加、南部非洲关税同盟等国家、地区和组织进行自贸区谈判。由此可知，许多重要的设想不仅取决于中方，还取决于其他方。但是世界贸易自由化大趋势是不可逆转的，中国已成为推动世界贸易自由化、投资自由化、服务便利化的积极力量，中国兴旺带动世界兴旺。

四、积极应对全球气候变化挑战

1989年，我和王毅、牛文元在《生态赤字：21世纪中华民族生存的最大危机》国情报告中，首次对中国生态环境的全球背景做了专门的分析和阐述：人口激增，资源枯竭，环境恶化，人与自然之间的矛盾不断激化，已经成为人类文明进程的第二个巨大障碍（人与人之间的发展差距是第一个巨大障碍）。报告分析了世

① 胡鞍钢、温军：《区域经济合作：西南国际大通道建设与贸易自由化》，《国情报告》2001年第59期。

界性的七大生态环境问题，最突出的就是全球气候变暖与海平面上升。我国各地的沿海平原，如长江三角洲、珠江三角洲、黄河口等经济发达及人口密集的地区将会受到沉重的打击。与此同时，中国是世界上最大的产煤国和煤炭消费国，对全球气候变暖“贡献”巨大，对此世界各国难以忍受中国对全球环境危机的“较大贡献”。我们认识到生态危机是人类面临的共同危机，中国不仅受到世界环境的影响，而且也对邻国乃至全球环境产生较大影响。上述国际背景都决定了中国不得不把治理生态环境放在十分重要的战略地位，必须加入到全人类保护环境、拯救地球的斗争中去。①这可能是中国学者第一次对全球气候变暖中中国责任的公开表态，显示了“天下为公”的世界观。

1997年1月，我在《中国自然灾害与经济发展》(胡鞍钢、陆中臣、沙万英、郭其蕴、杨建新著，湖北科技出版社，1997年版）一书中指出：从中华人民共和国成立以来的历史看，中国自然灾害在不断加剧，自然灾害中出现中灾以上的灾害次数明显增加、出现频率加快；农作物受灾面积不断扩大，受灾率不断上升；农作物成灾面积不断扩大，自然灾害对农业波动的影响不断强化，已经成为中国经济发展的重要制约因素。我们发现，中国是世界上受全球气候变化影响最大的国家之一。

2007年8月，我在《中国如何应对全球变暖挑战》的国情报告中明确提出：“全球气候变暖对人类的可持续发展是一个前所未有的挑战。中国作为世界人口最多的地域辽阔的国家是全球气候变

① 中国科学报社编：《国情与决策》，北京出版社1990年版，第193、202页。

暖的最大受害者之一。从我们自身的利益和可持续发展的目标出发，中国是愿意在应对全球气候变暖的世界行动中采取更加积极的政治态度和更加主动的实际行动的。事实上，如果没有中国的参与和行动，发达国家的行动也是不能成功的。从积极的角度看又是人类寻求可持续发展的一个前所未有的机遇，应当正确地看待和处理全球气候变暖的历史欠账与历史责任。”我的结论是“中国需要大力发展低碳经济”，中国是工业化的后来者，既有机会避免其他国家的错误，又有机会创新本国的发展新模式。因此，我们要避免中国在环境保护方面的失败，从而避免世界的失败；我们要争取中国成功，从而争取世界在环境保护方面的成功。①

2008年3月，我和管清友博士在国情报告《中国应对全球气候变化的四大可行性》中认为，全球气候变化是人类面临的共同挑战，中国也是全球气候变化的最大受害者之一。中国应当积极参与应对气候变化的国际合作，积极参与国际气候谈判，明确做出减排承诺，为实现国内经济、社会的可持续发展和绿色发展，为推动和谐世界的建立承担起负责任大国的义务，成为应对全球气候变化的领导者。中国有能力也有必要积极参与减排，应对气候变化，为世界做出绿色贡献。这是我们提出的中国应对全球气候变化的“中国思路”和“中国贡献”。②

2008年末，我们完成了清华大学公共管理学院产业发展与环境治理中心（CIDEG）应急项目课题的研究。在此基础上，我们希

① 胡鞍钢：《中国如何应对全球气候变暖挑战》，《国情报告》2007年第29期。

② 胡鞍钢、管清友：《中国应对全球气候变化的四大可行性》，《清华大学学报（哲学社会科学版）》2008年第6期。

望就中国近期、中期、长期、远期的减排目标和行动计划做进一步的研究，并提出了一揽子经济和社会政策，形成中国减排的“清华（大学智库）方案”，作为未来中国参与减排决策的背景研究和政策建议。

2009年2月，我参加了清华—布鲁金斯公共政策研究中心举办的“中美合作应对气候变化和中国的绿色革命”研讨会，与李侃如（Kenneth Lieberthal，美国布鲁金斯学会约翰·桑顿中国研究中心主任）共同探讨中美绿色合作的可能。他告诉我，奥巴马上任美国总统，新的机会已经到来，因为奥巴马已提出美国的减排目标。我赞同他提出的“美中两国要抓住这个历史机遇”，我认为不只是对中美两国，对人类绿色发展也影响重大，我们需要破解障碍、寻求中美之间的共识，进而推动G20共识和合作，促进哥本哈根峰会达成人类对全球温室气体减排的共识。如果联合国五个常任理事国中有一个国家，不管是中国还是美国，不做出承诺，那么全世界就无法从根本上解决全球气候变化问题。

2009年5月22日，我接受了《中外对话》的采访，专门介绍了我为何主张公开承诺减排，因为许多反对者认为，减排承诺及安排会损害中国利益，减缓中国发展步伐。我则认为这对中国来说不是损失，而是巨大机遇。我们首次和发达国家站在同一起跑线上，发动了一场绿色工业革命。未来谁掌握了绿色技术，谁就掌握了核心技术；未来谁发展了绿色产业，谁就拥有了核心竞争力。只有绿色发展，才有绿色贡献，绿色贡献才是中国对人类最大的贡献。我还特别指出2009年是关键年，在哥本哈根会议上要形成人类共识，形成人类共同承诺，人类必须做出共同行动。

中国需要在关键的时刻做出关键性的决策，不应拒绝签署哥本哈根协议。因为，中国的承诺会带动世界的承诺，中国的成功会促进世界的成功。此文在《中外对话》中英文网站公开发表。

2009年7月，我在《中国气候变化政策：背景、目标与辩论》一文中再次重申中国承诺减排和公布减排路线图的重要意义，并为“十二五”规划期间中国气候政策目标做了初步设计，特别说明了为什么中国政府需要公开承诺2050减排目标。最核心的观点就是世界减排需要中国带头减排。这是带头提供全球公共产品，是成为具有亲和力的世界大国、高明的世界大国的最好机会和长期投资。反之，中国不承诺，反倒成为世界“众矢之的”，会陷入被动尴尬的境地。[①]

2009年12月18日，哥本哈根世界气候大会所达成的《哥本哈根议定书》提出了《京都议定书》一期承诺到期后的后续方案，即2012年至2020年的全球减排协议。这个议定书在一些关键性问题上几乎没有取得进展，除了发达国家企图逃避他们在有关国际公约和议定书中的义务之外，[②]中国也没有国际社会预期的未来（如2030）绝对减排目标，只是承诺了到2020年的相对减排目标：到2020年单位国内生产总值二氧化碳排放比2005年下降

① 胡鞍钢：《中国气候变化政策：背景、目标与辩论》，见胡鞍钢主编：《国情报告》第12卷·2009年（上），党建读物出版社、社会科学文献出版社2012年版，第232—249页。

② 解振华认为：气候变化国际谈判在一些关键问题上几乎没有进展，原因是发达国家企图逃避他们在有关国际公约和议定书的义务。新华社北京2009年12月26日电。

40%—45%。[①]这次哥本哈根会议，对中国来讲是一个难得的机会，中国是“有为”的，但还不是“大有作为”，对此国际社会反应不一，加之中美之间没有就这一重大问题进行很好的会前会后的沟通和协商，反倒产生了极大的误会。中国再次成为“众矢之的”，失去了难得的历史机遇，即为破解世界难题提供中国方案。不过我还是相信，历史机遇总是留给有准备的政治家的。我当时就预言，本届总理未能“签字”如愿，下届总理总会“签字”如愿。因为中国是世界最大的碳排放国，对世界的影响举足轻重。

2013年6月7日，国家主席习近平在美国加利福尼亚州安纳伯格庄园同美国总统奥巴马举行中美元首会晤。其中双方就应对全球气候变化交换了意见，为后来达成中美共识创造了条件。

2014年7月8日，我参加了习近平总书记主持召开的经济形势专家座谈会，我在发言中专门提到，未来中国发展将面临四大约束条件：一是能源短缺问题；二是主要资源短缺问题；三是环境污染问题；四是气候变化问题。我特别介绍了中国不仅是世界最大的碳排放国，而且碳排放总量高于美国和欧盟（28国）之总和，这将成为最大的约束条件。我还特别提到，仅有五年规划还不够，还需要考虑制定长期专项规划，例如到2030年基础设施建设的规划等。习近平主席在会议总结时特别讲到：要做那些长远的事情，做有历史作为的事情。这给我留下了深刻印象。

2014年11月，习近平主席与奥巴马总统就应对全球气候变化

---

① 温家宝：《凝聚共识 加强合作 推进应对气候变化历史进程——在哥本哈根气候变化会议领导人会议上的讲话》（2009年12月18日）。

这一人类面临的巨大威胁达成政治共识，发表了《中美气候变化联合声明》，中美两国元首宣布了各自2020年后应对气候变化的行动目标。而后，两国元首又先后三次发表气候变化联合声明，积极推动《巴黎协定》。

2016年9月3日，中国国家主席习近平和美国总统奥巴马先后向联合国秘书长潘基文提交了中国和美国气候变化《巴黎协定》批准文本。

2017年11月25日，我在访问韩国时与潘基文先生会面，他向我了解中国政府关于全球气候变化的决策过程，特别提到习近平主席是推动《巴黎协定》的第一功臣，十分佩服习近平主席的决策能力。我告诉他，中国正在习近平主席的领导之下发动一场前所未有的绿色工业革命，中国碳排放肯定会提前达到高峰，进而带动全球碳排放尽早达到高峰，从根本上改变经济增长与碳排放增长的历史趋势。对此，他表示认同和赞赏。

五、向世界展示中国改革开放

（一）带头讲好中国故事

1991年，我到美国耶鲁大学经济学系做博士后，当时的确同其他中国留学生和学者一样，抱着到“西天取经”的愿望，了解西方，学习西方，取经于西方。

1993年，我学成回国之后，又频繁地到美国、欧洲、日本等地访问交流，在国内也频繁接待来自世界各国的学者、官员、留学生、媒体等。我强烈意识到，中国要对外开放，中国的学者要带头对外开放；中国要走出去，中国的学者要带头走出去；中国要影响世界，中国的学者要带头影响世界。

于是，我带头从“西天取经”转向讲好中国故事。我作为中华人民共和国的公民，在国际交往中成为“民间大使”；作为中国大学教授，在国际学术交流中成为“学术大使”；作为中国大学智库，在国际智库交流中成为“智库大使”，以便于更好地讲述中国故事，发出中国声音。[①]为此，我已经出版了“与世界对话”系列三部书：《胡鞍钢：与世界对话》(东方出版中心，2010年版)、《中国的位置：胡鞍钢与世界对话之二》(东方出版中心，2012年版)、《中国声音》(东方出版中心，2016年版)，另外还有三部书稿，主要记录了我与国外学者、专家、媒体等的交流对话。

什么是中国故事？怎样才能讲好中国故事？谁来传播中国声音？怎样才能传播好中国声音？这是因人而异的，没有一定之规。我是采取了毛泽东的做法，“到什么山上唱什么歌”，还要“言之有物”，[②]对不同的人弹不同的琴。不管是唱什么歌，弹什么琴，主题还是中国，或者说当代中国。与世界的对话，不是张口就来的，而是基于我们长期的、大量的国情研究的信息积累、知识积累、政策咨询积累，做到言之有物。我们更加自觉、自信、自强地开展公共外交，与关键性的人物进行战略沟通、学术沟

① 胡鞍钢著：《中国的位置：胡鞍钢与世界对话之二》，东方出版中心2012年版。

② 毛泽东《反对党八股》一文中指出：“俗话说：‘到什么山上唱什么歌。’又说：‘看菜吃饭，量体裁衣。’我们无论做什么事都要看情形办理，文章和演说也是这样。”“最不应该、最要反对的是言之无物的文章。”见《毛泽东选集》第3卷，人民出版社1991年版，第834页。

通、媒体沟通，让世界了解中国，也让中国了解世界，让世界理解中国，也让中国理解世界。

我从事国情研究30多年，始终与来自西方国家的“中国崩溃论”“中国威胁论”“中国挑战论”等进行辩论，主动回击，与此同时自觉充当中国代言人，客观介绍中国的发展情况，积极回应各种关切，释疑解惑，唱响中国经济光明论、机遇论、贡献论。

的确，在与外国人交流的过程中经常碰到十分具有挑战性的问题，你既不可能回避，也不可能不认真回答。对我来讲，越是有挑战性的问题，越具有刺激性，也越具有启发性。这既是激烈的争辩，更是学识竞争、智慧竞赛。我自己的研究也成为世界同行观测中国走向的风向标。诚如李侃如所言：“我在这些年注意到一个显而易见的事实，就是胡鞍钢所说的从来不是那些‘事后诸葛亮’式的智慧，而是那些会成为5—10年以后会真实改变中国主流政策的成果。他提出未来5—10年中国核心方向方面有出色的能力。所以我总是在关注他关于未来的判断。”

（二）反驳“谁来养活中国”

1994年9月，美国世界观察研究所所长布朗先生在《国际论坛先驱报》撰文提出质疑：2030年谁能养活中国？在国际上引起不小的反响，他预言中国将出现严重的粮荒，并对全球粮食市场构成严重影响。他说：从1990年到2030年，中国总人口不断增长，但是粮食总产量至少减少20%，中国将进口约3.84亿吨粮食，而20世纪80年代以来，世界粮食出口总量每年为2.03亿吨，这将导致世界粮价迅速上涨，摆在世界各国领导人面前的最大难题之一就是这种潜在的粮食赤字迅速扩大，到那时，谁能供养十几亿中国人?

同年10月，我先在新加坡《海峡时报》(英文报)，后在新加坡《联合早报》(中文报) 发表题为《中国能够实现粮食基本自给的长期目标》的文章，称布朗的论点是一种历史悲观论，如同1949年美国前国务卿艾奇逊的论断：中国共产党政府，解决不了中国人民的吃饭问题，中国将永远是天下大乱，只有靠美国人的面包才有出路。当时中国总人口只有5.4亿人，而1994年中国总人口已达到11.85亿人，粮食总产量由1.13亿吨增长至4.56亿吨，跃居世界首位。中国用了只相当于美国50.9%的耕地生产了相当于美国1.14倍的谷物产量，供养了相当于美国总人口4.58倍的人口。

我指出，布朗对未来中国粮食增长趋势的推测缺乏科学依据。他估计2030年中国粮食产量减少至2.67亿吨，这个数字仅相当于1973年中国粮食总产量，那时中国粮食总产量已增长了72.2%，以此作为2030年的粮食产量预测，是难以令人相信的。

我又进一步指出，布朗先生推论“中国的粮荒将变成世界的粮荒”，也是缺乏科学依据的。目前中国净进口粮食只占总消费的2%左右，是一个粮食自给率相当高、粮食外贸依存度相当低的国家。粮食基本自给是中国政府的一贯政策。解决中国十几亿人口的吃饭问题不可能依赖世界粮食市场，更谈不上引起世界粮荒。

我认为这种历史悲观论是过分地夸大了影响中国粮食产量增长的不利因素，忽视了促进中国粮食产量增长的有利因素。中国实现粮食基本自给的目标是有希望、有潜力的，同时仍需做持久的、艰苦的努力。[①]

但布朗不仅没有认真地对待我的挑战，1995年还正式出版了《谁来养活中国?》一书，“中国粮荒论”再次成为世界热点话题，成为当时最时髦的“中国威胁论”，他也名噪一时，当然也成为“伪科学”“伪学术”的典型案例。

实践既是检验真理的标准，也是检验谬论的标准。20多年过去了，2017年中国粮食产量达到了6.18亿吨，比布朗所预测的2.67亿吨高出3.51亿吨，误差高达131.5%，布朗的推论成为了一个经典的谬论案例。2009年，中国人均每天的热量和蛋白质供给量分别为3038卡和94克，与OECD当年的平均水平较为接近（热量为3402卡，蛋白质为104克）。自1978年以来，热量供给量与OECD平均水平的比值从66%增加至89%，蛋白质供给量与OECD平均值之比从53%增加至90%。[②]可以说，中国的发展已经对如何养活中国做出了历史性回答，再次证明“布朗预言”的失败。中国不但成功解决了十几亿人民的吃饭问题，也为全球粮食安全做出了最大贡献。

（三）反驳“中国威胁论”

1998年11月19日，我接受美国CNN记者的采访。他问道：“中国将成为世界经济强国，中国强大之后将在世界上扮演什么角色？对此你有什么看法?”

---

① 胡鞍钢：《中国能够实现粮食基本自给的长期目标》，《联合早报》2014年10月31日。

② 经合组织、粮农组织编：《2013—2022年农业展望》，中国农业科学技术出版社2013年版，第54、57、58页。

我回答："中国是世界上人口最多的国家，无论国力强弱都将扮演世界大国的角色。早在20世纪60年代，中国就成为拥有核武器的世界大国之一。中国是联合国安理会常任理事国之一。权利和义务是对称的，你在世界上发挥的作用越大，你所必须承担的责任也就越多。中国从世界大国到世界强国的发展过程是中华民族迅速崛起的过程。中国对解决世界重大发展问题和安全问题负有义不容辞的责任。在许多问题上我们并不是要和以美国为首的西方世界发生冲突，而是要与他们进行基于相互尊重主权、对国际事务共同负责基础上的战略性、长期性的国际合作。"

"在这次亚洲金融危机中，中国已通过国际货币基金组织向有关国家提供了45亿美元的援助。人们将会看到，今后中国还会尽自己的能力帮助其他国家渡过难关，也会尽自己所能对人类发展和全球安全做出越来越大的贡献。"

2005年9月，我接受韩国记者吴光镇的采访。他问道："您对'中国威胁论'有什么看法？您认为这样的言论在10年后还会存在吗？"对此，我做了回答："'中国威胁论'是外国人提出的，是别人说我们的，我们也没有办法，这个10年后还会是如此。我认为不存在什么'中国威胁论'，而是'中国机遇论'。主要是中国发展进入黄金发展时期，而中国黄金发展时期会引领全球黄金发展时期。可以说世界上曾经有过两次黄金发展时期，1870—1913年是第一次，那是因为美国崛起引导全世界的黄金发展。1913—1950年期间出现两次世界大战，一次全球资本主义大危机、大萧条，经济全面衰退。第二次是1950—1973年，世界进入黄金发展时期，创下了世界最高的经济增长率，主要是美国、欧洲、日本都保持了较高增长。而到了1992年之后，全球进入了第三次黄金增长期，这是由于中国经济高增长所致，美国也在20世纪90年代下半期进入高速增长时期。如果没有大的意外，我们预计中国这一增长期会维持到2020年，持续30年的时间。所以，全世界都在搭中国崛起这趟车。”这是我提出的“中国机遇论”以及“搭车论”。后来的事实证明，美国在21世纪的头十几年经济增长率下行，[①]特别是“制造”并“出口”了国际金融危机，相反，中国则保持了高速增长，对全球的增长贡献越来越大。中国不仅成为世界第一大贸易体，而且也成为120多个国家和地区的第一大贸易伙伴，包括美国。

（四）反驳“国强必霸论”

2008年8月，约翰·桑顿与我见面，他建议我将最新的当代中国研究成果翻译成英文，向美国及全世界介绍。此时他正在组织“当代中国思想家”系列丛书，由布鲁金斯学会出版社出版。他希望我的书稿能让海外了解中国、认识中国，特别是能够直接倾听来自中国学者的声音。

我选择了2020中国这一主题，其目的是向世界发出中国声音，展现中国前景。因为全世界特别是美国更加关心中国未来的发展趋势和影响。在确定了2020中国这一主题后，该书的关键词又是什么呢？我选择了“一个新型超级大国”。因为该书的读者是美国及至全世界的读者，这会让他们一目了然，更会让他们为之一震。

① 1995—2000年，美国GDP年均增长率为4.3%；2000—2015年，美国GDP年均增长率为1.8%，而中国GDP年均增长率为9.6%。

对于什么是超级大国有各种定义，我的定义比较简明，就是只要中国超过美国，就是超级大国。我的关键词是“一个新型超级大国”，不同于霸权主义的美国。

中国的崛起是一个和平发展的过程。在这一过程中，中国需要世界，世界也需要中国，符合世界的利益也符合中国的利益，符合中国的利益应当有助于促进世界的利益。所以，我们主张国家主义与全球主义统一论，而不是将国家主义置于全球主义之上，中国并不想取代美国成为世界唯一的领导者。相反，中国需要和美国合作，共同应对世界经济、政治、能源、环境、安全等多方面的挑战。

中国应该是一个资源节约、环境友好、走绿色发展道路的超级大国。中国应该是一个人类发展水平高、贫富差距较低的超级大国。中国要成为真正意义上的“软实力”资源超级大国。美国文化是自我主义的文化，唯我独尊，排他性极强，中国文化则更多的是包容性，是以和谐、和平、合作为基本原则的。这将是未来中国和美国这两个超级大国的最大区别。

中国应该是一个成熟和负责任的超级大国。成熟的标志是：在国内，它有一个民主、公开、透明和结构良好的政府体制；在国际上，中国作为一个负责任的超级大国应持谨慎而非激进的态度应对国际问题，中国应改善国家和民族之间的矛盾而非让猜疑继续。作为新型超级大国的中国，将不仅为它的十几亿人，同时也为世界各国的数十亿人负责。它在全球范围内不仅要提供国家性公共产品，而且要提供全球性公共产品，并履行它的承诺。

该书是布鲁金斯学会主编的“中国思想家”系列丛书之一。①为此，约翰·桑顿专门为该书写了英文版序言，并大力向美国政界和学术界推荐。布鲁金斯学会约翰·桑顿中国中心研究主任李成博士也专门对该书做了专业性的评论：胡鞍钢对中国社会经济与人口发展进行预测已有20余年的经验。作为一个为打破不同学科间固有的严格界限、倡导综合研究而不懈努力的学者，胡鞍钢的研究兴趣已扩展到包括人口、生态、教育、公共卫生、环境保护、反腐败以及国际关系等诸多方面。在过去20余年中，胡鞍钢在国家发展战略方面的积极参与，反映了公共知识分子及智库机构在中国对内对外政策制定过程中所扮演的角色正变得越发重要。作为“中国乐观论”和“例外论”的主要倡导者，胡鞍钢帮助我们增进对于这个发展变化迅速的国家所面临的紧迫问题和长久挑战的理解及认识。②

2011年，美国布鲁金斯学会出版社正式出版了我的《2020的中国：一个新型超级大国》一书。

6月15日，布鲁金斯学会专门为该书举办了新书发布会，有400多人参加了这个会议，其中美国国会、国务院、主要智库都派人参加，引起极大热议。据说，美国前国务卿希拉里也看了这本书，并推荐给美国国务院的有关人员仔细研究。这是有关2020中

① 李侃如教授介绍：布鲁金斯学会出版“中国思想家”系列著作的动机就是将中国当前最重要的公共学者的作品介绍到英语世界的主流平台上，让他们拥有更多的英语读者。

② 李成：《“中国前景乐观论”和“中国崛起例外论”——对胡鞍钢〈2020年的中国:一个新型超级大国〉的评论》，《学术界》2011年第4期。

国的英文图书中唯一由中国学者撰写出版的作品。随后，该书英文版被翻译成日文版、韩文版、中文繁体版、中文简体版，还在印度出版了南亚英文版。根据 Worldcat 统计，目前全世界已经有 270 多个图书馆收录该书。我也接待了很多外国学者，围绕这本书开展了交流甚至辩论。它也成为我在清华大学给外国留学生授课的参考书之一，直接向他们介绍中国、说明中国和展现中国。

2011 年，我和鄢一龙、魏星在《2030 中国：迈向共同富裕》一书中，再次反驳了“国强必霸论”。我们指出，2030 年，中国成为世界强国，将扮演什么样的角色？对此，中国领导人的回答是：强大起来的中国，绝不骄傲自满，绝不侵略别人，[①]绝不将意识形态强加给别人，绝不搞大国沙文主义，[②]绝不搞霸权主义。[③]

习近平曾经说过：中华民族的血液中没有侵略他人、称霸世界的基因，中国人民不接受“国强必霸”的逻辑，愿意同世界各国人民和睦相处、和谐发展，共谋和平、共护和平、共享和平。[④]

---

① 1960 年，毛泽东回答蒙哥马利说：“中国没有上帝，有个玉皇大帝。五十年（指 2010 年）以后，玉皇大帝管的范围还是九百六十万平方公里。如果我们占人家一寸土地，我们就是侵略者。”毛泽东：《同蒙哥马利的谈话》，见《毛泽东文集》第 8 卷，人民出版社 1999 年版，第 189 页。

② 1956 年，毛泽东说：“但是要谦虚。不但现在应当这样，四十五年（指 2001 年）之后也应当这样，永远应当这样。中国人在国际交往方面，应当坚决、彻底、干净、全部地消灭大国主义。”毛泽东：《纪念孙中山先生》，见《毛泽东文集》第 7 卷，人民出版社 1999 年版，第 157 页。

③ 1987 年，邓小平说：“如果那时中国翘起尾巴来了，在世界上称王称霸，指手画脚，那就会把自己开除出第三世界的‘界籍’。”邓小平：《实现四化，永不称霸》，见《邓小平文选》第 2 卷，人民出版社 1994 年版，第 112 页。

④《习近平在中国国际友好大会暨中国人民对外友好协会成立 60 周年纪念活动上的讲话》，新华社北京 2014 年 5 月 15 日电。

（五）《超级中国》纪录片的国际影响

从讲中国故事的角度来看，有两种方式，一种是自己直接讲，另一种则是第三方间接讲，后者的效果和影响力会更大。这里我仅以《超级中国》系列片在世界掀起的“超级中国热”为例。

2014年，韩国国家电视台（KBS）的朴晋范给我发来电子邮件，希望对我进行电视采访。8月4日，我接受了他的采访，主题就是“超级中国”，包括超级人口规模、超级市场规模、超级企业群、超级经济体，最重要的是对世界做出的超级贡献；10月17日，我再次接受了他的采访，主题是再谈“超级中国”。朴晋范是清华大学新闻与传播学院的韩国留学生，曾选修过我在2008年给清华大学公共管理学院外国留学生讲授的英文课“中国经济发展与政策”，该课程是我对中国发展集大成的研究，内容涉及多方面，包括中国在全球的地位，因此受到留学生的欢迎。他也与我在课堂上进行了直接的交流和探讨。此时他已经是KBS系列专题片《超级中国》的制片人和编导。2015年1月15日—24日，韩国KBS电视台特别推出了《超级中国》纪录片。

韩国版的《超级中国》纪录片共有7集内容，第1集主题为“13亿的力量”，主要分析中国如何利用人口红利从“世界工厂”发展为“世界市场”；第2集主题为“钱的力量”，从经济角度介绍中国的海外投资、收购等情况；第3集为“中国治世”，指中国军费扩张背后与美国的竞争，分析了“中国霸权”时代到来的可能性；第4集讲述了“大陆的力量”，介绍中国大陆丰富多样的资源如何推动中国发展；第5集是“软实力”，讲述中国建设孔子学院、推动电影事业进军好莱坞等；第6集为“中国共产党的领导力”；第7集是“中国之路”，综合介绍了中华民族伟大复兴的“中国梦”。他还特意设计了由我为韩国版《超级中国》作开篇语。

《超级中国》纪录片一播出，在韩国引起巨大的反响，被一些韩国人称为了解中国的“百科辞典”。接着该纪录片也在世界其他国家播出，引起强烈反响。

2015年2月24日，我接受德国国际广播电台记者采访，对《超级中国》纪录片做了高度评价，同时也指出，关于中国的各种奇谈怪论，并不是什么新鲜事，十几年后或几十年后，都会成为无影无踪的泡沫，从来不妨碍中国成为一个新型超级国家。

（六）中国进入世界舞台中心

随着中国全面参与经济全球化，从“引进来”到“走出去”，中国经济在世界上的地位不断上升、影响不断扩大，中国进入了世界舞台中心。

那么，怎样才能做出准确的判断呢？我计算和研究了中国主要经济指标（如GDP、贸易额、投资、消费、电力[①]等）占世界总量的比重。很显然，这些指标都一致性地上升，反映了中国从世界体系边缘地带到主动融入世界，再到进入世界舞台中心的过程，特别是进入21世纪之后，中国紧紧抓住战略机遇期，这些指标均迅速上升，反映了中国已进入世界舞台中心，这远比英国、美国、日本等国家进入世界舞台中心所花的时间要短得多，中国当然会对世界经济产生巨大的影响。

① 我将电力视为最重要的现代化因素指标，无论是一个国家、地区还是一个家庭，没有电则没有现代化因素。中国是世界上最大的发展中人口大国，消除了无电人口。

2014年11月，我在《人民日报》海外版发表文章，做出“中国处在世界经济舞台中心”的基本判断。我认为，中国越来越需要世界，世界也越来越需要中国。无论是大国或小国、富国或穷国、亚洲或欧洲，都在关注中国的走向，都在倾听中国的声音。这标志着中国处在世界经济舞台中心已经得到世界公认。无论是过去十几年，还是未来一段时间，中国都是世界经济增长、贸易增长、投资增长的重要动力。一个与世界共命运、共成长、共繁荣的中国，其自身的定位是：世界经济增长的最大发动机，世界宏观经济的稳定器，世界贸易（货物和服务）的最大市场，世界创新的最大贡献者，世界经济治理改革的领导者。

2017年，我正式出版了《中国进入世界舞台中心》（浙江人民出版社，2017年版）一书。我还特别指出，党的十八大以来，中国经济年均增长7.1%，远高于同期世界经济年均增长率，GDP占世界总量比重提升至17.71%；同期，中国对全球经济增长贡献率达34.3%。中国成为世界经济增长的主要动力源和稳定器。[①]

为此，中国要全面参与全球治理，向世界提供更多的公共产品。中国正在从全球物质产品的提供者向公共产品的提供者转变，从全球治理的参与者向引领者转变。

中国既是世界上人口最多的国家，也是世界上最大的共同利益的相关者，中国与世界各国同舟共济，与世界人民同呼吸、共命运，共同富裕、共同繁荣，共同呵护地球家园。[②]

① 胡鞍钢：《中国成为世界经济增长的主要动力源和稳定器》，中国发展网2018年1月11日。

② 胡鞍钢、鄢一龙、魏星执笔：《2030中国：迈向共同富裕》，中国人民大学出版社2011年版。

从中国社会科学发展趋势看，我们也是从“翻译者”“介绍者”“竞争者”“传播者”“学习者”“模仿者”，到“跟随者”“追赶者”，再到“创新者”“竞争者”“引领者”。至少在当代中国研究方面，我们有着天然的本土优势，我们扎根于中国大地，不仅直接参与中国的改革开放（实践出真知），还为创新中国之路出谋划策（知识报国）。这就不同于国际上的“中国通”同行，他们多是观察者和评论者。我们应当向世界展现中国社会科学的研究成果和水平，展现中国学术界的学术自觉、学术自信、学术创新，我们要敢于与世界同行进行学术竞争，形成我们自己的主流话语权，这与中国作为一个新型超级大国的地位相称，要让世界特别是美国倾听我们的声音。①

对我来讲，无论是进行国情研究还是进行世情研究，都是着眼于中国，放眼于世界；服务于中国，贡献于世界。为中国的发展做出了贡献，就等于为人类的发展做出了贡献。

（七）向世界说明中国发展贡献

2000年，我就明确地提出，中国未来的发展目标就是要继续追赶发达国家，进一步缩小与发达国家在现代化指标方面的差距，以更快的速度追赶美国。这是一个世界人口最多的发展中国家追赶世界最发达的也是最强大的国家的过程，这将构成21世纪中国影响人类发展进程的、令人关注的重大事件。②因此，21世纪就是中国对人类发展做出巨大贡献的世纪。

① 胡鞍钢著：《超级中国》，浙江人民出版社2015年版，第1页。
② 胡鞍钢：《21世纪展望：中国如何追赶美国》，《国情报告》2000年第80期。

2011年，我在《2020的中国：一个新型超级大国》一书中指出，未来的中国不仅要对本国十几亿人口负责，更重要的是对几十亿世界人口负责，承担起提供全球性公共产品的责任。到2020年，中国将对全球产生更巨大、更全面、更深刻的影响，中国也将为世界做出更多、更大的贡献。这就是我的“世界观”或“天下观”。

我非常欣赏习近平主席提出的一整套中国主张、中国方案、中国倡议，这极大地推动了共同构建人类命运共同体的进程。为此我们提出“中国越强大，世界越受益”的核心观点：中国越发展，世界越发展；中国越减贫，世界越减贫；中国越创新，世界越创新；中国越绿色，世界越绿色；中国越开放，世界越开放。①

中国越发展，世界越发展。2012—2016年5年中，中国经济增长年均增速达到7.3%，高于世界经济年均增速（3.1%），对世界经济增长的贡献率超过30%，如果扣除中国经济增长的贡献率，2016年世界经济增速将从3.1%下降至1.9%，低于衰退临界值2.5%，属于严重衰退类型。

中国越减贫，世界越减贫。根据世界银行提出的国际贫困线标准，按每人每日支出低于1.90美元计算，1981—2013年，中国贫困人口从8.84亿人减少至2517万人，减少了8.59亿人，贫困发生率从88.3%下降至1.85%，下降了86.45个百分点；同期，发展中国家贫困发生率从1981年的42.2%下降至2013年的10.7%，其中中国对世界的减贫贡献率达到了3/4。

中国越创新，世界越创新。中国研发投入占世界总量比重，从

① 胡鞍钢、王蔚：《中国越强大 世界越受益》，《经济日报》2017年10月22日。

2010年的11.7%提高至2015年的17.1%，成为世界第二大研发投入国；中国本国居民专利申请占世界总量比重从2010年的25.2%提高至2015年的46.8%，连续多年成为世界第一大专利申请国。

中国越绿色，世界越绿色。2016年中国风电装机容量达到1.5亿千瓦，是2010年的5.1倍，太阳能发电装机容量为7742万千瓦，相当于2010年的近300倍，水电、风电、光伏发电装机规模和核电在建规模均居世界第一，非化石能源发电装机比例达到35%，新增非化石能源发电装机规模占世界的40%左右，非化石能源占能源消费比重从2010年的8.3%提高至2016年的13.3%。中国发动的绿色能源革命，正在带动世界进入绿色能源革命时代。

中国越开放，世界越开放。中国已经成为世界最大货物出口国、第二大货物进口国、第二大服务贸易国、第二大对外直接投资国、最大对外承包工程国、最大旅游出境国、最大出国留学人员国。

总之，中国兴，世界兴；中国好，世界好。

第八章

国之兴盛，我之荣耀

——个人命运与民族命运紧紧相连

中华民族的繁荣，祖国的强盛，既是我人生道路之目的，亦是我学术研究之宗旨。我的国情研究定位是：急国家之所急，想国家之所想。我的学术定位是：知识为民、知识报国。

——————————胡鞍钢

1949年，中华人民共和国成立之际，毛泽东就有“一唱雄鸡天下白”之说，即新中国（雄鸡）成立，全国取得了光明（天下白）。中国进入现代国家发展生命周期的第一个阶段，即创建现代社会主义国家基础，初步成长。我自己便是生在新中国，长在红旗下。

60多年后的中国，正在成为世界强国，真正屹立于世界先进民族之林。这始于40年前的改革开放，中国进入现代国家发展生命周期的第二个阶段，即迅速崛起，从世界边缘地带进入世界舞台中心。我们作为亲历者、见证者，能够有幸经历并见证这一伟大历史过程；作为记录者、研究者，能够亲身观察并有意识地记录下来，持续研究中国兴盛的历史。我们是改革开放最先的受益者，又是最大的受益者。我们还是改革开放的参与者、推动者，又是改革开放的知识创新者、贡献者。

一、撰写中国政治经济史论

毛泽东是开创国情研究的大师，也是我最好的导师。我始终是从他那里获得思想、创意和方法的。他不仅是中国革命领袖、新中国创建者、伟大的思想家政治家，也是最了解中国国情的人。毛泽东是我们国情研究的重要知识来源、思想来源、方法来源。我们也是读着他的书成长、成熟，并不断探索自己的国情研究之路的，我们沿着他开创的这门宏大的、难度极高的学问之路不断攀登，达到一个又一个新的高度。

（一）撰写《毛泽东时代：中国政治经济史论》

历史是当代的一面镜子。从历史的深度着眼，才能更深刻地理解今天的中国。[①]了解历史与理解现实同等重要，两者也是相辅相成的。因为历史的发展是一条连续的长河，它不会中断，不会停止，不会完结，它从过去延续到现在，又从现在延续到将来。

当代中国政治经济给我们提供了一幅空前复杂多变的历史画卷，它既根植于它的历史，更超越于它的历史。为此，我撰写了《毛泽东时代：中国政治经济史论》。

该书回顾了1949—1976年期间中国政治经济发展的历史，重点探讨了中国社会主义现代化发展的宏观背景、初始起点、发展条件和各类动因及限制因素；从政治与经济两条主线阐述了新中国成立初期到向社会主义转变、“大跃进”到经济重建以及“文化

① ［美］费正清、赖肖尔主编：《中国：传统与变革》，江苏人民出版社2012年版。

大革命”时期的历史过程和历史联系，并对这段时期做了客观和历史的分析。

该书详细论述了中国共产党人开创和探索有中国特色社会主义现代化道路的历史过程，反映了在中国共产党领导下，中国这个人口众多、历史悠久、发展水平落后、各地区差异巨大的独特的东方大国，是如何实现工业化、城市化和现代化，如何不断实现多层次社会转型，如何实现“富民强国”的目标的。

该书充分肯定了毛泽东和他所领导的中国共产党人开创和探索的中国特色社会主义现代化建设道路（即“中国之路”）的历史功绩，也总结了其中的宝贵经验和深刻教训。

在尔后的版本中，我把毛泽东视为“历史之人”，而不是“个人之人”，放在一个相当长的历史阶段内来考察、来评价。唐代柳宗元在《封建论》中说：“周之失，在于制；秦之失，在于政，不在制。”同样的道理，毛泽东晚年所犯的错误也是“在于政，不在制”，即不在于所创建的社会主义制度，而在于探索社会主义实践中的政策失误。也就是说，“大跃进”和“文化大革命”的错误，不是社会主义制度的失败，而是毛泽东包括其他领导人决策的失误；不是社会主义道路的失败，而是急于求成、脱离国情、超越发展阶段、超过国家能力（即实现战略目标的能力），主观主义决策的失误。这符合“失败是成功之母”的历史逻辑，也符合“坏事变好事”的辩证逻辑。[①]

① 胡鞍钢等著：《中国国家治理现代化》，中国人民大学出版社2014年版，第21—22页。

"文化大革命"成为邓小平启动改革开放的直接动因，也成为中国能够在1978年后保持政治稳定和社会稳定的历史借鉴。中国的改革开放发生于"文化大革命"之后绝非偶然，后者是前者的起因，前者是后者的必然结果，它遵循了物极必反、教训变财富、坏事变好事的逻辑。这是"文化大革命"的最大"功劳"。①邓小平讲，我们从根本上否定"文化大革命"，但应该说"文化大革命"也有"功"，它提供了反面教训。②邓小平的伟大之处就在于把坏事变好事，将严重的政治与经济危机转化为中国改革开放与发展的重大契机。③

此书先后出版了英文版（Enrich Professional Publishing，2013年版）、日文版（日本侨报社，2017年版）。

（二）撰写《邓小平时代：中国政治经济史论》

我从事国情研究30多年，除了毛泽东，对我影响最大的就是邓小平，因为邓小平时代从根本上改变了我的人生轨迹。1977年，邓小平下决心恢复高考，我在人生中第一次有机会选择了自

①龚育之著：《从毛泽东到邓小平》，中共党史出版社1994年版，第283—285页。

②邓小平讲，没有"文化大革命"的教训，就不可能制定十一届三中全会以来的思想、政治、组织路线和一系列政策。三中全会确定将工作重点由以阶级斗争为纲转到以发展生产力、建设四个现代化为中心，受到全党和全国人民的拥护。为什么呢？就是因为有"文化大革命"作比较，"文化大革命"变成了我们的财富。邓小平：《总结历史是为了开辟未来》，见《邓小平文选》第3卷，人民出版社1993年版，第272页。

③邓小平在回答美国记者迈克·华莱士提问时说："文化大革命"看起来是件坏事，但归根到底也是好事，促使人们思考，促使人们认识我们（体制）的弊端在哪里。善于总结"文化大革命"的经验，提出一些改革措施，从政治上、经济上改变我们的面貌，这样坏事就变成了好事。邓小平：《总结历史是为了开辟未来》，见《邓小平文选》第3卷，人民出版社1993年版，第272页。

己的命运，有幸考上了大学，成为第一批受益者，从此也就与改革开放紧紧联系在了一起。国家的兴盛决定了个人的成长，民族的命运决定了个人的命运。这也是为什么我要记录和研究邓小平时代这段历史的目的，即怀着感恩之心报效国家、服务人民。

《邓小平时代：中国政治经济史论》一书是我“中国政治经济史论”系列的第二部，以“邓小平时代”为主题，记录中华民族伟大复兴的历史时代和人类社会伟大变革的历史时代。我从现代国家生命发展周期的角度，将这一时代视为进入经济起飞和迅速成长阶段的历史起点和历史阶段，不仅衡量和考察了中国主要指标占世界总量比重的持续上升，而且还探究和分析了中国迅速发展、迅速崛起、迅速强大的根本动因。我称之为“中国创新”，这是指以邓小平为代表的中国共产党人领导10亿以上中国人口的伟大创新，由此而形成了“中国之路”，即中国特色的社会主义现代化道路。它不仅记载在当代中国历史上，同时也记载在当代世界历史上。

这是人类历史上最大的社会实践和社会变迁。中国人口占世界总人口的1/5，中国的改革开放规模空前、变化巨大、影响深远、令人震撼。我们在其中不仅是幸运的，更是荣幸的，因历史的大舞台而大有作为，因历史的大变迁而大放光彩。

1976—1978年期间中国正处在重要历史转折关头，毛泽东时代之后的中国到底向何处去？中国的前途及选择是什么？占世界总人口1/5的中国到底要走什么道路？这是当时中国领导人必须回答的重大问题。

当时拥有9亿多人口的中国，正处在十字路口上，至少有三条道路可供选择：老路、邪路、新路（正路）。邓小平必须要在两条战线上同时作战，既反“左”，又反右，但是这一时期的重点是反“左”，既要获得政治领导权，又要确立改革开放路线。

所谓“老路”，即继续走传统的教条式社会主义的老路，“老路”与“新路”之间的斗争，既是后毛泽东时代的政治徘徊期，也是改革的准备。实际上，“文化大革命”的结束，本身就意味着“老路”的彻底失败，也为邓小平的改革开放、开拓新路提供了政治前提条件。正是邓小平重新确定了解放思想、实事求是的思想路线，中国才转败为胜，且节节取胜。1978年11—12月的中央工作会议和十一届三中全会第一次以制度化的规则和和平的方式实现了正确路线替代错误路线，也实现了从政治徘徊期向改革开放期的转变。

改革开放伊始，还面临着“邪路”与“正路”之争。所谓“邪路”，就是否定社会主义道路，模仿和转向“西方之路”。由于中国社会主义革命和建设遇到严重挫折，主张放弃社会主义道路，转而走西方资本主义道路；由于中国共产党执政失误，主张放弃中国共产党领导的原则，转而实行西方式的政治民主制度；由于毛泽东晚年的错误，主张放弃毛泽东思想，转而实行西方式的自由主义。诚如邓小平所指出，中国在粉碎“四人帮”以后出现一种思潮，叫资产阶级自由化，崇拜西方资本主义国家的“民主”“自由”，否定社会主义。[①]邓小平公开拒绝社会上极少数人主张走

① 邓小平：《搞资产阶级自由化就是走资本主义道路》，见《邓小平文选》第3卷，人民出版社1993年版，第123页。

资本主义的邪路，使中国避免了像后来的苏联、南斯拉夫、捷克斯洛伐克等社会主义国家一样，从“大转轨”变成“大崩溃”“大解体”“大衰落”。

所谓“新路”或“正路”，就是由邓小平独辟蹊径开创的“中国之路”，就是“中国特色的社会主义现代化道路”。在坚持社会主义的基本政治方向下，以“渐进主义”的方式改革传统的高度集权的计划经济体制和政治体制，主动对外全面开放，创新式开辟一条中国发展的新路。对一个拥有9亿多人口的中国而言，这条新路，既是最适宜的，也是最稳妥的。[①]

该书完稿于2011年9月，共43.7万字，以清华大学国情研究院的名义，送中央领导及省部级主要负责人参考，也作为我为清华大学研究生讲授邓小平时代的教材，英文版于2017年由Enich Professional Publishing出版三卷册，日文版将在2018年由日本侨报社出版。

2012年，党的十八大报告明确提出：“在改革开放三十多年一以贯之的接力探索中，我们坚定不移高举中国特色社会主义伟大旗帜，既不走封闭僵化的老路、也不走改旗易帜的邪路。”[②]这是对改革开放作出的最重要的历史结论。

① 龚育之、杨春贵、石仲泉、周小文著：《重读邓小平》，中共中央党校出版社2004年版，第56—57页。

② 胡锦涛：《坚定不移沿着中国特色社会主义道路前进 为全面建成小康社会而奋斗——在中国共产党第十八次全国代表大会上的报告》（2012年11月8日）。

二、知识为民、知识报国

国情研究是一门大学问，至少需要回答几个问题：一是为谁研究，二是如何研究，三是能不能持续研究，四是能不能创立中国学派，五是能不能与中国改革开放同行。

作为一个学问家，首先要解决的一个根本性问题，就是为谁做学问。我从一开始从事国情研究时，就明确了“知识为民、知识报国”的宗旨，就是“为人民做学问、为国家做学问”。随着中国进入世界舞台中心，我又提出“为世界做学问、为人类发展做贡献”。这既是我做学问的出发点，也是落脚点。因为国情研究不仅是个大学问，更是典型的公共知识，是可以实践“知识为民、知识报国、知识为人类”的学问。

过去40年无论是对中国而言，还是对世界而言，最重大的历史事件就是中国的改革开放，这不仅史无前例，也出乎人们预料。

作为改革开放的受益者，我是用白纸黑字，书写当代中国、记录当代中国、客观分析中国、正确解读中国、前瞻展望中国。一路走来，与中国改革开放同行，与中国发展兴盛同行。

迄今为止，我所领导的清华大学国情研究院团队做出的知识贡献受到学术同行的认同和尊重，受到决策者的首肯和尊重，也受到社会的关注和尊重，让我感到欣慰。

孔子有一段人生为学进德的自述：“吾十有五而志于学，三十而立，四十而不惑，五十而知天命，六十而耳顺，七十而从心所欲，不逾矩。”

“四十不惑”，人到了40周岁就意味着成熟或者自立。

从1978年到2018年，既是中国改革开放的40年，也是我本人不断学习、不断投资、不断成长、不断成熟的40年。在这4个10年中，我先后完成了人生发展的几个阶段，尽我所能做了几件重要的事情：

一是人力资本投资的10年，完成了从知识青年、工人到本科生，从硕士到博士的接受现代教育和知识投资的重大转变过程。

二是专职专业从事国情研究的10年，为国家公共政策决策提供公共信息和公共知识，完成了从独立自主的国情研究开拓者到国情研究专家的知识创新转变过程。

三是加盟清华大学教书育人、著书立说的10年，培养了更多的当代中国研究的优秀人才，撰写了更多的国情研究著作和学术论文。这几件事也是相互关联的，一边学习、一边研究、一边创新、一边教书、一边育人，同时也一边写作、一边著书。

四是在清华大学的第二个10年，创办国家高端智库，咨政建言，出谋划策，继续推动中国改革开放历程。

对我来讲，国情研究是一门大学问。无论是国情知识还是发展思想，都是长期不断积累的、递进的、互补的、飞跃的。初步统计下来，我所领导的国情研究院团队，已经撰写了1400多期国情报告，为决策者提供关于当代中国的公共知识与公共政策建议；正式发表的核心期刊论文450篇，中文社会科学引文索引（CSS-CI）230篇，百度学术被引量18360次，H指数65，G指数122，位居全国社会科学前列；正式出版的中外文国情研究系列著作（专著、合著、主编、合编、外译等）超过百部，文字量上千万。

正是这些白纸黑字，记录了当代中国的改革开放、现代化发展、富民强国的全过程，给这段历史留下了信息财富、知识财富、思想财富。

回顾这40年的成长、成才、成熟、成功之路，我要感谢伟大的国家和伟大的时代。

对我来说，这40年不仅是我人生的一个重要里程碑，更是新一轮人力资本投资和知识资本积累的开始，是做出更大黄金（指知识）贡献的新起点。

三、做中国学问，创中国学派

什么是中国学派？怎样才能创立中国学派？

我认为，毛泽东就是最典型的中国学派的代表者，他一直是我学习的最好榜样。毛泽东有十分明确的理论自觉意识，最看不起那些“言必称希腊”的人。

从小读毛主席的书，可能是我们这一代人的学习起点，也是成长起点。正是在长达半个世纪对毛泽东著作的不断学习、不断深化理解之中，我才能更加专业化、知识化、系统化地进行国情研究，瞭望“中国道路”，归纳“中国理论”，总结“中国思想”，弘扬“中国智慧”。

2007年，我在日本东京工业大学社会学部文明研究中心讲学时，主持讲座的桥爪大三郎教授评价道，像胡鞍钢这一代中国学者的思想上有很深刻的“毛泽东思想”的影子。

从毛泽东著作中汲取思想理论养分，不仅是我从事国情研究的重要方法，也是长期以来我培养国情研究人才所坚持的重要原则。在清华大学国情研究院博士后、博士生和硕士生分类培养的“小班制”框架下，我要求学生制定具体的理论学习计划，提倡多读、勤读、精读毛泽东著作、毛泽东思想研究成果及中国特色社会主义理论相关著作，理解毛泽东、邓小平等党的领导人对马克思主义中国化的创造性发展。为更好地理解毛泽东思想，我还要求博士后、博士生和硕士生系统地学习马列经典原著，夯实理论基础，力求做到融会贯通、灵活运用，并坚持定期交流。在此基础上，我还要求他们进一步有针对性地选读中国和世界经济史、社会史、政治史、文明史等方面的著作，扩大知识面，拓展研究思路，促使他们成为“红专结合”的优秀的、特殊的人才。更为重要的是，从毛泽东所讲的要读无字之书和有字之书的读书之精要出发，我始终要求国情研究院师生在学习研究中要坚持“从实践中来，到实践中去”，在社会这个大课堂之中，找到真问题，用上真方法，做好真研究。从实际成效来看，这一培养方式使清华大学国情研究院师生养成高度的理论自觉、文化自觉，形成不唯书、不唯上、不唯洋、只唯实的学风，为建构与中国道路相适应的中国学话语体系做出了知识贡献，产生了十分有利的长远影响。

读书是学习，实践也是学习。做到理论联系实际、主观符合客观是对一个学者的基本要求。作为一名学者，既不能做本本主义者、教条主义者，也不能做一个简单的经验主义者；既要读有字之书，也要读无字之书；既可以使用有字之书去理解无字之书，也能够通过无字之书去颠覆或者挑战有字之书。这既是辩证的又是实践的。

我从一开始就以当代中国为研究对象，以中国为中心，进而拓展到世界，因为中国是世界之中国，世界又是中国之世界。

怎样解决研究中国学问的方法论问题？我一直主张国情研究要跨学科、跨领域、综合性、战略性、前瞻性地进行研究，从而形成独特的专业性与综合性的知识优势、战略性与前瞻性的思维优势。总能与他人有不同之处，才能有独到见解，更能够在当代中国研究方面独树一帜、自成体系，重要的标志就是不断积累，写出千万字所形成的研究框架和知识含量。许多研究领域都是多学科，从单一学科优势到跨学科优势，再由综合优势而形成了独特优势。

国际中国研究者将当代中国知识界分为三派：一是新自由主义派（the Tiberals）；二是新左派（the New Left）；三是新儒家（the New Confucians）。[①]

不知何时，我被认为是“新左派”，还是所谓代表人物。对此，我的回答是，我既不是左派，也不是右派，而是“实事求是派”。[②]这里，我一是受到毛泽东《实践论》的长期影响，毛泽东指出，通过实践而发现真理，又通过实践而证实真理和发展真理。[③]二是受邓小平的深刻影响，他主张实事求是、解放思想，实践是

---

① Timothy Cheek、David Ownby、Joshua Fogel.（2018）. Mapping the intellectual public sphere in China today, China Information 2018, Vol. 32（1） 107－120。此文实际上采用了甘阳的观点，见甘阳著：《通三统》，生活·读书·新知三联书店2014年版。

② 对此，瑞士日内瓦大学政治经济学教授保罗·尤瑞欧在《协调发展国家、市场和社会的中国：迈向繁荣的长征》（英文版，Routledge Taylor&Francis Group，2010年；中文版，中信出版集团，2016年）一书也提出这一观点。

③《毛泽东选集》第1卷，人民出版社1991年版，第296页。

检验真理的唯一标准，是典型的“实事求是派”。[①]

研究中国国情，要有充分的自觉意识，既要坚持实事求是的思想路线，又要坚持实事求是的学术路线。前者决定政治方向，后者决定学术方向。确保政治方向的正确，是我作为中国共产党党员所要执行的思想路线，因为政治方向一错，就是百错。确保学术方向的正确，是我作为国情研究专家所要执行的学术路线，因为学术方向一错，就是大错。坚持实事求是，始终如一，更是我作为国情研究专家需要秉承的学术路线。我本着从中国国情的客观实际出发，从中国发生的基本事实出发，而不是从西方的各种理论出发，也不是从主观的概念出发的原则。我历来主张用数据说话、让事实证明、让实践检验。这就是国情研究的魅力所在、力量所在，这就不同于空口无凭、想象说话的伪学问。

什么是中国风格、中国学派呢？2016年5月17日，习近平总书记在哲学社会科学工作座谈会上提出加快构建中国特色哲学社会科学。他讲道：“这是一个需要理论而且一定能够产生理论的时代，这是一个需要思想而且也一定能产生思想的时代，我们不能辜负了这个时代。”他还特别强调：“自古以来，我国知识分子就有‘为天地立心，为生民立命，为往圣继绝学，为万世开太平’的志向和传统。一切有理想、有抱负的哲学社会科学工作者都应该立时代之潮头、通古今之变化、发思想之先声，积极为党和人

① 邓小平曾说：“国外有些人过去把我看作是改革派，把别人看作是保守派。”“我是改革派，不错；如果说坚持四项基本原则是保守派，我又是保守派。所以，比较正确地说，我是实事求是派。”朱佳木：《陈云同志留给我最为深刻的印象》，《百年潮》2014年第1期。

民述学立论、建言献策，担负起历史赋予的光荣使命。”①

我当时参加了这次会议，深受鼓舞。我也认为，只要做到习近平总书记提出的要求，就可以视为是当代中国研究的“中国学派”。为此我也有意识地构建当代中国研究的学术思想、知识体系，主动引领国情研究的学术前沿，大力促进国情研究学术繁荣，频繁与国内外同行进行学术交流。

作为当代中国研究的中国学派，不是自我封闭的，而是开放竞争的，不是与自我对话，而是与世界对话。

一是多交流。我从研究中国国情一开始，就不断地出国访问交流、学习研究，如1987年和1989年两次短期访问意大利第三世界科学院；1991—1992年，到美国耶鲁大学经济学系做博士后研究；1992—1993年，到美国莫瑞州立大学经济学系做访问学者；1997年，到美国麻省理工学院人文学院国际研究中心做客座研究员；2000年，到日本庆应义塾大学公共管理学院做访问教授；2001年，到美国哈佛大学肯尼迪政府学院做访问教授；2003年，到法国社会科学与人文学院中国研究中心做访问研究员；2004年，到世界银行发展研究院做访问研究员；2005年，到美国哥伦比亚大学东亚研究所做访问研究员；2006年，到日本东京工业大学文明研究中心做访问研究员；2007年，到日本早稻田大学亚洲研究中心做客座教授；2012年，到英国牛津大学中国中心做访问研究员；2017年，到美国纽约大学中国研究中心做客座教授。

① 习近平：《在哲学社会科学工作座谈会上的讲话》，新华社北京2016年5月18日电。

二是走出去。参加国际学术会议，实地调查研究。出去和不出去，是大不一样的，我自己曾到几十个国家访问。

三是请进来。我每年会接待数十个国外代表团，人数超过上百人，与国际同行对话、交流。大多数情况下还是他们主动向我了解中国最新的情况及我的观点。

无论采用哪种方式都是为了与世界对话，包括西方的、非西方的，对中国了解的、对中国知之不多或一知半解的，对中国友好的、对中国有敌意的，甚至是属于“花岗岩脑袋”的。我自觉地担当学术大使、智库大使，交流对话、答疑解惑。

究竟应当如何研究当代中国？采用什么样的分析方法呢？

作为中国学者，我始终以当代中国为中心来研究中国。言外之意，不是以西方或美国为中心研究中国，这就直接关系到研究者的政治立场、学术观点和研究方法。

研究当代中国，最重要的是不仅要看树木（局部），更要看森林（全面）；不仅要看支流，更要看主流；不仅要看现象，更要看本质；不仅要看今日中国，更要看昨日中国，更要预见明日中国。

研究当代中国，不仅要看中国自身，也要进行国际横向比较，跳出中国，从外部看中国，从世界看中国。这就需要开放式研究。一是既要了解当代中国，也要了解当代世界，特别是了解西方国家。客观地讲，在当代中国研究上我们比国外同行（“中国通”）更具有信息优势、文化优势、实践优势，在信息交流中往往是我们多于对方。二是从社会科学角度看，要充分吸收西方社会科学的成果，但不要“言必称希腊”，也不必“凡是西方的都排斥”，要为我所学，为我所用，为我所为。2006年之后，我和胡光宇组织系统翻译世界银行年度发展报告，经世界银行出版社授权，由清华大学出版社出版，由我专门撰写中文版序，一是概要介绍年度报告的主题、核心观点及发展政策含义，二是进一步说明对中国发展的借鉴、启示以及中国的创新实践和政策含义。至今已出版到了2018年的报告，共有十几部，为全国大学、科研机构等图书馆所收录，作为世界与中国发展知识交流的一座桥梁。

要做到学术自信，必须先做到学术自觉，这样才能有比较、有鉴别。

在国内我们是国情研究，在国际上就是当代中国研究（Contemporary China Studies）。由于中国迅速崛起，当代中国研究已经在全球范围掀起了学术热潮，但是这股浪潮下充斥着众多夺人眼球的观点，这包括“中国威胁论”“中国经济崩溃论”“中国脆弱超级大国论”等等。我认为这些观点还局限于对中国的观察（watch）和猜测（guess）。正如美国哈佛大学的傅高义（Ezra Vogel）教授所说，“美国‘中国通’的记录一向不良”。这不仅是因为大多数美国“中国通”都不能够准确地预测中国的未来走向，还因为他们的观念里存在着政治偏见、文化偏见、学术偏见。他们的许多观点主要是中国的改革开放会越来越像西方国家那样，经济上是市场经济，政治上是民主选举，市场经济会不可避免导致政治自由等等。40年的中国改革开放并没有也不可能按照他们的主观愿望发展，这也使他们失望疑惑。

其次，他们也缺少信息优势。毛泽东在《实践论》中讲到：“中国人有一句老话：‘不入虎穴焉得虎子。’这句话对于人们的实践是真理，对于认识论也是真理。离开实践的认识是不可能的。”[1]研究当代中国，不到中国大地深入调查研究，怎么可能真正认识中国，这方面我们有明显的实践优势和信息优势。我们就是要主动参与国际学术竞争，在竞争中创立中国学派。

我们与国外从事当代中国问题研究的“中国通”有什么不同呢？当代中国研究属于问题导向的特定对象研究。我们与他们最大的不同是：我们既是中国改革开放的参与者、受益者，又是推动者、建设者，而不仅仅是观察者、研究者。我们不会盲目跟随国外中国研究的潮流，而是主动开拓自己的研究领域。我们有独特的实践优势、信息优势、文化优势，比他们更加理解、更能体悟中国问题，比他们更加理性、更负责任地解决中国问题。因为许多国外的“中国通”更是一种职业而已，形象地讲，是靠研究中国来“吃饭”的。这也解释了为什么许多国外的“中国通”对中国的认识误解比理解更多，对中国的预言错误比正确更多，他们的观点常常是经不起时间检验的。当然随着中国的发展和迅速强大，他们自身对中国的认识也会发生不小的变化。

四、见证中国繁荣兴盛

我从事国情研究已经有30多年，基本任务和目标就是记录当代中国，创新和积累未来中国知识，这包括全面认识当代中国、深刻理解当代中国、系统研究当代中国、前瞻展望未来中国。这对于我来讲就是开辟一条新的学术道路，要独辟蹊径、独树一

① 毛泽东：《实践论》，见《毛泽东选集》第1卷，人民出版社1991年版，第288页。

帜、独领风骚，这具有极大的挑战性，也具有极大的刺激性，因为做中国学问就是要学习已知、探索未知、提供新知，要成为创造当代中国知识的知识发展者和创新者。

国情研究本身就是学术研究，是以学术为基础，以学术为源头，以学术为专长，以学术为优势的。我持续撰写的国情报告、学术论文、学术著作，一是反映了学术的创新力与影响力以及学术合作的能力，二是成为关于当代中国的系统知识、整体知识的载体。这些知识可记录、可积累、可交流、可回溯、可检验，因此我的国情报告是可以与中国政治家对话交流和分享的当代中国决策知识，我的学术论文、学术著作是可以与学术界对话交流的当代中国学术知识。

作为中国学者，怎样才能与中国兴盛同行？又怎样才能做到知识为民、知识报国呢？

2008年，我因在宏观经济管理领域的杰出研究而获得复旦管理学奖励基金会“管理学杰出贡献奖”。在获奖答谢时，我表达了自己的感谢和感恩：①

① 本文系作者2008年11月20日在深圳参加2008年第三届复旦管理学国际论坛暨复旦管理学奖励基金会“管理学杰出贡献奖”颁奖典礼时的答谢词。“管理学杰出贡献奖”由复旦管理学奖励基金会负责评选，每年评选三人。该基金会由李岚清同志在2005年用个人稿费作为原始基金发起成立，是中国人设立的第一个管理学基金会，旨在奖励在中国管理学领域做出杰出贡献的学者和实践工作者，推动管理学的理论和实践的结合，形成中国特色管理学科的科学体系，最终推动中国管理学的长远发展，促进中国管理学人才的成长，提高中国管理学的国际学术影响力。当日，李岚清（原中共中央政治局常委）、汪洋（时任中共中央政治局委员、中共广东省委书记）、成思危（原全国人大常委会副委员长、复旦管理学奖励基金会副会长）出席颁奖典礼，并致辞和讲话。

今天，我荣幸地获得2008年复旦管理学杰出贡献奖，感到特别高兴。

在此，我要首先感谢复旦管理学奖励基金会严谨认真的评审工作。

其次，我也要感谢李鹏同志，他于1994年倡议设立“国家杰出青年科学基金”①，我本人获得首届基金资助。

同时，我还要感谢李岚清同志和温家宝同志，多次邀请我参与公共政策决策咨询时所表现出来的尊重知识、尊重人才、尊重专家、尊重不同意见的态度。

最后，我特别要真诚地感谢已故领导人邓小平同志。如果没有30年前他做出恢复高考制度的决策，我就没有机会考上大学；如果没有他倡导建立学位制度，我就不能获得学士、硕士、博士学位；如果没有他决定选派出国留学生，我就没有出国学习深造的机会；②如果没有他20年前对我们第一份国情报告《生存与发展》的高度评价，我就不可能有勇气开拓国情研究（即中国学研究）这一崭新的、颇具挑战性的综合研究领域。

正是因为我们成为改革开放最早的受益者，正是有了长达10多年的、持续的人力资本投资，很自然地使我这个

① 1994年2月，时任国务院总理李鹏在听取科技界专家意见时，陈章良提出划拨专款支持留学回国人员在国内开展研究工作；3月，经李鹏总理批准设立“国家杰出青年科学基金”；1995年初第一届“国家杰出青年科学基金”获得资助者为49名。

② 言及此处，李岚清同志带头站立起来鼓掌，全场以热烈的掌声表达了对邓小平同志的感激和怀念之情。会后，李岚清的女儿特别对我说：“我听了你的一席话十分感动，真实地表达了我们的心声。”

上山下乡的知识青年深知中国之贫困、农村之落后、文化之愚昧，也很自然地形成了我的人生理念：中华民族的繁荣，祖国的强盛，既是我人生道路之目的，亦是我学术研究之宗旨。我的国情研究定位是：急国家之所急，想国家之所想。我的学术定位是：知识为民、知识报国。

这次获奖会激励我今后不断坚持做出知识创新和知识贡献，争取更好地回报于社会、回报于人民、回报于国家。我仍然会把国情研究和公共政策研究作为终身学习、研究、实践的领域，将960万平方公里国土上十几亿人民的改革、发展实践作为自己的研究对象，努力创新全国性公共产品（即中国国情与公共政策知识），直接服务于中国的改革开放，服务于中国的繁荣复兴。与中国发展同行，与中国开放相伴，与中国变革俱进，与中国兴盛共存，将是我毕生的追求目标和方向！

转眼时间又过了10年，我更是感慨万千，中国不仅成功地应对了国际金融危机，而且经济实力、科技实力、国防实力、综合国力跃居世界前列，再次验证中国改革开放所释放的巨大能量，也验证了中国社会主义制度所具有的政治优势、制度优势。这正是我们期待的力量和硕果。

2016年4月，习近平总书记在致清华大学建校105周年贺信中，要求清华大学广育祖国和人民需要的各类人才，深度参与创新驱动发展战略实施，努力在创建世界一流大学方面走在前列。2017年7月，中国共产党清华大学第十四次党员代表大会提出到

2020年达到世界一流大学水平，到2030年迈入世界一流大学前列，到2050年前后成为世界顶尖大学的“新三步走”战略。

我在清华大学公共管理学院教书育人，与创建世界一流学科同行；我在清华大学创办国情研究院，与成为世界顶尖大学同行；我在中国大地创新国情知识，与中国成为世界现代化强国同行。

五、对青年一代的寄语

作为当代青年，应该如何为实现“中国梦”做贡献？

“中国梦”是实实在在的梦，是看得见、摸得着的梦，在这个梦想的实现过程中会产生许多机遇，需要我们自觉地认识并牢牢地把握。作为当代青年学生，要敢于、善于做“中国梦”，还要付诸努力实现“中国梦”。因为青年的发展与中国发展同行，青年努力实现梦想的过程，就是“中国梦”的实现过程。

教育兴，人才兴；人才兴，国家兴。教育是实现经济发展、国家繁荣的最好途径，更是使世界人口大国成为世界强国的基本条件和最好途径。只有通过教育和终身学习，使全体人口不断现代化，人力资本不断跃升，创造力不断释放，才能对中国社会主义现代化的“五位一体”建设发挥先导性、基础性和支撑性作用。

青年学生和教师如何认识和处理个人与国家的关系？怎样才能有所作为，进而大有作为？这对一个人的未来成长至关重要。我称之为人生发展方向。

1991年我（38周岁）就认识到：“一个人追求的目标越是接近社会目标，越是有利于社会发展，他的进步就越快，他的才能发挥得就越充分。”[①]个人与国家的关系如同45度角，横坐标是个人目标，纵坐标是国家目标，最好的人生路径和发展方向是45度线，与国家兴盛同向同行。我也是这样一步一步走过来的。

人的全面发展与社会的全面进步息息相关。个人的成长、成才都是社会进步和社会发展的需求，个人也势必要为社会全面进步做出贡献，尤其是知识贡献。青年学生和教师应该充分把握历史机遇，为国家带来更多的人力资本红利、科技进步红利、文化繁荣红利、生态文明红利。我们比历史上任何时期都更加接近“中国梦”。实现中华民族伟大复兴的梦想，不仅条件已经具备，而且时机已经成熟，将逐渐变为现实。这就是21世纪的“中国大势”。

高等教育的根本任务是人才培养。清华大学是培养中国学术大师、兴业英才、治国栋梁、强军之将的世界著名大学。[②]大学教师的根本任务是教书育人，这成为我人生最重要也最有意义的大事。

什么是教书育人？怎样教书育人？我十分认同、始终坚持和不断实践“育人为本、德育为先、能力为重、全面发展”的理念。

具体来讲，本质上是进行人力资本、知识资本投资，这包括两个方面：一是国情研究、决策咨询，我主编和撰写《国情报告》，

① 胡鞍钢著：《中国：走向21世纪》，中国环境科学出版社1991年版，第3页。

② 胡锦涛在庆祝清华大学建校100周年大会上指出：在一个世纪的发展历程中，清华秉承“爱国奉献、追求卓越”的传统，恪守“自强不息、厚德载物”的校训，弘扬“行胜于言”的校风，培养了17万名优秀人才，涌现出一大批学术大师、兴业英才、治国栋梁。在国家表彰的23位“两弹一星”勋章获得者中有14位是清华校友，460位清华校友当选中国科学院院士和中国工程院院士。100年来，一代又一代清华人在革命、建设、改革中顽强拼搏、真诚奉献，为祖国、为人民、为民族建立了突出功绩。见胡锦涛：《在庆祝清华大学建校100周年大会上的讲话》（2011年4月24日）。

是持续地为领导人提供决策咨询；二是教书育人，为未来不断培养出德才兼备的优秀人才。我撰写专著、合著等就是投资下一代，为此我始终坚持一个原则，在教学授课中，始终写自己的书，教自己的书。

在此，我将人生经验和体会分享给青年一代：

第一，要读好中国这部“天书”。这就要求青年，既要读万卷书，又要行万里路。中国是世界上最奇特的国家，也是最迷人的国家。了解中国如同在读一部“天书”，它既让你读得兴奋不已、回味无穷，又让你很难真正读懂。国情研究是一个不断学习、不断实践、不断认识、不断总结的反复的过程。

第二，要上好“学术大学”，更要上好“社会大学”。我一直信奉马克思的一句话：“任何理论都是灰色的，唯有实践才常青。”进行学术研究，不能做理论的奴隶、只是待在“学术宝塔”之中，而要理论联系实际，理论运用于实践，上好“社会大学”。理论是认识世界、改造世界的手段，只有理论能为实际（事业）服务时，理论才是常青的。

第三，“千里之行、始于足下”。当代青年要具备顶天立地的胸襟与魄力。所谓顶天，就是要有大的志向，有世界的眼光，天有多高，志向就要有多高。所谓立地，就是要扎根于中国社会国情之中，扎根于人民群众之中，而不是脱离实际，高高在上。想国家之所想，急国家之所急；想人民之所想，急人民之所急。成才是为民为国而成才，成功是为民为国而成功。

第四，在黄金时代做出黄金贡献。青年一代正处在一个黄金时代（强国时代），在黄金年龄（青年时期），进入黄金大学，进行黄金（知识）投资，需要对自己提出一个问题，能否在2035年、2050年对中国做出黄金贡献？要真正做到青年无悔、中年无悔、老年无悔、终身无悔！①

六、与中国改革开放同行

我在40多年前还是知青时，就受到伟人马克思的深远影响。马克思17岁时就立下了“为人类而工作”的崇高理想。他说：“历史把那些为共同目标工作因而自己变得高尚的人称为最伟大的人物；经验赞美那些为大多数人带来幸福的人是最幸福的人。”②马克思是顶天立地的伟人，更是我们一生学习的最好榜样。

人的一生是奋斗的一生，而奋斗的一生是幸福的一生。诚如习近平总书记所言：“只有奋斗的人生才称得上幸福的人生。”“奋斗者是精神最为富足的人，也是最懂得幸福、最享受幸福的人。”“新时代是奋斗者的时代。”③

我的人生也是创新知识、不断奋斗的一生，我始终秉承知识为民、知识报国的理念，更能够深刻地体会到习近平所谈到的人生观、奋斗观和幸福观。因为奋斗本身就是全身心的投入，又是心甘情愿的付出，还要经过长期艰辛的努力，才能体会到什么才是真正的幸福。

---

① 系作者2017年10月19日在清华大学公共管理学院举办的学习党的十九大报告的讲座发言。

② 《马克思恩格斯全集》，人民出版社1995年版，第459页。

③ 习近平：《在2018年春节团拜会上的讲话》（2018年2月14日）。

我人生最大的幸运就是赶上了中国改革开放时代。这为我获得人力资本投资提供了最难得的机会，也为我能够实现知识为民、知识报国提供了最大的学术舞台。

作为中国学者，我常常问自己：什么是最重要的能力？我认为最重要的能力就是创新能力。什么是最重要的创新？我的答案就是知识创新。什么是最重要的贡献？我的体会就是对中国改革开放的知识贡献。

中国道路本身就是原创性的现代化发展道路、社会主义道路、伟大复兴道路、走向世界舞台中心的道路。我们的任务，不是复制西方的发展理论来说明中国道路。作为中国学者，要提出重要的新概念，阐述新思想，创新新理论，运用新方法，不断有新发现。从这个意义上看，“知识就是力量”。这里的“知识”是关于当代中国的系统知识，所谓有“力量”，就是要有影响力，这包括学术影响力、决策影响力、社会影响力、国际影响力。当然影响力是比较复杂的，有些是可以衡量的，有些是难以衡量的；有些是清晰的，有些是模糊的；有些是有价值的，有些是很快就过时了的。要有持续的创新力，才能有持续的影响力。

中国的改革开放是人类历史上的伟大实践与伟大创新，为世界所瞩目。改革和发展过程中总是会出现新的挑战，这都需要用经济学等社会科学的理论进行理性分析、提出解决办法，这同时也为中国社会科学家提供了一个日益广阔的学术研究天地，提供了一次千载难逢的报效国家的历史机遇。我作为中国学者是以知识的获取、吸收、创新、传播和交流为社会做贡献。我不但不会停止国情研究的步伐，而且还会在这个领域不断地创新知识。我会一直把这些对中国十几亿人民的挑战视为对自己的学术挑战。研究这些挑战魅力无穷。我喜欢这些挑战，更愿意为迎接这些挑战而做出知识创新、知识贡献。有挑战，才有创新；有创新，才有贡献；有贡献，才能远行。这就构成了我的人生发展逻辑和轨迹，永远与中国改革开放同行。

后记

2018年是改革开放40周年。改革开放时代是当代中国发展的黄金时代，也是我从事国情研究的黄金时代。这反映了我的学术研究与这个时代之间的紧密联系，是我全面了解、深入分析、反复认识这个时代的过程。对此，我从一位中国学者的视角，围绕“我与改革开放同行”这一主题，做学术总结和进一步思考。

本书的目的主要是总结我从事国情研究的学术思想、著书立说、教书育人、咨政建言的过程。这从一个侧面反映改革开放如何给我这样一个上山下乡的知识青年提供了极其难得的考大学机会，提供了广阔的学术舞台，提供了知识为民、知识报国的社会机遇，提供了与改革开放同行的人生道路。这是一个学者与改革开放互动的个人记录，也是历史记录。

为此，我在本书中更多地介绍改革开放过程中对我影响最大、最深刻的事件，以及我参与其中的国情研究和国策研究的前前后后。改革开放的40年构成了我人生中最重要的个人经历，刻骨铭心，历历在目。

中国是一部天书，也是一部巨著。国情研究就是要天天读这部天书，要天天写这部巨著，要天天讲（授）这门课程。学无止境，写无止境，讲（课）无止境。写作本书的主要资料是依据我自己长期积累下来的白纸黑字。其中包括发表的学术论文、重要报刊文章，这些可直接从中国知网查询；正式出版的著作（包括专著、合著、合编等），这些可直接从图书馆获得。我也习惯于在每部书后写下后记，介绍该书研究的社会背景、重要选题、主要观点和创新点，特别是合作者。由我主编的《国情报告》（1998—2017年），共计1400多期，其中党建读物出版社和社会科学文献出版社正式出版了《国情报告》（1998—2015），共18卷。对我本人的采访和新闻报道，作为第一手资料收录在《胡鞍钢记录》（2010—2017年）中。此外，还有大量手稿笔记，讲课讲座录音、录像等资料。

特别需要指出的是，这不只是我个人对当代中国改革开放发展历程的记录，还包括了我在中国科学院、清华大学的合作者和研究团队，先后超过了上百人，与我合作的研究员、教授和博士后，由我指导的博士生、硕士生、公共管理硕士以及外国留学生，他们来自五湖四海，又已走向五湖四海，成为各领域的杰出人才。他们都为知识创新和传播国情知识做出了重要的贡献，他们的名字都反映在我与他们正式发表的学术论文、公开出版的学术著作之中，我很难在本书中一一列出，但他们同我一起与改革开放同行。

本书引述和介绍了改革开放的重要文献，更好地反映了这一时代的发展脉络、发展历程，让我们了解了更多的历史信息、更丰富的知识财富、更深刻的理论思想。

正是在上述大量文献的基础上，我选择了毛泽东的“人的正确思想是从哪里来的”的命题作为基本线索，构建了一个人的知识发展能力集的逻辑框架，包括知识获取能力、知识吸收能力、知识创新能力、知识交流（或传播）能力、知识影响能力，以此来叙述和展开“我与改革开放同行”这一主题，总结不断创新国情知识、知识为民、知识报国的实践经验和心得体会，使之不仅具有经验性、启发性，更具有理性、自觉性。

本书相当于国情研究实践与学术总结，较为详细地介绍了中国改革开放时代所面临的各种重大问题、重大矛盾、重大关系、重大理论等，以及我怎样提出、分析和回答这些问题，又是怎样转化为思想、理论、战略以及改革建议，使之成为公共知识、创意与思想，并产生学术观点、思想价值、社会影响，真正发挥大学思想库的作用。

中国社会需求是中国学术研究，特别是国情研究创新的最大动力，正如恩格斯所说：“社会一旦有技术上的需要，则这种需要就会比十所大学更能把科学推向前进。”更何况，中国是十几亿人口的大国，任何一项需求，都可能成为世界上最大的需求！这就决定了我们的国情研究需求，不仅极大，而且极富挑战性，也决定了我们的国情研究学习无止境，创新无止境。这既是压力更是动力，因此才有了我的学术生命之路。这些均记录在本书之中，反映了我与中国改革开放之间的联系，这也是一种记录改革开放的方式。好在我也留下了大量的记录，主要反映在不同时期出版的各种专著、合著等的后记之中，我有意识地记录了不同时期不同问题的争论焦点，更有意识地总结了不同时期国情研究的知识创新、知识贡献。

2018年初，我利用寒假访问美国纽约大学中国研究中心的机会，除了做了4场当代中国研究专题讲座之外，还集中撰写了此书初稿。回国之后又补充了大量信息，并在小范围内征求了修改意见。

最后，我还是引用毛泽东的一段话作为结语。1940年毛泽东对吴玉章先生评价说："一个人做点好事并不难，难的是一辈子做好事，不做坏事，一贯地有益于广大群众，一贯地有益于青年，一贯地有益于革命，艰苦奋斗几十年如一日，这才是最难最难的啊！"对我而言，写一篇好文章、一本好著作并不难，难的是一辈子写好文章、好著作，当然最难最难的是几十年如一日不停地记录中国改革开放的历程。总结过去40年的学术经历，就是为了激励自己不停地写出好文章、好著作，一个宗旨：知识为民、知识报国、知识为人类。

胡鞍钢

2018年4月5日于清华园

《中国发展前景》

本书围绕宏观经济政策、就业政策、体制改革、地区发展差距等内容，提出应对挑战的经济、政治和社会政策主张。

胡鞍钢著
出 版 社：浙江人民出版社
出版日期：1999年5月
ISBN：978-7-213-01562-1

《中国走向》

本书从全球视角探讨和剖析中国未来的发展，多学科、多侧面聚焦中国若干重大经济社会问题。

胡鞍钢主编
出 版 社：浙江人民出版社
出版日期：2000年1月
ISBN：978-7-213-02032-3

《中国：挑战腐败》

本书精心收集了作者本人和王绍光、程文浩、过勇及国外中国问题专家分析中国腐败问题的研究成果，从不同角度探讨腐败这一世界难题。

胡鞍钢主编
出 版 社：浙江人民出版社
出版日期：2001年1月
ISBN：978-7-213-02150-8

《中国战略构想》

中国改革开放以来所表现出的非凡的经济成就被外国专家称为“人类的奇迹”，然而现实中所暴露的是政治、经济、社会生活中的种种弊端与问题。本书是对中国经济快速发展、社会变迁所面临的问题的战略构想。

胡鞍钢主编
出 版 社：浙江人民出版社
出版日期：2002年1月
ISBN：978-7-213-02150-8

《中国大战略》

中国大战略就是“富国强民”的战略，目标体系可以概括为“增长、强国、富民、提高国际竞争力”。本书旨在探讨在中国国情条件下的社会主义现代化模式和道路，探索如何使中国成为世界强国，使十几亿人民走上全面现代化的道路。

胡鞍钢主编
出 版 社：浙江人民出版社
出版日期：2003年1月
ISBN：978-7-213-02553-8

《中国：新发展观》

本书主要内容包括21世纪新发展观与协调发展战略、经济发展与制度建设、经济的增长与稳定、科技、地域以及环境与发展的统筹等，就中国目前的发展现状进行了分析，对中国新发展观进行了展望。

胡鞍钢著
出 版 社：浙江人民出版社
出版日期：2004年1月
ISBN：978-7-213-02749-9

《中国：再上新台阶》

作者总结了“十五”时期的经济社会发展情况和实施偏差，分析了中国发展的国际背景，对“十一五”规划的指导思想、发展目标、主要任务做了详细分析，同时总结了中国发展经验，展望了未来发展走向，即进入“四个全面”时代：全面建设、全面改革、全面开放、全面创新时代。

胡鞍钢著
出 版 社：浙江人民出版社
出版日期：2006年9月
ISBN：978-7-213-03356-5

《中国：走向2015》

作者围绕中国“十二五”规划展开研究，包括“十二五”时期的国际国内背景、总体思路和指导方针、发展目标与指标、主要任务和政策取向等，作者对此进行了系统性、战略性的国情研究，为国家和人民提供了丰富的信息、知识和政策内容。

胡鞍钢、鄢一龙执笔
出 版 社：浙江人民出版社
出版日期：2010年2月
ISBN：978-7-213-04219-5

《中国2020:一个新型超级大国》

本书分析了从现在到2020年中国的发展路径和发展前景。本书所研究的内容，都是中国快速转型过程中出现的重大趋势、突出挑战甚至棘手问题，只有认清这些现实中的真问题，深入分析，细致判断，才能找到中国持续发展的最佳路径。

胡鞍钢著

出 版 社:浙江人民出版社

出版日期:2012年1月

ISBN:978-7-213-04756-5

《中国道路与中国梦想》

在书中，作者畅谈了十八大召开的背景、准备过程与自己亲历十八大的感受。作者还谈了十八大主要精神与主要目标，以及领导人的新老交替、生态文明建设和中国梦想等主题。

胡鞍钢著

出 版 社:浙江人民出版社

出版日期:2013年3月

ISBN:978-7-213-05306-1

《中国:“十三五”大战略》

本书根据党中央提出的“四个全面”战略布局，科学确定2020年发展目标，研究我国发展战略机遇期，分析和应对国际国内各种挑战与风险，把握“十三五”规划的主题和主线，确保全面建成小康社会目标的实现。

胡鞍钢、鄢一龙、周绍杰等著

出 版 社:浙江人民出版社

出版日期:2015年11月

ISBN:978-7-213-06891-1

《中国:决胜百年目标》

本书科学评价“十二五”时期的成就，正确认识“十三五”时期的定位，阐述如何理解五大发展是引领“十三五”的灵魂和理念及如何考虑“十三五”时期的主要目标，归纳了建议中所提出的国家发展目标、发展战略、重大基础设施、重大工程项目。

胡鞍钢著

出 版 社:浙江人民出版社

出版日期:2016年2月

ISBN:978-7-213-07163-8

《中国新发展理念》

本书是作者作为著名智库专家，围绕新发展理念——创新发展、协调发展、绿色发展、开放发展、共享发展、安全发展进行的专题研究。新发展理念既是中国版发展经济学的最新理论成果，更是当代世界发展经济学的最佳实践。

胡鞍钢、鄢一龙、唐啸等著
出 版 社：浙江人民出版社
出版日期：2017年3月
ISBN：978-7-213-07861-3

《中国进入世界舞台中心》

在过去不到40年的时间里，中国不仅成为全球化的参与者、推动者、受益者，更重要的是走进世界经济舞台的中心，成为世界经济增长、贸易增长、投资增长、创新增长、信息增长的最大发动机。不过，“中国第一”时代的大幕才刚刚拉开。

胡鞍钢著
出 版 社：浙江人民出版社
出版日期：2017年6月
ISBN：978-7-213-07730-2

《2050中国：全面实现社会主义现代化》

本书围绕“2050中国”这一主题进行专题研究，从更加专业化、更为全面的视角分析走向2050中国的发展大趋势，前瞻性地提出2050年全面实现社会主义现代化的总目标及战略步骤。

胡鞍钢、鄢一龙、唐啸、刘生龙著
出 版 社：浙江人民出版社
出版日期：2017年9月
ISBN：978-7-213-08313-6

《中国跨越中等收入陷阱》

本书阐释了破解“中等收入陷阱”的方法，尤其是近年来新发展理念和供给侧结构性改革日益深入人心，中国经济的发展方式、经济结构、增长动力转换至新的更高形态，中国正在走出一条有自身特色的跨越之路。

周绍杰、胡鞍钢著
出 版 社：浙江人民出版社
出版日期：2018年1月
ISBN：978-7-213-08442-3

《2050中国：全面建设社会主义现代化强国》

本书围绕“2050中国”这一主题，分析了中国社会主义现代化道路的因素与优势，探索和总结了中国社会主义现代化发展目的和基本逻辑，创造性地提出了2050年我国全面实现社会主义现代化的总目标和六个主要目标。

胡鞍钢、鄢一龙、唐啸、刘生龙著

出 版 社：浙江人民出版社
出版日期：2018年3月
ISBN：978-7-213-08649-6

更多佳作，敬请期待

图书在版编目（CIP）数据

我与改革开放同行 / 胡鞍钢著. —杭州 ：浙江人民出版社，2018.10

ISBN 978-7-213-08867-4

Ⅰ. ①我… Ⅱ. ①胡… Ⅲ. ①改革开放-历史-中国 Ⅳ. ①D61

中国版本图书馆CIP数据核字(2018)第171496号

我与改革开放同行

胡鞍钢 著

出版发行：浙江人民出版社（杭州市体育场路347号 邮编 310006）

市场部电话：(0571)85061682 85176516

集团网址：浙江出版联合集团 http://www.zjcb.com

责任编辑：王 芸 尚 婧

责任校对：陈 春

封面设计：刘 俊

摄 影：于 娟

电脑制版：杭州兴邦电子印务有限公司

印 刷：浙江新华数码印务有限公司

开 本：710毫米×1000毫米 1/16 印 张：17.5

字 数：179千字 插 页：6

版 次：2018年10月第1版 印 次：2018年10月第1次印刷

书 号：ISBN 978-7-213-08867-4

定 价：59.80元